目錄

關於《時間精靈》

很多令人悲傷的事情都只有入口，沒有出口。人們受創碎裂的心倘若未能再盛載愛的種子，而變成積壓層層怨恨的黑洞，就會軟弱地被牽引至「墮落」，最終毀滅別人、埋葬自己。

《時間精靈》裏的虛構人物，都經歷了不少挫折和困惑，他們做錯過抉擇，也怨過恨過絕望過，幸好在流淚和傷痛過後，終於找到出口，變得更堅強、成熟，帶着纍纍傷痕，重新出發。

《時間精靈》的起點是「失望」，終點是「希望」。我覺得不管活得多苦，仍然最好是微笑以對。這不是假，而是相信苦難過後，就是「悟」和獲得「大智慧」的時刻。我相信過了這個「時刻」後，我們所得到的喜樂，足以抵銷從前所有的不如意。

大學畢業幾年後，《時間精靈》就一直陪伴着我。那些年，獲得了很多，也失去了不少，但不管生活如何變遷，我對它不離不棄，它也忠誠地相隨。無論寫得好還是不好，它已經是我生命裏重要的一部分。那個我創造出來的幻想世界，不知不覺中像脫離了我，自己悠然地活着：每個人物都有了自己的個性，每棵植物都有了自己的生長規律，每種食物都有獨特的味道……不過，我的寫作旅程還沒有結束，我會繼續「開疆闢土」，擴闊它的天地，希望讓所有人物都有機會當一次主角。

放棄，很容易。
不過，放棄等於永遠失去。
失去夢想？我不願意。

《時間精靈》（上）

第一章　巫女現身

黎明將至，朝陽將驅散陰冷的黑夜。

那個人在等待。

等待。

等待再見夢中人。

風鈴驟響。

門，被推開了。

是歸人？

還是……

你不能選擇擺脫上天給予的命運，
但可以選擇走向光明還是沉落黑暗。

第一章　巫女現身

緣起

二十歲生日的晚上，我獨個兒在甜品店吃了一客叫「歡樂世界」的甜品。

那天，沒有收到花束，沒有買蛋糕，也沒有積蓄。窮，很窮。

潦倒，很潦倒。

一直夢想做一個作家，所以不顧家人反對，選擇創作為終身事業。

可是，投出去的稿件都沒有回音。難道上天的意願和媽媽一樣，都希望我放棄？

放棄，很容易。不過，放棄等於永遠失去。失去夢想？我不願意。

天很黑。

看一看手錶，原來已經晚上十一時。再過一個小時，就是明天。明天，太陽又會從東方升起來，光芒萬丈地照亮我的前途。

我應該要振作起來，振作起來。

感覺靈感很快會一湧而上，所以我要快快回家，寫下首部驚世傑作。

突然下起雨來。我撐開花雨傘，狂奔回家。

來到家樓下的鐵閘前，卻不小心撞到一個穿白衣裙的女子。

她往後退了兩三步。

我連聲道歉，收起雨傘，卻不見了她的蹤影。

心裏發毛，我忙狂奔上樓。

幸好住在一樓！

用發顫的手打開了門，又關上了門。

心在亂跳。

洋洋正在美國受訓，想找個朋友幫忙也沒有。

扔下雨傘，忙開了全屋的燈。

沒人，沒有人。剛才只是幻覺，只是幻覺，只是幻覺。

深深地吸了一口氣，又呼了出來。心情終於緩和下來。

先去洗個澡，然後吃雪糕，跟着寫作。很好，就這樣做吧。

轉身想去浴室，卻看見一個黑髮白衣女子看着我微笑。

「哇！」

天旋地轉。不省人事。

過了很久，很久，很久。

睜開眼，認定自己只是做了一場噩夢。

躺在牀上，瞇着眼自言自語：「真希望有人拿杯水給我喝。」

一杯水無緣無故地出現在眼前！順着水的方向看去，又是一張女人的臉！

救命！我忙縮進被窩裏去。

「妳不要再暈倒過去了，好嗎？」一把女聲說，「我不是鬼，是花精靈。我的主人是海神。她想找妳幫個忙。」

「幫忙？」我探出頭來。

一個貌美得不能形容的白衣女子，正以美如秋星的眼眸看着我笑。她身後站着一個穿了粉紅色衣裙的褐髮女孩。跟我說話的女子則身穿紫衣，也是一頭褐髮。

紫衣女子繼續說：「我的主人有一段悲傷的往事，想借妳的筆寫下來。」

「我？妳不要開玩笑了。沒有人願意刊登我的稿子。就算我為妳們寫了，也沒有人會看。」我傷感地說。

白衣女子說：「其實我也不想找妳的。我找過很多位優秀的作家，可是他們看不見我。」

真老實。老實得討人厭。

但是，我仍然好奇地問：「怎會這樣？」

她輕輕嘆息：「我是遠古的海神，已經漸漸給人類遺忘。那些人的心裏沒有我，所以不會看見我。」

被遺忘。同病相憐。我雖然活在人海中，可是也被遺忘了。誰會看得見、記得住這樣一個又窮又沒有前程的人？

白衣女子說：「我快要和其他古老的神祇離開地球，回歸聖域，在離開前，希望留下一個故事。從前也有人寫過我的事蹟，可是，那並不完整。」她真誠地看着我，「請妳幫我這個忙，好嗎？」

我仍然不相信她的話：「為甚麼要找人類幫忙？妳不是有法力的天神嗎？何不自己寫完自己的故事，找雜誌社刊登出來？」

白衣女子感慨地說：「我不屬於人類世界，所以他們看不見我的文字。但是，我的故事與人間世有關，它必須留在人間。」

她真的很美，我雙眼忍不住盯着她看。像她這麼美的女神，她的故事一定比史詩中的海倫更動人吧。古希臘的君王英雄，不惜為海倫在特洛伊之戰中打個你死我亡，也絕不後悔。不知道是否也有帝王將相曾與這位女神生死相隨，不離不悔？

反正閒着沒事做……

「好吧。請妳說來聽聽。」我說。

我起牀。紫衣女子已經去泡花茶了。

拿出原稿紙，開了桌燈，拿起圓珠筆，寫下了：《海神》。

女神輕輕一揮手，頓時滿室幽香，令人進入幻境。

靈感如泉水湧出，腦海中自動浮現一個又一個畫面，我看了一齣好戲，也流了一臉眼淚。

我彷彿在另一個空間裏寫了很久很久，終於寫完了。我將文稿遞給女神。

她看完，明眸流露出難以言喻的感情，半晌，她交還文稿給我，輕輕地說了聲：「謝謝。」

她們仨隨即消失於空氣中。

我眨一眨眼，環顧四周，只看見滿室的牽牛花和杜鵑花。

鳥鳴聲穿破寧靜的空氣而來，滿室花兒倏地消失，我看一看手錶，才清晨六時，原來我只寫了一個晚上。想不到，我竟以這種打破世界紀錄的速度寫完女神的故事。真厲害啊！

我拿着那疊稿子，呆了一會兒。然後，花了一個星期將它打印好，投稿到最著名的《文藝青年》雜誌社去。

跟着，我打了一通電話給洋洋，告訴她：「我做了天神的代筆！」

她卻哈哈大笑，說：「妳一定是因為生日太孤獨而出現了短暫性的幻覺。」還安慰我，「沒事的，我一個月後就回來。」

真的嗎？出現幻覺？

一個星期後，我收到一通電話：「陳子君小姐，我是《文藝青年》雜誌社的編輯。這期，您的作品給刊登了出來，歡迎下次再投稿。」

「真的嗎？」不會是騙子吧？

「真的。我叫張志遠，如果以後有任何疑問，可直接致電雜誌社聯絡我。」一把令人放心的文藝青年男中音溫柔敦厚地說。

「張志遠先生……」我用力地擰了手背肉一下。會痛的！不是夢。

「嗯？」

我忙說：「沒甚麼，謝謝您！」

「不客氣，保持聯絡吧，再見。」

迷迷糊糊地掛了線。感到很開心，真的很開心。可是……剛才該不會是幻聽吧？

我再用力地擰了臉頰一下……

兩天後，大清早就去書報攤買了那本雜誌。

翻開第一頁，便看見《海神》這個故事。

《海神》
冷夜離魂

在一個人類看不見的空間裏，神仙精靈們正享受着輕歌曼舞。

飄飄渺渺的雲端上，一架飛機穿雲而去，打破了聖域的寧靜。

為了前往小貝村繼承一位素未謀面的長輩——白孋的財產，白茉莉辭去了「國際超自然力量研究會」主席一職，乘搭上飛往中國的飛機。

下了飛機，白茉莉預約來接機的計程車司機已經到了。可是，出乎意料地，男朋友張傑竟然也在等着她。

白茉莉眉心緊鎖地問：「傑，你怎麼會在這兒呢？我不是說自己回來就可以了嗎？」

張傑笑着走向她，說：「我不放心妳獨個兒來這個偏僻的地方。」

白茉莉顯得心事重重，輕嘆一聲說：「真拿你沒辦法。」

於是，白茉莉只好和張傑坐上計程車。

他們一面看着兩旁的風景往後移，一面傾談。車子走過一條又一條公路，加了一次又一次油，依照白茉莉的指示前進，才終於去到了杳無人煙，即使在地圖上也找不到的小貝村。

司機在村口停下車輛，因為通往外界的唯一行車路只鋪到這兒。他們到達這條村前，已經連接不上任何資訊網絡，也看不見公共汽車。

白茉莉下車仔細地觀察四周的環境，她覺察不到任何人類活動留下來的蹤跡，只看見十多間一兩層高的破屋，像一塊塊豆腐不規則地散落在叢林間。

因為跟外界音訊隔絕，而且已近下午三時，所以司機面露惶恐之色，急着想離去，但又忍不住說：「依我看，這只是一條荒村，說不定會鬧鬼，晚上也會有野狼老虎這些猛獸出來吃人，兩位不如跟我一塊兒離去，別留下來送……」一個「死」字給好心的司機硬生生地吞了下去。

白茉莉卻語氣堅定地說：「謝謝您的好意，但我還是要留下來，您可以離開了。」

張傑向司機道了謝，付了車資，順道請司機在記事簿留下電話號碼，方便下回找他幫忙。

司機幫助他從車後箱取出行李後，就匆匆離去了。

白茉莉拿出白孋寄給她的地圖，和張傑計劃接下來的路程該如何走。

根據地圖，白孋的房子位於離其他建築物較遠的山腰上。他們拉着皮箱，想步行上山，又怕走到一半就天黑。正躊躇不前時，一輛牛拉的小木車不知何時從行車路蹦出來，朝他們「啪達啪達」地走來。當那頭牛的鼻子幾乎蹭上白茉莉的指尖時，車子才停了下來。

車上一個穿着暗灰色衣服的男人敏捷地跳下車，他一看見白茉莉，眼裏就閃出一道不容易察覺的光芒，他心情暢快地張口一笑，嘴裏兩顆潔白健康的大犬齒隨即跑了出來。他似乎想趨前跟白茉莉說些甚麼，白茉莉卻立即退到張傑身後，那男人也警覺地收斂起來，彬彬有禮地問：「請問您是白茉莉小姐嗎？」

白茉莉驚訝地問：「我是白茉莉，請問您是誰？」

「我叫大郎，是白女士吩咐我來接您的。」大郎開朗地說，「請坐上我的牛車，我送您到白女士的別墅去。」

白茉莉說：「真是太感謝了，我正愁着該如何上山。」

大郎笑着說：「不客氣。請問這是您的行李嗎？」

白茉莉說：「是的。」

大郎捲起衣袖說：「讓我幫您拿上車。」

張傑忙說：「我來幫忙。」

大郎掃視了張傑一眼，問：「請問您是？」

張傑說：「我是白小姐的男朋友——張傑。」

大郎即流露出不容易察覺的憎厭神色，雙眼閃過野狼看着敵人的殺意。但是，他迅速地收斂起來，很有禮貌地說：「張先生，您好。」

張傑跟他微笑着點了點頭，就幫忙搬行李上車。然後，張傑先扶白茉莉上車，自己才上車坐在她身旁。大郎則坐上司機座位，趕着牛車前進。

木車沿着一條充滿泥濘和小石子的崎嶇小路上山，搖晃、顛簸個不停，張傑和白茉莉雖然緊緊地抓住小車兩旁的木板，仍然顛個不停，像坐在船上一樣。

小路兩旁長滿了茂密的雜草。車子越走越深入山上，雜草也越長越高，應該很少人會走這條路，以致地上積了一層厚厚的落葉和枯枝。四周一片寂靜，只有輪子駛過時發出嘎吱嘎吱的枯木斷截聲。

牛車拐了四、五個彎，終於到達別墅的大閘前。大郎停下牛車，輕鬆地跳下車，開了大閘，沿着小徑跑向別墅，他不忘回頭向白茉莉說：「請等一會兒，我先去開門。」

張傑和白茉莉也下了車，從開啟的大閘看進去，他們頓時被眼前的萬紫千紅吸引住：各式各樣的奇花異草散發着活潑的生命力，爭相競豔，美不勝收。一條七色貝殼鋪成的小徑從鐵閘延伸到湖水藍的兩層高別墅門口，別墅的四周還有幾間小小的單層平房。

大郎開了別墅大門，跑回來說：「老闆一向不准牛車進來，所以我們要自己拖行李進去。」白茉莉和張傑忙跟他一起從牛車拿下行李箱，沿着小徑走進別墅。

它的客廳整齊有致地擺放着花梨木和雞翅籐傢俱，四周的古畫和古玩散發着古典優雅的氣息。

一陣暗香襲來，叫白茉莉心情暢快。

張傑望向架上那些香薰座，說：「白女士應該是一位非常注重生活品味的人。」

白茉莉刻意地轉移了話題，說：「很獨特的香氣，不像花香，倒像是海水的味道。」

張傑笑着說：「不知道為甚麼，來到這條村後，我就覺得自己像置身水中，身體感到飄浮不定。」

大郎忽然說：「兩位，我們先搬行李上二樓，好嗎？」

他們就不再說話，一起搬行李上二樓，放在客廳裏，然後又一起下樓去。

大郎說：「兩位的睡房在二樓，廚房裏已準備了食物和食材，後面平房也放滿了日用品。我後天會再來，到時候，請把您們需要的東西詳列清單交給我。還有，這裏沒有電力供應，兩位要燒柴和點蠟燭。」他從衣袋裏掏出兩塊黑石，遞給張傑，「這是點火的黑石，給您們以防萬一而已，因為蠟燭旁已經放了打火機和火柴。」

張傑接了黑石，好奇地問：「大郎先生，請問白孋女士是個怎樣的人？」

大郎遲疑了一會兒，說：「張先生，不瞞您，我從來沒有見過老闆。」

張傑問：「真的嗎？竟有這麼奇怪的事情。」

大郎沒有回答，只是從褲袋裏掏出一串鑰匙，對白茉莉說：「今天是我送貨上來的日子，在桌子上看到一張老闆寫的字條，要我接白小姐您上來，並把這串鑰匙交給您，字條下面又有白小姐您的照片。」

大郎將鑰匙交給白茉莉，又在衣袋裏掏出一張照片和一張字條給她。白茉莉接過來一看，相中人果然是自己：一張生活照，穿着碎花裙。

照片的背景是白茉莉家附近的一條小街。可是，從相中人的面孔角度和身體姿勢看來，這照片是偷拍得來的。

白茉莉拉直那張已經被弄皺了的字條，看見上面娟秀的文字：

大郎：

九月八日下午，白茉莉小姐將抵吾處，請至山下接之，並交鑰匙予她。

白孋字

張傑看後，疑惑地說：「原來白孋女士還沒有辭世！」

白茉莉說：「那麼她為甚麼要我繼承財產呢？」

張傑說：「原因不明。但是一定有內情。」

白茉莉安靜不語，默默地望向屋外的天空。

外面夕陽西下，絢麗的光芒殘照大地，正是「夕陽無限好，只是近黃昏」的景色。

大郎看了看天色，便說：「兩位，時候不早了，我要在天黑前下山去。再見。」然後，大郎打開大門，逕自關門離去了。

張傑看了白茉莉一眼，說：「這位先生好像怪怪的。」

白茉莉笑着說：「也許他也覺得我們怪怪的。別胡思亂想了，我們上二樓的房間休息吧，我累死了。」白茉莉拉着張傑的手走過大廳，拾級而上。牆上的大蠟燭照出他們晃動的身影，平添了幾分詭異。

在梯級的盡頭往右拐，就是二樓的小廳，廳裏點亮了無數放在玻璃杯內的蠟燭，二人的行李就安穩地放在廳中央的矮几旁。矮几上放了水果、麪包和幾盤沙拉菜，他們可以坐在前面的五人座位木製長椅上吃東西。

走過小廳就是一條走廊，走廊左右兩邊各有兩個房間。張傑走進右手邊第一個房間，白茉莉則在長椅上坐了下來。

一會兒後，張傑探頭出來說：「是廚房。很原始，全用柴火煮食，不過有很多新鮮的食材。」

張傑走出廚房，再去視察其他房間。

看完了三個房間後，他走到白茉莉面前，說：「報告女王，經在下巡視，發現三個房間都沒有異樣。右邊第二個房間上了鎖，左邊第一及第二個房間都是以木製傢俱為主調的古雅套房。」

白茉莉聽了，笑得如盛開的春花，張傑也笑得像個孩子。

白茉莉說：「先洗個澡，再出來吃東西，好嗎？」

張傑說：「當然好。」

趕了一天路，白茉莉累得全身都有點兒疼痛。張傑幫白茉莉把行李箱拉進左邊第一個房間，然後拉着自己的行李箱進入第二個房間。

白茉莉的房間是個差不多八百尺的套房，有蚊帳的大牀，黑漆木製傢俱，所有東西都散發着遠古的歷史氣味。白茉莉打開行李箱，取出了毛巾和替換的衣服，就進入浴室。浴室已經籠罩了一片溫暖潮濕的水氣，裏面有一個鋪了瓷磚的浴缸，浴缸下可以燒柴火。那些被燃燒的柴枝正在劈啪地響個不停。

白茉莉脫掉衣服，放它們在浴缸旁的木椅上，泡進暖水裏，洗掉一天的疲勞。

洗完澡，白茉莉和張傑坐在小客廳的長椅上吃水果雜菜沙拉和小麥麪包。

張傑說：「四周靜得真可怕。難怪那個司機說這是一個荒村。」

白茉莉笑着說：「難得清靜，豈不是更好？」

燭光中的白茉莉比平日更美，她的眼眸充滿了張傑看不透的內容。在張傑眼中，白茉莉一直是一個充滿神秘感的女孩子。她不喜歡說自己的事情，張傑只能夠從大家的談話中零零碎碎地了解有關她的過去，然後拼砌出一個不完整的故事。

他知道白茉莉是一個可憐人，母親是她唯一的親人。父母離異後，母親便帶着年幼的她一塊兒在歐洲生活。

白茉莉說過，雖然母親絕口不提父親的事，可是，從母親逝世前不時呆坐窗前沉思的蒼白面孔，看得出她心裏的痛苦。

張傑的心彷彿回到第一眼看見白茉莉時的情景，他回憶起當時着了魔的愛慕之心。而這份愛慕隨着時日過去，只是有增無減，使他泥足深陷。

白茉莉見張傑突然發起呆來，想他一定是累了，便溫柔地喚了聲：「傑。」

張傑聽見白茉莉的叫喚，雖然感到恍恍惚惚的，仍慣性地應了聲：「嗯。」

白茉莉見他看着自己幸福地笑着，明白他的心裏一定又在想着兩人的甜蜜日子，可是她心有隱衷，明白自己與張傑只是鏡花水月，終須一別，所以只是笑着說：「傑，你累了嗎？」

張傑凝望着白茉莉的臉，說：「我一定會照顧妳一生一世。」

白茉莉聽了，一時間千頭萬緒湧上心頭，竟不自禁地悲從中來，流下了眼淚。張傑見她這樣，忙說：「為甚麼哭了？」

白茉莉忙用手抹去眼淚，隨便地說：「我想起媽媽了。」

「吃一點甜品，心情會好些的。」張傑走進廚房裏，一會兒後，就用托盤拿出了兩杯香濃的熱巧克力和兩件香蕉果仁蛋糕。

他將托盤放在桌子上，遞了一杯巧克力給白茉莉。

白茉莉笑着接了過來。她先聞一聞香味，然後呷了一口，頓時覺得全身都暖和起來。

大家沉默地看着窗外的景色，享受着美味的飲品和食物。

夜色漸漸濃厚起來，從窗外吹進來的風有點兒冷。九月的風帶着夏天的餘溫，也夾雜着秋天的陰冷。張傑為白茉莉圍上了圍巾，輕擁着她。

風吹過樹葉，發出沙沙的聲響。天上鑲嵌着明星，星兒無言地伴着淡淡的月色。月靜靜地看着這個房子。這個房子後園的樹很茂密。屋內不時聽到遠方傳來的野狼嗥叫聲。一些撲火的昆蟲正不顧一切地撲向紗窗。白茉莉看着，心裏竟一陣淒然。

張傑說：「茉莉，妳累了，回房間休息吧。外面的森林應該有野狼，妳晚上千萬不要亂跑。」

白茉莉點了點頭，拉緊圍巾，和張傑道了晚安，走進了自己的房間。

外面突然下起雨來，雨點豆子般打在玻璃窗上。黯淡的星月像監視人的眼睛，默默地看着這個房子。

它好像被某人編織的天羅地網網住了，白茉莉和張傑變成了網中的獵物。

白茉莉在洗手間梳洗完，換上連身白裙子。窗外的景物已經一片迷濛，玻璃上爬滿了不知是誰人的淚水。

她突然聽到：「公主……公主……」

空蕩蕩的房間迴蕩着這莫名其妙的呼喚，實在使人毛骨悚然。可是，白茉莉並不害怕。她對着空氣喃喃自語：「誰在說話？」

房間空無一人。沉默籠罩了這空間。

白茉莉的心呼應着那呼喚，走向了睡房的衣櫃。

時空悄悄地逆轉。

她不能自主地打開了睡房的衣櫃，即看見裏面掛着一件色彩鮮明、織錦製的古代巴國衣裳。

白茉莉伸手觸碰了一下，身體頓時感到恍恍惚惚，神智開始不清，整個人遊走在時間的漩渦裏。

一道悠悠流過的時間之河，淹沒了白茉莉。

她的心志喪失，她的軀殼被藏進了另一個女人的心。

白茉莉心痛難耐，空虛得承受不了一點重量，淚水不斷流下來。

她看見四周戰火彌漫，兵荒馬亂。

一支穿心箭無聲飛來，刺穿了白茉莉的心。

這時候，一雙有力的臂彎緊緊地擁抱住她。

那個巨大而溫柔的人，散發着一股似曾相識的氣息。他悲傷地反覆說着：「不要離開我！不要捨下我！蝶兒，不要離開我……不要……」

這聲音，這擁抱，多麼叫人心碎啊！

白茉莉全身虛脫地倒在那溫柔的懷抱裏，恍惚看見殷紅的血汩汩地流出來，如折翼的殷紅蝴蝶，白茉莉軟弱地倒了下去，遠離那遙遠的呼喚。

「茉莉，茉莉，快醒來啊！妳怎麼不蓋被子就睡着了？妳總是像個小孩子。」張傑明朗的聲音使這個房間回復了生氣。

白茉莉睜開雙眼，卻感到頭痛欲裂。

溫暖的晨光射進房間裏，小鳥在枝頭上快樂地唱歌。

「妳怎麼了？剛才我不停地敲門，妳卻一點回應也沒有，害我擔心死了。」張傑走到椅子那邊，拿起白茉莉的白色線外套遞給她，「快穿上外套，不要着涼。」

白茉莉接過外套，表面上沒有甚麼，心裏卻充滿了不安。

張傑並不察覺，只是說：「我的肚子已經餓扁了，我們先來吃個豐富的早餐補充體力。我去準備一下，妳快出來。」他向白茉莉開朗一笑，開門出去了。

更衣的時候，白茉莉打開衣櫃，取出那件古代巴國的衣裳，穿在身上，心裏充滿了無奈。

她走到客廳，看見張傑正低頭弄着三明治。

他抬頭突然看見一個古代美人，先感到愕然，然後說：「茉莉？」

白茉莉笑着說：「漂亮嗎？我從衣櫃裏找到這件衣裳。」

「美極了！妳簡直是從古代巴國宮殿偷走出來的公主。」

白茉莉神秘一笑，說：「也許，我真的是從古代宮殿偷走出來的。」

吃早餐時，白茉莉欲語還休地說：「這所房子的時空氣流不太穩定，有一股力量正牽引着我，一步步地改變我們的命運。」

張傑不明白她這番話的確實意思，但是恍如動物的本能，他有不祥的預感，所以他說：「茉莉，別擔心，我們明天就和大郎一塊兒離開。」

白茉莉沉默不語，心事重重地凝視着手中的杯。

吃完早餐，他們拿着鑰匙嘗試開啟不同的門，又了解一下四周的環境。

這兩層高的別墅，地下有大廳、書房、貯物房。貯物房裏放滿了食材和日用品。後園有一口井，井裏打出來的水很清甜。一樓小廳右邊的靠牆位置有一條深褐色的樓梯，可直通上閣樓。

「昨晚倒沒有注意到這條樓梯。」張傑踏上樓梯，好奇地往上走。

樓梯的盡頭是一道黑漆紅紋的木門。研讀考古學的張傑仔細地觀察了一會兒，說：「這應該是戰國時期的木門！」他的雙眼爆發出興奮不已的光芒。

張傑伸出手想推開它，可是，開不了。

它上了鎖。

「茉莉，妳有鑰匙嗎？」

白茉莉檢視手中的鑰匙，共有十多把，每把鑰匙上都貼了白色黏貼紙，寫着：大門、後門、一樓第一個房間、二樓第一個房間……但是，有一把銅製的、特別大的鑰匙卻沒有貼上貼紙。於是，她說：「這裏有一把不知道開哪一道門的銅匙。」

「試試看。」張傑將鑰匙插進孔中，小心翼翼地轉動它，可是它卡在孔中一動也不動。

張傑再輕力地試了幾次，還是不行。

「不是這把鑰匙。」張傑抽出鑰匙，交還給白茉莉，「回到市區後，我給陳教授打個電話，問問他的意見。這麼珍貴的門，還是不要亂碰。」

白茉莉用指尖溫柔地撫摸了大門一下，若有所思地愣在門前。驀地，她的眼神變得空洞，穿透了眼前的世界，身體變成風中的一株蘆葦，聽着風裏飄蕩着的一串耳語。

張傑驚慌地大喊：「茉莉，妳怎麼了？」

白茉莉的神智已經墜進了一個深淵。張傑的話，在她的耳中產生了多重回音。她想回答，卻感到思緒混亂。

她的意識再次遊走於另一道空間，整個身體變得軟弱無力。

張傑感受到一股不祥的氣息圍繞着白茉莉，他緊緊地擁抱着白茉莉，拉着她的手，驚惶地大喊：「茉莉，妳怎麼了？」

可是，白茉莉的身體漸變透明單薄，直至在張傑的臂彎裏消失。

張傑發狂地叫着白茉莉的名字，雙手胡亂地摸索面前的空氣。

但是，白茉莉已經不能自控地飄向他方。

她進入了一條黑暗的隧道，一步一步走向古代的巴國。

不知道走了多久，突然，她看見一道強烈的白光從前方照射過來。她立刻朝光的方向跑去。

那光的面積越變越大，越來越大，而且在光的另一端開始出現一些影像。

《海神》公主歸天

戰國時代的巴國，這時候戰火正濃。

高陵將軍帶着皇室精銳部隊，騎着快馬，直奔皇宮。

整隊人馬穿過長長的跑道，抵達內殿門前。

高陵將軍跳下馬，奔向議事殿。

議事殿內，國王巴曼子正與臣子共議對策。

一名傳話兵慌張地走進來，跪在地上：「稟告主公，高陵將軍求見。」

巴曼子心頭襲上一陣不祥之感，忙道：「傳。」

高陵直奔內殿，下跪稟告：「主公，屬下死罪。我軍雖多番苦戰，仍不敵秦軍軍隊，雷將軍已攻破最後一道防線，帶領兵馬直搗皇城，很快兵臨城下。請主公隨屬下撤離京城，投奔他國！」

殿內的臣子一陣慌亂，議論紛紛。巴曼子愣了一會兒，但臉上仍保持一貫的冷靜。雖然早料到這一刻終會降臨，可是沒想到這麼快要承受亡國之痛。他深深地吸了一口氣，緩緩地呼出，然後語氣沉重地召喚身邊的侍從，在那人的耳邊說了幾句話，那人就難過地退下去。這時候，巴曼子表面上的冷靜，實難掩他眼中的悲傷。

巴曼子沉默半晌，面向群臣，以微微顫抖的聲音宣佈：「眾愛卿，退朝。你們……各自逃命去吧！」

「主公……」

「主公，臣誓死追隨！」

臣子紛紛下跪，有的哽咽，有的痛哭失聲，遲遲不願離去。

巴曼子舉步維艱地走向龍座，黯然地說：「危難當前，眾愛卿仍不肯捨寡人而去，實乃忠臣也。惜寡人無能，終致國破家亡。」他無力地坐上龍座，「唉！『樹倒猢猻散』乃千古不逆之例。眾愛卿，離去吧！把性命留下來，他日或能助寡人復國興邦。」

眾臣掩面痛哭，不捨而去。

巴曼子看着眾臣離去後，離開龍座，說：「高陵將軍，隨我來！」

「微臣遵命。」

巴曼子快速地走向後宮，高陵緊隨在後。

到達大明宮，已見王后、數位王妃及公主伏屍地上，她們皆喝了巴曼子所賜的毒酒。

高陵慌忙走向那四位公主，撥開她們扭曲的身體，看她們的臉……

「獨欠了彩蝶……」巴曼子鬼魅般走到高陵身後。他目露殺氣，閃電般扯下牆上的箭筒和弓，奔向走廊，大喊：「彩蝶！蝶兒……」

「主公，求您饒公主一命！」高陵失聲高呼，隨巴曼子狂奔出去。

「我的妻女，絕不被敵軍蹂躪……」

巴曼子陷入瘋癲，不停喃喃自語，持弓跑出迴廊。

在迴廊深處響起嬰兒的哭聲。

彩蝶公主和兩名侍女正向大明宮奔來，侍女婉兒抱着彩蝶的女兒跟在後面。

巴曼子濕潤瘋狂的眼睛直盯着彩蝶的身影，聲音顫抖地說：「來得好，來得及時！彩蝶啊，黃泉路上妳先走，父王隨後就來。」

他拔箭拉弓，瞄準彩蝶的心臟，直射了一箭。

「蝶兒，快避開！」高陵力竭聲嘶地狂呼，向彩蝶飛撲過去。

可是，彩蝶仍來不及理解夫君這句話，巴曼子的箭已射穿了她的心，殷紅的血如泉水般湧出來，染紅了她淡綠色的裙子。一朵朵血花燦爛地盛開着，彩蝶吐出了一口鮮血，隨這片花海倒了下去。

高陵發狂地奔向妻子，緊緊地擁抱着她，按住她的傷口，聲音嘶啞地大喊：「蝶兒，撐住啊！我帶妳去找巫言。」他抱起彩蝶，狂奔向國師殿。

巴曼子老淚縱橫，再拉弓引箭射向婉兒懷裏的小公主。

「啊！」婉兒淒厲地尖叫一聲，伏了在地上。

「哈哈哈哈！完了，一切都完了。」巴曼子失心離魂地喃喃自語，「蝶兒，黃泉路上妳先走，我隨後就來。」然後，他踉踉蹌蹌地走向仁政宮。

穿過時光隧道的白茉莉已經到達了古代巴國，她抬頭一看，看見一扇黑漆紅紋的大門，上面的牌匾寫着「仁政宮」。她伸手觸摸那道門，發現它是實在的！

（到達目的地了嗎？）

她轉身看一看那隧道，它已經消失了。

白茉莉輕輕推開那扇門，寬敞的大廳寧靜得可怕，所有生命似乎都死滅了，只剩下白茉莉急促的心跳聲。

白茉莉步步為營地走進大廳。

外面突然傳來一群人吵雜的聲音，白茉莉邊前進邊回頭看，一不小心，被一團軟綿綿的東西絆倒了，一看，那竟然是一具屍體！屍體旁邊有一個箭筒和散落了的白羽箭。

這突如其來的遭遇令白茉莉有點兒驚慌失措，她迅速地爬離屍體，在混亂中，頭頂撞到了一隻椅腳，她順勢朝上望，看見一個身穿黃袍的男人。他，垂下頭端正地坐在椅子上，握着寶劍的手安靜地放在腿上，如果不是看到劍上的血跡和脖子上淋漓的鮮血，你真會以為他只是睡着了。

巴曼子自刎而死，以此方式向那些對他寄予厚望的先祖和臣民道歉。身在帝王家，背負沉重而不能推卸的責任，他的人生從來沒有選擇。

白茉莉後退了兩步，不能再多退，因為不遠處也有一具屍體。她只好坐着，冷靜地深呼吸，調整心情。一會兒後，她的神情改變了，變得自信、無懼，彷彿變成了另一個人。

這時候，走廊突然傳來一陣喧嘩聲。穿上宮裝的男男女女都驚惶失措地向四方奔逃。

白茉莉走出走廊了解情況，思考着該走向哪兒。

「敵軍殺進來了，快逃走啊！」人群中迴蕩着這句話。

她隨人群穿插在不同的走廊。突然，一陣嬰兒的啼哭聲吸引了她的注意。

這斷斷續續的啼哭聲，雖然微弱如塵，卻在白茉莉的耳朵裏引起很大的震動。她朝聲音的來源走去，強烈渴望找出這個孩子。最後，她隨着孩子的哭聲，走到了大明宮。

在一條迴廊上，一個裹着鳳紋繡綢被的孩子躺在宮女的懷抱裏揮動手腳，不停地啼哭着。那宮女的胸膛受了一箭，鮮紅的血染了一身，流了一地。

白茉莉跑過去，撥開宮女的手，抱起孩子。奇怪的是，那孩子一看見白茉莉便不再哭了。

宮女吃力地睜開眼睛，看着白茉莉說：「公主殿下，小公主……交還給您了，奴婢走了，來生……來生……」她就是婉兒，把小公主交給白茉莉後，咽下了最後一口氣，靈魂離開身體，拖着閃亮的尾巴飄向另一個世界。

白茉莉正想離開的時候，迎面卻走來了一個美少年。他分明的輪廓，琥珀色的雙眸閃動着智者之光，高佻的身上穿着純白色的袍服。一頭烏黑柔順的頭髮隨意地束着，散落在肩上。他看見白茉莉低頭抱着小女嬰，立即神情緊張地抓住她的手，大吼：「妳是誰人，為何抱住小公主？」

白茉莉摔開他的手，大聲問：「你又是誰？放開我！」

那人沒想到白茉莉竟敢反抗，他定睛看一看白茉莉，十分愕然：「彩蝶？」他頓了頓，臉上露出詭異的神色，「不……妳不是彩蝶，誰主使妳來？」

走廊另一端突然走來一個穿着素服，束着頭髮的少年，他失聲大喊：「國師大人！國師大人！」

白茉莉恍然大悟。

（原來他就是國師。）

那少年走到巫言面前，跪下來說：「國師大人，請趕快回國師殿。高陵將軍抱着身受重傷的彩蝶公主殿下在國師殿等候大人。」

巫言聽了，將白茉莉交給那少年，說：「帶着她，隨我回去國師殿。」就匆匆回去國師殿。

在國師殿裏，高陵放彩蝶在長椅上，跪在地上，緊緊地擁抱着她，在她耳邊溫柔地說着兩人的往事：「還記得那一年的春天……我在王宮的花園裏漫步，妳突然像蝴蝶般從花叢間飛撲出來……

那時候妳才五歲，穿着彩色的花衣裳，我還以為妳是花精靈。從此，我就愛上了妳，我就知道妳是我一輩子的愛。蝶兒……醒來，不要睡！我還要牽着妳的手去賞最美的花……妳還要梳理我的銀髮……」

彩蝶靜靜地躺在夫君的懷抱裏，默默地聽着他的話，眼淚無聲地流下來。心裏有千言萬語，可是已經口不能言，頭不能抬了，她睜開的眼，只能看到一個無底的黑洞。那個黑洞越來越大，大得籠罩着她，將她吞噬。然後，她的亡靈輕輕地飄起，一直上升、上升，升到天空上。一道和暖的光包圍着她，那道光連接了她的肉身和天空盡頭遙遠的他方。

星空上一片寧靜，在星空上，彩蝶俯身看着大地，準備告別人世，可是寧靜的天空突然傳來丈夫的哭聲：「蝶兒，別捨我而去……」高陵抱着愛妻，泣不成聲。

夫妻之情，夫妻之意突然襲上心頭。

情感困鎖了彩蝶。

她的心不再空靈。

她不能自控地飄回國師殿。

在國師殿的天花板上，她看着自己，看着流淚的丈夫。她輕盈地下降到高陵身後，擁抱着他哭泣起來。

她不願意離去啊！

她在乎朝朝暮暮。

「快走，不要猶豫。女兒啊！不要貪戀人間，不要做迷失在人界的亡靈！快跟隨光的引導離開。」彩蝶的母后在光裏呼喚她。

「我放不下他，我要留下來！」

「蝶兒，我們的時間到了，是時候了卻塵緣回去了。你和高陵已經緣盡，只有盼望來生有緣再見。蝶兒，妳是亡靈，不會蒼老，不會死亡。如果妳一直跟着他，只會看着他不斷地蒼老，甚至死亡，他對妳的愛也會有天荒地老的一天，那時候，妳會更悲傷和寂寞。女兒啊，別執着，該放就放，該走就走。」

「母后……」彩蝶放聲大哭，不情願地放開雙手。可是高陵聽不到，也看不見她。

王后拉着彩蝶的手，一起隨那道光離去。可是，彩蝶的亡靈飛至半空，卻下了決心，甩開母親的手……

問世間情是何物？

彩蝶不明白，也不想去明白王后的話。她只想生生世世守在高陵身旁，即使這會下地獄，她也要爭取一分一秒的相隨。

充滿愛和不捨的一縷幽靈，不顧一切地、無聲無息地飄回夫君身旁。

巫言一進入國師殿，就看見高陵擁抱住彩蝶喃喃自語。他走到彩蝶身旁，連忙幫她把脈。

高陵焦急地看着，眼裏充滿了盼望。可是，巫言把了一會兒脈，便輕輕地放開了彩蝶的手，難過地低下頭。

高陵忙問：「蝶兒傷得重不重？」

巫言默不作聲，只是皺着眉頭，沉重地搖頭。

「快拿藥來醫治她！」高陵大吼。

「我來遲了，公主仙遊了。」巫言悲傷地說。

「你說謊！你這個騙子！」恍如晴天霹靂，高陵抓住巫言，彷彿把他當作最後的一絲希望，拚命地抓緊，「快拿出你的仙丹來醫治蝶兒！要不然，我殺了你！」

「高將軍，對不起！」巫言說完這句話，也心如刀割。

「你騙人！騙子……」情緒失控的高陵從腰間抽出魚腸劍想刺向巫言，卻被門外射進來的一支冷箭射穿了腹部。他輕吼一聲，用手拔出毒箭，全身無力地跪在地上。

「高將軍！」巫言忙扶他仰躺下來，從衣袖裏取出一顆丹藥，放進高陵口裏，讓他服下去。

當巫言為高陵處理傷口時，門外、窗外突然射進千萬支箭，巫言忙用白綾遮住彩蝶的遺體，又施法令箭雨反射回去，射死發箭的士兵。

這時，門外已經傳來陣陣用劍者厚重的腳步聲。一名傳令兵戰戰兢兢地稟報：「將軍大人，屬下已經執行指令，但射出的箭竟然回射，殺死我方的射兵。」

「退一旁去。」一把熟悉的聲音傳進了巫言耳裏，他就是秦國的雷鳴將軍。他步進國師殿，一看見巫言，就說：「國師大人，良久沒見，思念得很。您還好嗎？」

巫言冷淡地說：「不用雷將軍操心。」

雷鳴豪邁地哈哈大笑：「秦王一直耐心恭候閣下大駕。請大人隨我回秦國。」一名士兵帶進了抱着嬰兒的白茉莉，雷將軍說，「彩蝶公主殿下也會一起前往。」他示意士兵放開白茉莉，她忙跑向巫言。因為她知道跟巫言在一起，比起在雷將軍身旁安全。

白茉莉跑到巫言身後那條木柱旁，靜觀其變。

巫言說：「多謝秦王的好意，但恐怕雷將軍要白走一趟了。」他說罷，就默唸咒語，一片看不見的灰色濃霧頓時籠罩住所有人，令他們如瞎子般視野模糊，亂成一團，只有白茉莉，沒有受到影響。

這時候，白茉莉身旁那條木柱悄悄地出現了一個小小的黑洞。

那黑洞迅速擴大。

白茉莉心裏大喜，她一聽到黑洞另一端傳來張傑的呼喚聲，忙抱着嬰孩，跑了進去。

巫言剛好轉身，看見這突如其來的怪事，不禁愣了愣，但他很快回過神來，趕緊伸手想抓住白茉莉，可是白茉莉一跑進黑洞裏就消失了，那洞口也迅速地收窄，巫言連忙在它完全消失前收回自己的手。

他才收回手，那個黑洞就消失得無影無蹤，眼前只剩下一條柱。

巫言撫摸着那條柱，思考半晌，他相信這條時空隧道是由比自己強大許多的力量造成的。

究竟時空隧道的出口在哪兒？究竟那個長得極像彩蝶的妖精從哪兒來，又要回去哪兒？為甚麼她要帶走彩蝶的女兒？

不過，當務之急，還是先帶彩蝶的遺體回去無人島安葬，於是他拔出她身上的箭，放了一顆有法力的寶珠進彩蝶口裏，然後抱起她從另一條時空隧道回去巫師總部——無人島。

巫言只是凡間過客，當年他路過巴國，巧遇彩蝶，為了她才留下來做國師。現在彩蝶已經離去，他也應該回歸真正屬於自己的人生。

王都不遠處的絕情林裏，一個白衣女子的神魂在天空中飄蕩。

她漠然地看着王后的靈魂飛走，消失在那道黃光裏。

她垂目俯視烽煙四起的古代巴國，不屑地「哼」了一聲，說：「務相，睜開你的眼睛，看看你苦苦追尋而來的這片土地，看看你的子民，聽聽你子孫的悲鳴，全都是你這個薄情郎的報應。哈哈哈哈！祝你的國運永世昌盛，祝你的後人安康長壽。」她輕嘆一聲，「可惜，我還沒有復元，否則我一定抓住你子孫的亡靈……只要時機一到，我要你血債血償！」

她幸災樂禍地看了屍橫遍野的慘況一會兒後，才心滿意足地飄進了絕情林。

這時候，白茉莉抱着嬰孩在時空隧道裏小心翼翼地尋找出路。她必須非常小心，否則會迷失在時空的缺口裏。

《海神》有緣無分

夜，無聲地降臨在張傑身處的荒村。

他絕望地又一次回到白茉莉消失的地方。

今天早上，白茉莉突然在張傑的臂彎裏消失，教他不知所措，當他回過魂來後，就在這個別墅裏瘋狂地四處尋找白茉莉的蹤影。一天過去了，可是他找了一遍又一遍，幾乎把每一株草，每一朵花都翻過來看了幾遍，仍然找不到白茉莉。

現在，他也只能夠絕望地看着那扇門。

突然，那扇門竟自動彈開。

張傑驚訝地走進閣樓裏，裏面空無一物，只是牆腳長滿了虞美人草。面向門口的那堵白牆上掛着一幅古畫，古畫下有一張桌子，桌子上放着一個花瓶，花瓶裏放了幾株虞美人草。古畫裏畫了一個古代女子，張傑走上前一看，覺得這女子有點兒像白茉莉，再仔細一看，畫的左上角寫着：虞美人。

這時候，張傑的背後射出一閃而逝的白光。

他轉身就看見白茉莉懷抱着一個嬰兒躺在地上。

「茉莉！」張傑跑過去扶起她，她微睜雙眼看着張傑，但目光呆滯，瞬間累倒在張傑的懷裏。

張傑想抱起白茉莉和嬰兒，送他們回房間，可是一陣睡意卻無聲地襲來。他無力掙扎地伏在地上昏昏欲睡，嘴裏仍喃喃地喚着：「茉莉……茉莉……」一會兒後，終於不支地沉沉睡去。

陣陣冷風從房門外吹進來，一個女子衣袂飄飄，風一般步進來，站在白茉莉身旁。

白茉莉虛弱地睜開眼睛，抱着嬰兒跪伏在那女子面前，恭敬地說：「主人。」

白衣女子瞪着白茉莉，生氣地說：「白狐，我叫妳獨自回來，為甚麼妳要帶這個男人一起回來？妳想違抗我的命令嗎？妳幾乎破壞了我的計劃，妳說妳該死不該死？」

「主人，白狐該死！請您不要生氣，我不是有意帶他回來的。我下了飛機才發現他已經在等着我，所以只好帶着他來這兒。」

「既然他自己送上門來找死，那我就成全他！」她跟身後的少女說：「把他送去餵狼。」

白茉莉忙撲向張傑，阻止那少女帶走他。

她苦苦哀求：「主人，求您放過他！他真的一點兒也不知情，他只是對我的化身一片痴心。況且，當務之急是回去祭天地，希望皇天后土保佑我們在明天時空破口出現時，及時以這個孩子引導我們去那負心人的時空，把他殺掉。」

白衣女子一聽了這番話，立刻有點兒失魂落魄，她憤恨地說：「對！千年又千年的等待，我終於等到這一刻，還是不要節外生枝了。」說完，便命令身後的少女：「給他喝忘情水。」

「奴婢知道。」那個少女立刻餵張傑喝手上玉瓶子裏的水。

然後，那白衣女子抱起嬰兒，向她施了渴睡咒。她看着女娃兒粉紅色的小臉，隨着呼吸一起一伏地抖動着的長睫毛，不禁生出愛憐之心。

（多可愛的孩子！如果妳不是務相的後人……）

她的臉上一陣悲涼，閉上眼睛再次咀嚼心裏的苦。再張開眼睛時，眼中已經充滿了恨意。

她將嬰兒扔給身旁的少女，迅速地往前走。

白茉莉忙跟在她身後，臨別時回眸一看躺在那一片鮮紅色虞美人草旁的張傑，感到肝腸寸斷。

她心裏明白，喝了忘情水，生死倆相忘，一切都無法挽回了。

她的心很痛，可是不知道如何形容這種痛……

（傑，請繼續活在你美好的夢裏，請繼續念記着那純潔的白茉莉。白狐有幸遇上你，算是我這幾千年修來的福分，我們有緣再會。）

晶瑩的淚水輕輕掉落，白茉莉忙抹掉眼淚，悲傷地轉身隨白衣女子走過一個桃花陣，進入絕情林。

絕情林，是白衣女子的結界，也是她的養傷之地。

她已經忘了自己究竟在這個森林停留了多少年。

她依稀記得自己叫孋姬。

在幾千年前，她還是一個如春花般盛開的鹽海女神。她天真爛漫，對人類生活充滿憧憬和幻想。

有一天，年少俊美的古代巴國部落首領——務相，乘着他的雕花船來到鹽海。他帶着子民，想去尋找一片肥沃美好的土地，建立永垂不朽的王國。

孋姬一看見這少年就情難自禁地愛上他。

她變成白蝶飛向他。
她眉目如畫，衣袂飄飄地站在務相面前，向他表達愛慕之情。
務相也愛上了這位耀目如陽光的女神。
他們互相愛慕，每天都過得無限依戀。
可是……
務相另有任務。他必須離開。
她求他留下來。
她願意將鹽陽一帶的土地都給了他和他的子民。
可是，他不願意領受她份情意。
「孋兒，妳這片土地不夠肥沃、廣大，我的族人希望繼續往前尋找一片更好的土地。」
「不要這樣！務郎，我是這裏的海神，不能隨你到天涯海角。」
務相的神情複雜，皺起眉頭，不再言語。
誰也不再討論這個問題，孋姬只當愛郎已經下定決心留下來陪伴她。他們愛得甜如蜜糖，難捨難分。

在鹽海母親的面前，在朦朧月色下，他們山盟海誓，矢志不渝。

當孋姬仍然陶醉在這溫柔的盟誓裏時，務相卻帶領着族人，檢查船隻，浩浩蕩蕩地準備離開鹽陽。

「為甚麼？務郎！我們不是指月盟心，發誓永不分離了嗎？」

「孋兒，對不起！我很愛妳，但是我不能逃避自己的宿命，否則我倆都會萬劫不復。我是得到天神祝福的人，可是這也表示我背負了沉重的使命。巴族的子民需要我的帶領，我答應過他們，帶領他們追尋一個美好的國度。更何況這不但是一個責任，也是我的夢想。」

「那麼我怎麼辦？你也答應愛我一生一世！」

「孋兒，隨我一起追尋我的夢吧！」

「你很自私！你不願意為我捨棄任何東西，卻要我為你捨棄一切。我恨你……」孋姬哽咽着，轉身跳進鹽海裏。

孋姬的心，碎成千百塊碎片。她在海裏瘋狂地哭泣。

鹽海啊！請溫柔地擁抱您的女兒。

這可憐的海的精靈。

這天真純潔的海的女神。

她哭泣了，因為錯信了人類。

皇天后土啊，請跟她一起哭泣。

哭泣天地間從此失去一顆天真純潔的心。

哭泣天地間從此失去一位快樂的女神。

天帝得知孋姬戀上人類，更阻止天神所祝福的人前往應許地時，憤怒地下了一道神諭：「立即放務相和族人離開，否則將受重罰。」

可是，年輕的鹽海女神任性地違抗了天帝的命令。她趕走了帶神諭來的童子，又把這道神諭拋進鹽海裏。

天上隨即下了一個響雷，那雷電擊中了孋姬，使她昏迷過去。她醒來後，發現自己已經失去了一半法力。

放手，還是依照心意而行呢？

她選擇了後者。

一死又如何？她要忠於自己的心。

孋姬的痴情感動不了務相和天帝，卻感動了山靈水澤的精靈。他們決心助孋姬挽留她的情人。

精靈們商議過後，想出了一個阻止務相船隊前進的方法——他們一起變做千千萬萬隻蝴蝶，在天空中飛舞，織出一張天網，掩蔽日光，使天地一片昏暗。

務相多次帶領着他的族人，想啟程出發，卻被蝴蝶包圍住，而且無論甚麼時候，天地也一片昏暗，使他們分辨不清東西南北。

七天七夜過去了，船隊仍不能啟程，大家都束手無策。

務相苦苦相勸，求孋姬不要再任性，讓他去成就千秋大業。可是，為情所困的女神又豈會讓情人離去？她拒絕撤去蝴蝶陣。

當務相和族人都無計可施時，一個謀臣走出來，對務相說：「主君，屬下有一計相獻，不知道主君願聽不願聽？」

「說來聽聽。」

「女神是為情而設蝴蝶陣，我們何不以情攻之？」

務相看着他，眼裏充滿了猶豫。

「我們利用她的痴情，把她除去，她一被除去，其他精靈自然散去。」

務相無言以對，其他人卻都認為這是一個好辦法。

他們在營帳裏商討了一個晚上才散去。

眾人散去後，務相一夜無眠，看着天上的明月。

孋姬對他而言是一綹剪不斷的情絲。她纏繞着他的心。

可是，為了自己的族人，為了完成天神交給他的神聖任務，他必須出賣她。

想到這兒，務相心如刀割。他仰望蒼天，痛苦地問：「蒼天啊，可否容許我放下這苦杯？」

天，悄然無聲地看着大地，看着受苦的人。

天，總是那麼的高高在上，那麼的不近人情。

第二天早上，務相無奈地剪下一綹青絲，叫這個謀臣帶去送給女神。

女神看了，問：「這是甚麼意思？」

謀臣答：「敬愛的女神，這是人間的訂情方式。主君送您這綹青絲，表示將來與您共諧白首，請您一定時時刻刻把它帶在身上，千萬別丟了。今天，主君會坐在『陽石』上等您來商討婚嫁的細節。」

女神不知道這是計謀，便欣然接過務相送的青絲。

她把這綹青絲纏在髮髻上，再變成一隻白蝶，會合其他遮蓋天空的蝴蝶，告訴他們這個好消息。

女神忘了，這綹青絲本不屬於她，不會隨她變成另外一些形體。

女神忘了，她在天空中飛舞的時候，那綹青絲也隨着和風，飄飄蕩蕩地飛舞在天空中。

務相站在地面上，看得真切。他踏上那一塊久雨禱晴的「陽石」，彎弓搭箭，朝着髮絲的所在，以神授之弓，把箭，無情地射去。

誰說結髮為夫妻，恩愛兩不疑？

青絲還沒白，情愛已不再。從此世間上又多了一個薄情郎。

女神中了這一箭，在天上現出了真身，她的心裏充滿疑惑。

（為甚麼？務相，為甚麼為甚麼為甚麼……）

粼粼波光，反映出她痛楚的臉容。

她臉色蒼白，看了務相一眼，然後雙目緊閉，微微發出一聲呻吟，從天空中輕輕飄墜下來，落到鹽海的波面上，隨着東流的海水流去，漸漸沉沒了。

剎那間，數不清的蝴蝶彷彿一隊送葬的隊伍，追隨着孋姬的身影而去。

眾人的眼前，又再出現一幅秋高氣爽、麗日晴天的川原圖景。

務相的族人不禁手舞足蹈，一起吶喊歡呼。

在眾人的歡呼聲中，務相仍然站在那塊久雨禱晴的「陽石」上，無力地垂下了拿弓箭的手臂，怔怔地望着鹽海濁浪出神……

終於，務相率領着他的族人，坐船從鹽海啟程了。他們找到了一片平曠而富饒的原野，那兒有豐茂的綠草，有高大的樹木，美麗的花朵燦爛地開放着，各種小鳥、小獸歡快地飛翔縱跳着出沒在花草和樹木之間。於是，務相和族人，在這個理想的地方，建造了一座莊嚴雄偉的都城——夷城。

他們的子孫在這裏一代代地繁衍下去，後來成為中國西南部一個強大的族群。

女神的形體受了重傷，元氣大傷，山林水澤的精靈聯手從鹽海救起她，將她放在絕情林裏心月湖底的水晶宮療傷。

心月湖，這個湖的水是鹹的，它的水從鹽海流進來。女神依靠吸取母親海的精華，苟活了下來。絕情林得到山林水澤精靈的保護，所以孋姬的元神可以自由地在絕情林飄蕩，不受侵害。

光陰消逝如流水，一念之間，千百年飛馳而去，只剩下交錯的光影。

在這漫長的歲月裏，一隻可愛的小白狐無意地跑進了她的世界，忠心地陪伴着她。

古代巴國亡國的那一天，偷偷躲在彩蝶宮殿廚房裏的小白狐誤闖絕情林，剛巧被孋姬看見。小白狐溫馴可愛地依偎在她的腳下，讓她生了憐愛之心，決定收養來相伴。孋姬更送牠一顆靈珠，助牠修煉成狐仙。

雖然苟活了下來，可是孋姬的日子過得很痛苦，因為她滿心仇恨。仇恨遮蔽了心裏的陽光。

經過幾千年的治療，女神的形體終於復原，可以計劃她的復仇大計。

孋姬本來是可以遊走於不同結界的天神，她可以回到從前，找務相復仇。

可惜，天帝的懲罰使她不能如願。原來太初之時，天帝曾與人王訂下盟約。天帝保證，所有天神永不擾亂人間世的秩序，並將嚴懲所有違約者。天帝早想到孋姬會為了務相而違反天條，所以除去了她跨越時空的力量。

孋姬豈會輕言放棄？她為務相失去了太多。她要他償還。

她左思右想，終於想到狐仙。狐仙有跨越時空的法力，亦不受天神之約的制肘。

可是，她那頭小白狐的法力有限，還要多修行一段長時間才能帶她回到遠古的時空。

如何是好呢？還有其他方法嗎？

於是，她去請教幽河的白龍神。

白龍神告訴了孋姬一個復仇的方法：請靈山十巫的後人把彩蝶的女兒抓回來，因為她是古代巴國王朝最後一位王裔。如果務相是開始，這位公主就是結束，像一個命運之輪，兩個人站在民族命運之輪的同一點。像鐵和磁石，兩人互相吸引，互相牽制。只要巫師作法開啟時空門，再以公主的血導航，孋姬就可以準確地回到被務相箭傷前的時空，先殺了務相來改寫歷史。孋姬恍然大悟。白龍神說得對，除了狐仙，還有能打通聖域、人界和魔域通道的巫師可以作法開啟時空門，而且靈山十巫後人的法力遠比狐仙高。

於是，孋姬要小白狐化身為人，進入一個普通人家庭，以平凡人的身份，到處去尋找靈山十巫的後人來助她打開時空門。可惜，白狐尋找多年仍然找不到巫師們的下落。

一星期前，白龍神告訴孋姬一個好消息：時空門將飄移到絕情林，令這一帶的時空變得不穩定，在這個情況下，即使她的小白狐也有足夠的法力穿越時空回到古代巴國亡國的時刻，帶小公主回來，也可以帶孋姬回到遠古年代了。

於是，孋姬速命白狐回來進行復仇計劃。

現在，小白狐已經順利帶回巴國的小公主。她的計劃總算是開了一個成功的頭。

今天晚上子時，她就可以穿越時空門，回去遠古時候，回去務相箭傷她前的時光。她，終於可以殺死那個負心郎。

可是，她的心為何感到不安？

她的心為何感到悲傷莫名？

孋姬輕倚窗櫺，幽幽地看着月亮。

愛情這顆使人快樂的丹藥，原來只是塗了蜜糖的苦果。

夜涼如水，冷月如弓。

絕情林裏，夜色正濃，漆黑的巨人張開大口，吃掉了所有絢麗色相。

《海神》
靈山十巫

在無人島的巫師總部裏，巫言召開了一個緊急會議。

這是由遠古靈山十巫後人組織的巫師集團。

靈山十巫：巫咸、巫即、巫盼、巫彭、巫真、巫禮、巫抵、巫姑、巫謝和巫羅，都已經退隱，但他們和天神所生育的後人仍繼續背負着保衛時空和擔任人神橋樑的任務。

歷史上，巫師一族被稱為異能者，有些巫師曾用這些能力導致人間時空錯亂，滅絕了恐龍。

為了不重蹈覆轍，族人嚴守戒律，不得擾亂時空，不得在凡人面前顯露異能，否則一律處死。

為了避免有巫師犯下大錯，造成不可挽回的可怕後果，巫言甚至組織了二十八個影子殺手團隊，隨時監視族人的舉動。

除了巫言，沒有人知道那些殺手的真面目和選拔方式，他們除了學習基本武術和謀略，每個小隊的殺手還要學習各自專精的功夫、武器。

那些殺手沒有真實名字，除了小隊的領袖以二十八個星宿的名號為名，其他成員都以數字代號稱呼。平日，已經通過文、武兩關考試的殺手，可以和普通人一起過正常的生活。可是，殺手只效忠巫言一人，只要巫言一聲令下，他們必須毫不猶豫地為他而死。而且，離營的殺手每年都要到巫言指定的地方再覆核，如不及格，就要回營重修。

總部會議室的門關上了，打着湖水綠絲質斜紋領帶的保鑣安靜地守候在門外。

圓形會議桌上坐了十個穿了純白長袍的人，巫言坐在主席座位上，仍然是一頭烏黑柔順的及肩黑髮配襯着一雙琥珀色的眸子，一臉嚴肅地看着坐在他左邊那個人。

這個人是巫師集團的大長老。

「大長老，你也感應到今天的事情？」巫言問。

「是的，主席大人。有人闖進了時空門，已經造成一些危險的錯亂。」大長老答。

「找到出事的地點了嗎？」巫言問。

「屬下找到了，是絕情林。」大長老答。

「和我的感應一樣。這兩天，時空門正好飄移到絕情林，孋姬暗地裏進行着甚麼計劃呢？」巫言問。

「昨天晚上，她引導自己的白狐進入時空門回到亡國前的巴國，帶回了彩蝶公主的女兒。」大長老答。

巫言心頭一顫，一段回憶如潮水般湧上心頭。

（孋姬的白狐？我當年所見的那個女人原來是牠！）

「會不會有巫師參與？」巫言問。

「屬下還不知道。不過，假如白狐真的帶回不屬於這個時空的女嬰，我們不能置之不理。」大長老答。

巫言沉默了一會兒，說：「我會傳召兩名影子殺手出去追查，先把那個超越時空的嬰兒帶回來，再慎重地考慮如何處理。」

「主席大人，把嬰兒送到我那兒，讓我來照顧。」八長老說。

「八長老是集團裏唯一的女性，所以她最適合照顧那女嬰。」五長老說。

「五長老說得有道理，就這樣決定。」巫言同意。

「主席大人，由於孋姬擾亂了時空秩序，令時空缺口變大和延長了開啟時間。屬下恐怕會有凡人誤闖時空缺口，改變歷史。」二長老說。

「說得有道理，我會派巫師殺手守住這個出入口。」巫言說。

「主席大人，聖女大人的靈魂於十四年前轉生為人，我們一直未能找到她的下落。屬下預感這次的變動，會助魔王更容易找到轉生後的聖女大人。因為上次戰爭後，陛下封鎖了魔域通往聖域的所有出入口，並沒有封鎖人間和魔域的通道。」二長老說。

「二長老的預感一向很準確。主席大人，現階段我們應採取甚麼行動呢？」四長老問。

巫言沉默。

聖女——巫忘，他唯一的妹妹。

當年，天帝的養子——日族大將軍希羅殿下對巫忘情有獨鍾，後來他因興兵作反失敗，墮入魔道，成為魔域十王的領袖，效力至尊天魔，自號魔王。他捉了巫忘到魔域，更以至尊天魔的邪血，使其失去本性，漸漸入魔。希羅再次發動戰爭，直闖聖域，最後戰敗，被趕回魔域，巫忘的魔血被夜神聖尊毀滅後，卻死在天帝劍下。在大家都認為巫忘的靈魂已經灰飛煙滅的時候，唯獨天帝肯定她獲救了，在某處療傷，等待轉生的機會。

天帝說的果然沒錯，雖然至今仍然沒有人知道當年拯救巫忘靈魂的天神是誰，但是大家都認定是法力深不可測的隱族天神做的。

至今，巫言仍記得巫忘的身體在他懷抱裏消散時的錐心之痛。

「為了聖女大人的安全，我們必須嚴陣以待。」二長老說。

「我會組織一隊偵測部隊，密切追查聖女的下落。各長老如果掌握到任何資訊，請儘快通知我。大家暫時靜觀其變，不必憂心。」巫言說，「各長老還有事情商討嗎？」

九大長老都表示沒有。

「今天散會。」巫言宣佈。

於是，九大長老都以時空轉移方式離開了無人島，回歸各自的生活，成為社會上某一個「普通人」。

《海神》不堪回首

高陵糊裏糊塗地進入了絕情林。獵人的本能使他感覺到有點兒不對勁，於是將車子停在森林入口附近的小徑旁，然後帶着電筒、魚腸劍及巴曼子的弓、箭、箭筒，到處去看看。

他拿着電筒走了一段路，看見前面有一個湖，這個湖寧靜清澈，湖邊有一間簡陋的小木屋。他推開小木屋的門進去看看，裏面有木製的牀、桌子、椅子、食具⋯⋯全部都很精緻，看來是一個女孩子的居所。不過，它們已經全是灰塵，這裏似乎空置了多年。高陵離開了這間小木屋，在湖邊蹓躂時，看見一棵長滿了桃子的大樹，大樹下又有一大塊平滑的石頭，便站在樹蔭下欣賞四周的景色。然後，他躺在石頭上看星，不知不覺竟睡着了。

一星期前，高陵夢見了彩蝶，夢見了自己臨死前的情況。當時，他的靈魂幾乎離開軀殼，彌留期間，他看見了彩蝶。她站在自己身旁，淚流不止。當他魂離體外，想伸手擁抱妻子時，突然感到喉嚨裏一陣清涼，一束從體內伸展出來的光線牽着他的魂，把它拉回身體裏。接下來，一股活力一點一滴地從心臟流向手臂、大腿，再流向指尖……他被動地感受着血液的流動，不知道過了多長時間，才吃力地睜開眼睛，醒了過來。他閃避敵軍，到處找尋彩蝶，可是她已經不知所蹤。

將士、親人、朋友，死的死，傷的傷，連高陵也忍不住流下了男兒淚。他小心翼翼地走到了仁政宮，可是也找不到巴曼子。他只好從地上拾起巴曼子家傳的神授之弓、刻有巴國圖騰的箭和箭筒，逃離皇宮，又將聖上的遺物保留至今。

那時候的高陵並不知道自己已經得到了長生。只是，隨着日子一天一天地過去，他開始發覺自己有點兒不對勁——他沒有老去。

「巫言，一定是巫言的不死藥。」他心裏吶喊。

真是無奈啊！

高陵曾經自殺了很多次，但是都失敗。他沒有死去，因為他的身體擁有在極短時間內自動復元的神奇力量。

最後，他放棄了。

他接受了自己的宿命。

當他開始接受宿命時，卻發現更晴天霹靂的事情。

除了食物，他也渴求血，人類的鮮血！

他每個月要喝一盒果汁大小的鮮血，否則心裏就會充滿吸血的欲望。

他的雙目開始有夜視功能，又有超越時間的行動速度，他憑藉着這些力量，在夜間潛進醫院偷血包來滿足對血的渴望。

他無奈地活着，除了詛咒巫言，發誓要找到他，讓他想辦法殺死自己，結束這無意義的人生之外，也是一籌莫展。

要活這麼長時間，可真是一件麻煩又苦悶的事情。

為了不想引起其他人的懷疑，他要定期搬遷去不同的地方居住。為了來去無阻，他曾經加入一個偽造證件的集團，學懂了所有伎倆，幫助自己轉換不同的身份。為了生活，他做了專業國際大盜，專門盜取珍貴的古物。

在孤獨無人的夜裏，彩蝶總會出現在他的夢裏。千百年來唯一不變的，只有這份訴不盡的綿綿情意。

高陵從來沒有回去過彩蝶生命消逝的地方，因為他不願意面對她已經離開的事實。

他在逃避，他的心仍然在滴血。

那個夢，彷彿是一種來自心靈的呼喚，它在叫喚高陵回去古代巴國的位置，尋找彩蝶的亡靈。

回去吧！他告訴自己。

他相信彩蝶一定在想着自己。

於是，他將行李扔上吉普車，開車前往古代巴國，自己「死亡」的地方。

昨天下午，高陵的車停了在一家小小的甜品店前，它的店名獨特，叫「靈王店」。

這家小店的建築別樹一格，像一家開在希臘的咖啡店，兩層高，店面不大，只賣甜品和保健飲料。

高陵叫了一客這家店的推介甜品——「前塵」。

「前塵」是一種果凍，這果凍的樣子和一般桂花杞子果凍差不多，吃起來苦中帶甜。高陵吃了一口，百般滋味突然襲上心頭。

那個老闆看見高陵籠罩在一片悲傷落寞的情緒中，就走過來問：「這果凍合閣下的口味嗎？」

「還不錯。」

「今天，我請客人喝一杯新調製出來的茶，您也請賞個面。」

一個伙計用托盤捧着一杯茶走過來，將茶放在高陵面前。

「請用茶，這茶叫『幸福』。」

「『幸福』，好特別的名字。」高陵聞一聞茶香，喝了一口說，「這茶喚起一種淡淡的哀愁，充滿了苦澀。」

「這茶竟然是叫人傷心的茶？看來我要改一改配方了。先生，叫您傷心，真不好意思。給我一個賠不是的機會！今天我請客，請慢用。」

高陵看這個老闆為人爽朗可親，便笑着說：「謝謝。」

那個老闆說了「別客氣」，就和伙計招呼其他客人去了。

離開了甜品店，高陵開着吉普車，駛向自己要前往的方向。

途中，高陵看見一個俊美但冷酷的紅髮男子。那個人的眼神，從容中帶點不容易覺察的焦急。他跟吉普車逆方向，沿着行人路走上去。他雖然用腳走路，可是速度比車子還要快。他漠視四周的人，四周的人似乎也看不見他。高陵定睛一看，那個人正跟蹤着走在他前面的初中女生。

高陵從那兩個人的身上感受到兩股不能解釋的強大力量，他預感到一件不尋常的事情即將發生，為了置身事外，他決定儘快離開。

這時候，天色忽然陰暗起來。空中烏雲密佈，驟雨傾盆而下。

高陵駕駛着吉普車，在濛濛煙雨中，朝古代巴國的位置駛去。

然後，他誤進絕情林，而且睡了在湖邊的那棵桃樹下。

繁星閃爍，為籠罩着天空的夜色帶來慘淡的光芒。

絕情林一片死寂，上千個水精靈和花精靈全身發亮地從心月湖飄上來站在湖面上，將浮在湖面上的嘆息橋照亮得猶如白晝。

湖水中也有一道嘆息橋，女神孤獨的倒影佇立在橋上，不過湖裏的橋並不孤單，它蜿蜒伸展，連接到一座精雕玉砌的宮殿，宮殿裏的燈火正一一熄滅。

心月湖上，女神獨自一人站在橋上黑色的大理石板上。她赤着腳，但那雙小腳在光潔烏亮的大理石襯托下，閃爍着銀光。她的青絲烏黑順滑如瀑布，務相當年送贈的一綹青絲被細心地纏繞在髮髻上。她身上穿了第一次與務相相遇時穿的雪白長裙，纖細嬌弱地站立在天地間。

四周十分涼快，但是空氣是凝止的，就連女神身上的長裙褶子也未見風拂稍動。在凝止的空氣裏，女神像一尊高貴蒼白的大理石雕像般站立着，一雙心煩意亂的悲傷眼眸落向無底的黑水裏。

白茉莉抱着小公主從湖面走到嘆息橋向孋姬下跪，女神向她點頭示意，白茉莉就面朝北斗七星，翩翩地跳起「七星步」，希望以這獨特的狐步協助開啟時空門。

這時候，絕情林來了不速之客。

兩名黑衣人闖進了心月湖附近的叢林，他們是影子殺手，為調查時空被擾亂的事情而來。

高陵被嘈雜的聲音吵醒了，他站在湖邊那塊大石上，在那棵大桃樹的護蔭下看着女神和白茉莉的一舉一動。

月光照在白茉莉的身上，她抱着嬰兒轉身望向高陵的方向時，高陵驚訝得不能言語。

（蝶兒！蝶兒和皇兒！）

他正想衝出去弄個明白，白茉莉頭頂上的空間忽然像被人用刀片割開了一般，突兀地出現了一道裂縫，裂縫裏射出白光。

（時空門終於開了。務相，我們又要見面了！）

孋姬那雕像般冷白的臉容與雙腳，恢復了緋紅血色；她那冰冷凝結的心，又再度跳動了起來；她那嬌弱纖細的身軀，輕輕地震晃，就像一株高貴的銀色百合花，被輕風吹拂得搖曳生姿、楚楚動人。

「主人，請把握時間！」白茉莉把嬰兒交給孋姬。

可是，女神的心在猶豫，女神的心在刺痛。

（真的要殺他了……）

一個水精靈將匕首交給孋姬。

孋姬看着嬰兒，顫抖地接過匕首，緩緩地將匕首指向裂縫，說：「既是開始，也是結束，時間之神啊，請以這嬰兒的血引導我回到務相的身邊吧！」說罷，將匕首刺向嬰兒的胸膛。

「唰」，匕首刺散了一個靈魂，嬰兒卻完好無缺。

是彩蝶！

彩蝶燈蛾撲火般地撲向自己的孩兒。

偉大的母愛戰勝了對魂飛魄散的恐懼。

彩蝶緊緊地抱住女兒。

千百年的思念，千百年的愛，一個可憐的母親擁抱着自己可憐的女兒。

「孩兒，孩兒！」彩蝶孤魂飛散，柳絲輕風般柔弱地呼喚着。

那可憐的嬰兒看着淚流滿臉的彩蝶像晨霧般消散後哭聲震天。她彷彿了解母親的心意，竟有足夠的力量掙脫女神的掌握，滾落到橋上。

孋姬想俯身抓住她，冷不防被一支白羽穿心箭刺穿身軀。

她「啊」地尖叫了一聲，手握着那支箭。

這種箭，正是當年務相刺穿女神身軀的箭。

同一張弓，同一種箭。

魔咒，這個持續了幾千年的魔咒！

這可恨的神之弓。

千百年的修煉，難道就是為了這一刻？

萬般往事，再也無力挽回，無力挽回。

心裏悲苦，卻無處話淒涼！

（務相，還是你贏了。天帝總是庇護着你。我好恨好恨你！）

她拔出箭，憤怒地擲到湖裏。

怨恨，一湧而上。女神發狂悲鳴，一頭青絲剎那變白。

「主人，不要這樣，如果變成怨神，就會千生萬世萬劫不復！」白茉莉大喊。

女神雙眼充滿了恨意，雙耳嗡嗡作響，臉色蒼白可怕，十指長出長長的指甲，白嫩的肌膚變得枯槁乾癟，她痛苦地尖叫，逐漸變成了可怕的怨神。

刺耳的叫聲震動了絕情林，心月湖的水洶湧澎湃，使人恐懼。怨恨之氣不斷膨脹，女神的心已經不再受控，大家都害怕得不知所措。

突然，漆黑天空中的那道白光裏出現了一艘船。

那是一艘雕花船。

女神抬頭仰望着它。

雕花船的船頭站着一個高大瀟灑的人兒。

（多麼熟悉的背影……）

女神望向他。

他緩緩地轉身。

（那是誰……是他！竟然是他！）

女神驚訝得不能言語。

那俊美的少年溫柔一笑，帶來了無盡溫暖的陽光氣息。

「孋兒，我等妳等得真苦啊。來，和我一起前往屬於我們的地方吧。」

「真的嗎？務郎……你不會再拋下我嗎？」

「不會了，我們將永遠在一起。」

鬢髮如霜的女神含笑飛向他，那艘船卻突然消失。

血汩汩地流出來，染污了女神的白裙子。

女神吐出一口鮮血，無力地顫抖着：「務郎，你要我追你追到甚麼時候呢？」

可是，風裏只有她寂寞的回音和精靈們的哭聲。

最後，女神放開雙手，墮進心月湖無底的深淵。

千百年的愛，一瞬間化作虛無，機心算盡，都只剩下一片虛空。

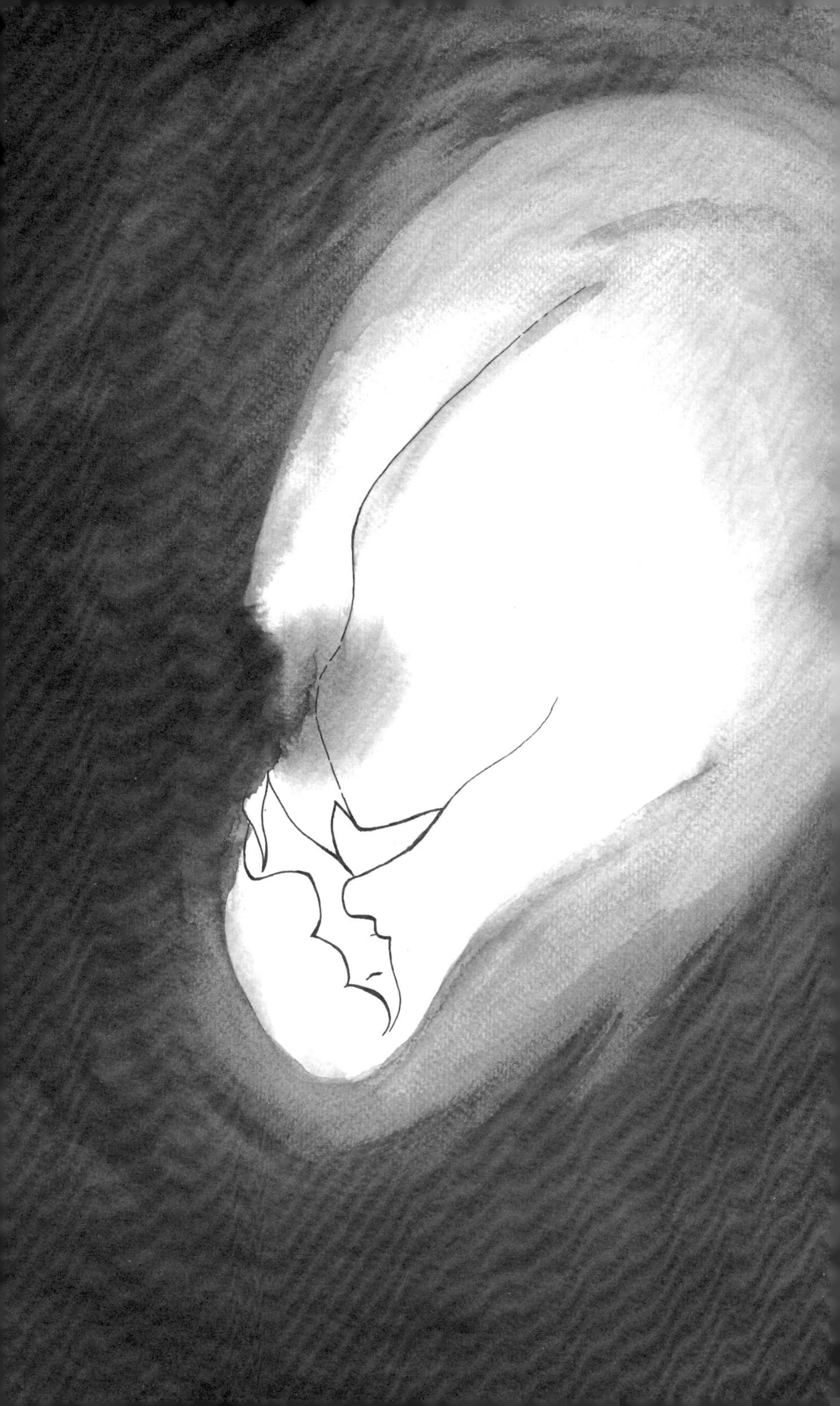

天上的白光不見了，雕花船也消失了，黑色的天幕完好無缺地掛着一顆顆閃亮的寶石。湖面的精靈們和嘆息橋也消散如幻影。

心月湖裏只剩下嬰兒和白茉莉，白茉莉忙踏着湖面走向那女嬰。但是，一個黑衣人比她更快抱起了小公主，另一個黑衣人也以輕功追到，雙手正要捉住白茉莉，白茉莉卻輕快地跳開。高陵也踏着湖面追來，他揮劍砍向黑衣人，對方忙退後兩步避開。

抱着嬰兒的黑衣人大叫：「不要戀戰，帶嬰兒回去覆命。」

兩個黑衣人隨即抱着嬰兒，運輕功閃電般離開了心月湖，不見了蹤影。

白茉莉還沒有定過神來，高陵已經拉着她的手，激動地說：「蝶兒……」

白茉莉茫然地看着他。好一會兒，才恍然大悟。

「將軍大人，您弄錯了！我不是彩蝶公主，而是當年躲在宮殿廚房裏的小白狐，因為公主美得不可思議，所以我修煉成仙後，就變成她驚世動人的容顏。」

高陵半信半疑地放開了她。可是，當他想到自己也是荒謬地活了幾千年時，也只好絕望地相信白茉莉的話。

白茉莉安慰他說：「將軍大人，其實公主一直守候在您身旁，只是您不知道。」

「妳說甚麼？怎麼可能？」高陵難以置信地四處張望，「蝶兒，妳真的在我身旁嗎？出來讓我見一面吧，我想妳想得很苦！蝶兒！」他伸臂環抱冷冷的空氣，可是只能擁抱住一陣輕風。

「將軍大人，真抱歉……」

高陵恐懼地看着白茉莉。

「公主的孤魂剛才為了救小公主，被孋姬主人的匕首所傷，現在不知所終。」

「怎會這樣！」高陵緊握拳頭。

「將軍大人，請不要悲傷，公主雖然受了傷，猶幸沒有魂飛魄散。她只是迷失在絕情林的某一個地方，正依附於某種東西身上慢慢地恢復元氣。只要她儘快前往幽都，就可以再轉生為人。」

高陵雙眉緊蹙：「可是，她轉生後還會記得我嗎……」

「這個……如果今生用情太深，縱然喝了忘情水，也會殘存今生的情意。皇天不負有心人，將軍大人，只要不怕千里追尋，您一定會和公主重聚，幸福地生活下去的。」

「但願如此。只要能夠找回蝶兒，即使只有一絲希望，我也會去嘗試。妳知道我的女兒給誰抓走了嗎？她怎麼會在這兒？」

「將軍大人，說來話長，是我把小公主帶來這兒的，現在很希望能夠將她交還給您。可是，我也不知道剛才那些人從何而來，又往哪去，只知道他們不是精靈，是擁有魔法的人類。」

「擁有魔法的人類？是巫師嗎？」

「很可能是的，他們很可能是靈山十巫派來的。」

高陵滿心憎恨，目露凶光：「他們為甚麼要搶奪我的女兒？」

「我也不知道，也許小公主背負了另外一個特殊的使命。」

「妳說他們想利用我的女兒去達成某些陰謀？」

「我想是的，因為小公主是一個跨越時空而來的孩子，她擁有特殊的力量和命運。」白茉莉心裏惦記着張傑，「將軍大人，希望您快點兒找回公主和小公主。我還有事情要辦，就此拜別。」白茉莉說罷，就翻了一個跟斗，變成一隻毛色潔白的狐狸，朝樹林跑去。

牠向着張傑沉睡的那一片紅紅的虞美人草跑去。

牠的心充滿了期待，牠的心因為快樂而瘋狂跳動着。

快到達的時候，牠變回了白茉莉，大聲呼喚着張傑的名字。

可是，她幾乎踏遍了森林的每一個角落，也找不到張傑的蹤影。

（他跑到哪兒去了呢？傑，你要平平安安地等着我啊。）

白茉莉滿心惆悵，四處張望。

這時候，一張網突然從後面一頭網住了她，使她變回一隻白狐。

（羅刹網！）

白狐暗叫不妙，用力地掙扎。

「爸爸，快過來看看，這是一頭難得一見的千年狐仙！牠的靈珠一定可以賣得高價。」一名少年雀躍地抓住白狐。

（他們是傳說中的半神族！）

那個少年取出一個吸盤般的法器，吸走了白狐體內的寶珠，然後將困住白狐的網綁好，連網帶狐放進一個竹筐裏，背起竹筐，和父親快樂地走了。

真是飛來橫禍，飛來橫禍！

黎明將來，朝陽將驅散陰冷的黑夜。

白狐張目彷彿已經看見一道道耀眼奪目的淡黃色光芒。

白天來了，黑夜便要走了。縱然不願意，也是要走的。

可是，一層霧氣漸漸遮蓋了明亮的天空。

天，不再明亮了，天空灑下了黃金般的雨滴，灑落在白狐的臉頰上。

白狐睜着水靈靈的雙眸，看着天上永恆的月亮。

牠始終沒有等到那美好的晨曦。

牠的靈性正一點一點地消失。

很快地，牠就會忘了那個矢志不渝地愛着白茉莉的人。

此情只待成追憶！可是白茉莉連追憶的機會也沒有。

（傑……傑……）

牠拚命地想要抓住一點兒回憶，可是記憶的黃金沙粒一顆顆無情地流走，流向了虛無。

最後，牠閉上雙眼，任憑命運擺佈。

喧鬧的絕情林回復了往日的寧靜，四周一片寂靜自在，彷彿從來沒有發生過任何事。

《海神》情深似海

所有人都在一瞬間隨風消逝，好一幅曲終人散的圖畫。一如以往，所有人都拋下高陵而去，剩下他去面對孤獨而漫長的人生。

高陵悲憤地將所有怒氣凝聚在丹田，仰天長嘯，像一頭絕望、憤怒的獅子。他高舉魚腸劍，躍上一棵大杉樹之顛，用力一揮，劍氣所到之處，百里之內的樹木都為之彎腰低頭。

過去的一切，像風，如塵，飄渺，無從掌握，只留下光、影和無限的哀愁。

哀愁，高陵最深深處的暗湧，如鬼如魔地纏繞着他。

絕情林，人在林中就能絕情嗎？

恐怕看似無情卻有情吧！

可惜，天地無情，只知道日月更替、四季輪轉，怎會知道有情人的悲苦？高陵垂頭喪氣地坐在樹枝上，仰望藍天。白狐的話又再在他的耳際響起：「彩蝶公主的孤魂只有兩個歸處，不是轉生去了，便是依附於某東西之上。」

（去找她吧！不管要到天涯海角，還是要上青天、下地獄，也要將她和女兒找回來。）

高陵收起魚腸劍，一躍下地，拾起弓、箭和箭筒，向吉普車方向大步邁去。

可是，這個森林比他想像更大，他走了一大清早，也走不到停泊吉普車的地方。中午，他經過一棵不知名的大樹，它身上結了一串串鮮紅得像紅桑子的果實，那果實嬌艷欲滴，吸引極了。高陵摘下一些果實解渴。吃完了，他的睡意忽然濃得化不開，於是躺在樹蔭下小睡。

微風溫柔地吹拂着他那充滿成熟男子野性美的臉龐，輕輕地擁抱着他健美、結實的身軀。葉子傳送着甜美貼心的喁喁細語，安撫着這戰士的心靈。

絕情林，這夢幻般的森林。

森林裏鬧哄哄的，精靈們嘻嘻哈哈地玩着、鬧着、跑着、追逐着。她們圍着篝火跳舞，舉行祭禮，慶祝孋姬沒有變成怨神，他們細心地守護住孋姬僅餘的一絲元氣，將它藏進水晶宮中長生殿內的白玉瓶裏。

大家都知道，只要一口正氣還在，女神可以再次復元。要多長時間？誰在乎！精靈們可以永遠地守候下去。時間只是人類的羈絆，精靈不受時間之神的束縛。

森林裏的精靈迷上了高陵。

牡丹花精靈躡手躡足地走到高陵身旁，好奇地凝視着他：「好俊美的人啊！他睡着了的模樣兒，像個無邪的初生嬰兒。芙蓉姐姐，這位戰士還真多情！」牡丹花精靈的鳳眼閃亮着光芒，她被高陵吸引了，想跟他玩一個有趣的遊戲，「可是，我才不相信人類的感情，姐姐，我們不如……」

芙蓉花精靈一本正經地說：「妳這個鬼靈精，不要淘氣，人家已經夠可憐了。」

「我又不是想立甚麼壞心眼去戲弄他，我只是想給他一個考驗，看看人類能不能守住自己的山盟海誓。」

「他會的，妳看他這千百年來對妻子的忠誠就知道了。」

「那只是因為他和妻子的愛情沒有遇上過考驗。妳看孋姬姐姐多可憐，我不相信高陵和務相會有分別，讓我證明給妳看，甚麼天荒地老、海枯石爛，都是騙人的混話。」牡丹花精靈轉向其他精靈們，「各位姐妹，現在，絕情林難得來了一位貴客，我想和大家一塊兒陪他玩個遊戲。」

「牡丹妹妹，妳又想出了甚麼好主意，說來聽聽。」風信子花精靈說。

「妳們都過來，我把計劃說給大家聽聽。」

精靈們圍在一起，聽罷牡丹花精靈的計劃，便熱烈地表達意見，最後，大家有了定案，便分散去準備了。

清風吹過，吹醒了高陵。他睜開眼睛，卻發現自己身在異地，雙腳恍如騰雲駕霧。他疑惑地走向飄渺的水雲間。他暗忖這是甚麼地方？難道自己已經死了，魂遊太虛了嗎？

（既來之，則安之。）

高陵不慌不忙地腳踏輕雲而去。走了不遠，忽然聽見仙樂飄飄，眼前綠樹清溪，人跡不見，一條寬闊的黑色大理石路一直往前延伸，到了一個巨大的圓形噴水泉，就變成了三條路，除了一條繼續往前延伸的路，左右兩邊也分別多了一條路。

那個大噴泉只有兩層高，圓形底層的中央有一支纖細的石柱，支撐住上面一個圓盤，圓盤上有一個可愛的女嬰，女嬰圍着肚兜，穿着寬鬆的短褲子，右手戴着一個掛着鈴兒的手環。她咧嘴微笑，雙手拿着一枝蓮花。往前延伸的路則一直連接到一座朱欄玉砌的宮殿，宮殿上有個大牌匾，牌匾上寫着「大明宮」。它左邊的路走向一片茂密的桃林，右邊的路走向一個綠草如茵的草坪，草坪的中央有一個養生池，池塘上有小橋流水，假山樹叢。

高陵左右張望，正想着前路如何走的時候，忽然聽見桃林那邊傳來甜美的歌聲：「春夢隨雲散，飛花逐水流；不知眾兒女，為何覓閑愁。」

高陵隨着歌聲走進桃林，歌聲突然中斷，他也在桃林中迷路。他四處張望，也找不到出路，終於迷失在桃花陣裏，被陣陣香氣包圍住。

一個步履輕盈，穿着粉紅色絲綢連身長裙的女孩子從高陵身後走到他面前說：「先生，你在我的桃林裏幹甚麼？」

「我……我迷路了。」高陵看了她一眼，她的臉兒如一抹春桃般粉嫩，身材纖瘦，長裙隨風輕飄，全身散發出桃花淡淡的香氣。她無意地嫣然一笑，美艷得猶如映照在湖上的晚霞，出塵得像射進寒江裏的一彎冷月，教人心動。

她說：「你迷路了？可是，我不懂得怎樣帶你出去。」

高陵不信地說：「為甚麼？妳難道不是住在這兒的嗎？」

「這是給寂寞人的結界，我叫夢兒，一直住在這裏。千百年來，不知多少寂寞人來過這兒，我給了他們愛和安慰，可是最後還是沒有人願意留下來陪伴我。」她的眼神流露出無盡的寂寞，像一個無底的黑洞。只一瞬間，她的臉上又再次擠出溫柔的微笑，伸出纖纖玉手，拉住高陵的手，「高將軍，請賞面到我的水月軒一坐，喝一杯水酒。」

（她的手好冰冷。）

高陵不自覺地縮回了手。

「我的手好冰冷，是嗎？」夢兒雙眼一陣黯然。

高陵心裏不由自主地產生了憐惜之情，他不知道該怎樣做才能不傷夢兒的心，只好無言地看着她。

「我是精靈，精靈擁有永恆的生命，也可悲地失去了生命的溫和熱。」她轉身背向高陵，「高將軍，你也一樣。你的體溫已經比平常人低了六度，總有一天，你也會變成冷血的時間旅人。」她的聲音變得有點兒冷酷，但是一轉身看着高陵時，卻又是一張溫暖美好的笑臉。

高陵心裏一陣難過，可是他沒有表露出來。他感到這個女孩子既溫柔又可怕，她對他的過去似乎瞭如指掌，而且看穿他的心。高陵開始不安起來，他覺得自己還是越快離開這兒越好。

他彬彬有禮地向夢兒說：「夢兒姑娘，感謝妳的邀請，可是，我還有重要的事情要辦，不能相伴。懇請姑娘指點離開這兒的路。」

「我求你不要走，再陪伴我一會兒，好嗎？我很孤獨。」

「對不起，夢兒姑娘，我要走了，要去找回我的妻子。」

「你的妻子已經死了，她連魂魄都快散了，就算她轉生再做人，也不會再想起你。你根本就知道，只是不願意去承認！」

「不是的，就算千生萬世，蝶兒也會記得我！我們會幸福地過日子。」

「不會的，你知道這根本是痴人說夢。就算下一生她能記住你，你們也不會有好結果，因為她是普通人，她會死的，那時候，你會更傷心。與其無盡期地去流浪，不如留下來陪着我，我們都擁有永生的軀體，可以廝守到天荒地老。」

夢兒的話觸動了高陵的心，他轉身不看她，也不想讓她看到自己心亂絕望的樣子。

她從後緊緊地擁抱高陵，她的臉兒貼着高陵的背，高陵甚至可以感覺到她起伏的呼吸和溫潤的鼻息。多麼熟悉的氣息，多麼熟悉的擁抱！高陵的思緒飄浮到那一去不復返的遙遠夏日，那永遠閃耀着光輝的遙遠夏日，彩蝶在陽光下溫柔的瞳眸，閃着光芒的酒窩……

淚水沿着高陵的雙頰默默地流下來，一股深如黑洞的孤寂不能自控地湧上心間，一顆心脆弱得隨時會碎裂成千萬片。高陵覺得很累很累，累得無力再往前走。

「你累了，停下來休息一下吧。」夢兒溫柔地說。

高陵心動了。

他轉身捧着夢兒的臉兒看，心，開始亂了。他感到夢兒的模樣兒和剛才有點不一樣，她雖然有實體，卻又有教人捉摸不住的外貌。初相見時，她明明是一個陌生人，現在，她變得跟彩蝶形神俱似。高陵知道這其中必有問題，他想離開，可是舉步維艱。

一段又一段和彩蝶度過的流金歲月，一幕又一幕地湧現眼前——初戀時的甜蜜、新婚時的喜悅、誕下女兒時的欣喜、兩夫妻耳鬢廝磨的恩情……一直以來，高陵都憧憬着和彩蝶再次建立一個家。「家」，這個意義重大的地方，這個幾千年來遙不可及的夢。月復月，年復年，彩蝶的溫暖氣息，叫人迷戀的一顰一笑，已經一點一滴地失落在流轉的時光裏。就算高陵如何堅持，也被千百年的歲月消磨了信心，他已經默認自己和彩蝶重聚的機會細如空氣中的微塵。

高陵的心動搖了。他反問自己，如果停下腳步，是否就可以和夢兒建立一個夢中的家呢？

「高將軍，留下來吧，我們一起建立一個幸福的家。」夢兒眼裏閃爍着光芒，連聲音也跟彩蝶非常相似，時間之輪彷彿逆轉了，回到那夢幻般的往日。

高陵變得軟弱，已經無力再抗拒……

這時候，彩蝶正身處水底的大明宮裏。她悲傷地從大明宮深處的水晶球目睹這一切，默默地流下了眼淚。

原來花精靈們被彩蝶的勇氣感動，將她吸進了白玉瓶裏，帶到這裏來療傷。

後來，孋姬也被帶到這兒療傷。

在彩蝶傷心的時候，孋姬走到她身旁，幸災樂禍地說：「男人都不是好東西，他們貪新忘舊，背棄誓言，叫人恨之入骨。妳現在是不是也想殺掉高陵？是不是也希望自己從來沒有愛過這個人？」

彩蝶卻溫柔地說：「我愛他，永遠愛他，不後悔，不回頭。」

「騙人！別假裝偉大。」

「我沒有騙人。千生萬世，我也同樣愛他。就算他不再愛我，我也愛他。我對他的愛，直到地老天荒也不可以被奪走。」

「既然能這樣無私地愛他，妳還哭甚麼？」

「我哭，因為我心痛。我恨自己不能夠陪伴他，叫他千百年來過得這樣孤獨寂寞。」

「妳何必假裝偉大！怨就怨，恨就恨，認了又有甚麼大不了的。妳和妳的先祖一樣，都是口不對心的人。妳和務相一般討人厭。」

彩蝶驚訝地看着孋姬：「務相？您知道我國偉大先祖的名字，難道……您就是我先祖回憶錄中那位鹽海女神？」

「先祖回憶錄中那位鹽海女神？」

「我國偉大的先祖帶領族人找到了天神的應許地，建立了豐饒的巴國。可是先祖後來將王位禪讓給弟弟，就退隱深山，四處浪遊，尋找他心中的女神。他離世前寫了一本回憶錄，要我們永生永世祭祀鹽海這個母親海。」

「鹽海？母親海？怎麼回事？」孋姬的雙脣顫抖，不禁流下了眼淚。

「先祖說他和鹽海女神有山盟海誓，本來想和她生死與共，可是他受了天神之託，立誓帶領巴族人民尋找應許地在先，不能失信於神和族人，只好忍痛離女神而去。他當時情急之下犯了大錯，聽了謀臣的話以箭傷了女神。他為此終生歉疚和悔恨，希望有贖罪的機會，可是人生沒有回頭路可走。他悲傷地度過孤獨的下半生，最後鬱鬱而終，長眠白帝城，死的時候還念念不忘女神您的恩情。」

「妳說的都是真的嗎？」孋姬的雙脣顫抖得更厲害，流了一臉分不出是喜悅還是悲苦的眼淚。

「千真萬確，沒有虛言。」彩蝶誠懇地說。

孋姬百感交集，回憶充斥內心，思緒已經墜入霧裏。她雙脣緊閉，無言地向前走，可是眼裏沒有焦點。

突然，她無意識地轉身望向彩蝶，看着彩蝶的雙眸，心眼卻看到了務相。他英偉不凡地站在彩蝶前面。

孋姬淚眼朦朧，卻微微一笑，說：「務郎，你真心愛過我嗎？你有念記着我嗎？」

「妳一直是我唯一的愛，時刻在我心間。」

「你……你為甚麼要用箭射我？」

「對不起！為了我的族人，叫妳受苦了。孋兒，原諒我！」

孋姬聽了，雖然眼淚掉個不停，卻笑得很甜美：「原來你的心裏一直有我！我又何苦如此地恨你呢？」她伸手想再撫摸一次務相的臉，可是他沒有形體。

孋姬聲音哽咽地呼了聲：「務郎！」

務相只留下一個深情的回望，就全身變得透明，消散如霧。

大明宮裏的片片水晶反映出孋姬微顫的身軀，彷彿千千萬萬個孋姬都在同聲一哭。

哭哭哭，哭盡了愛和恨，哭盡了幾千年的恩怨纏綿。

千分情，萬分意，這份沉澱在孋姬心裏的情愫，終於得到了肯定。

一直以來，原來她並不是恨他，只是用情太深，用情太深了。

彩蝶憐惜地看着孋姬顛三倒四地自言自語、哭哭笑笑的，想到自己和丈夫身陷的困局，不禁感同身受，同情起孋姬的悲苦來。

兩個同病相憐的女子佇立在寧靜的大殿裏，以一片痴情對抗着千萬年無情的花開花落。逝水年華雖洗不掉她們燦爛如花的容顏，卻洗掉了她們心裏的天真和稚嫩，對人性少了幾分信任，對情愛多了幾分慨嘆。

彷彿過了很久很久。

「唉……」孋姬突然長長地嘆了一口氣，猶如一個背負着重擔走了一段長路的人，終於得以卸下擔子而長長地呼出一口氣，以紓解剛才經歷過的辛勞。

她望向面前的水晶球，再嘆了一口氣，然後沉默下來，若有所思。

終於，她微笑地說：「我不知道確實的原因，可是我知道務相的遊魂仍然在三界間遊蕩，如果……如果……有一天，妳再遇上他……請代我告訴他：孋姬有幸遇上過一位愛國愛民的英雄，假使生命可以重來……我仍然希望和他相遇。」

彩蝶不解地看着她：「孋姬姐姐，您可以親自跟他說。您是女神，可以去找他，和他永遠幸福地生活下去。」

「不可以了，曾經滄海難為水，我們已經回不去從前，就像已經凋謝的花不可能重開。」她無限感慨地看着前方，彷彿看到了自己的過去，「我墮入紅塵，一生為情所誤。任性地隨着感覺走，我迷失了自己，失去了方向。在一起走過的路途上，務相總是站在遙遠、高不可攀的山峰上。我追逐着他，走過一個又一個山頭，我哭泣了，倒下了，絕望了，可是他仍然遙不可及。於是，我恨他我怨他我要他死。他負了我，他該死！殺死他，成為我活下去的動力。真荒謬啊！不管愛他或是恨他，原來他一直都是我的全部。我竟然執着、痴迷到這個地步……但是，完了，一切都完了。因為我終於知道，雖然他曾經為了族人而傷害了我，可是他也為此付出了沉重的代價。我倆終於互不虧欠。」她取出那綹青絲，交給彩蝶，「讓一切都成為過去吧！從今以後，我要放下從前，尋找心的皈依。」

彩蝶一臉疑惑：「心的皈依？」

「千百年來，是『怨恨』給了我活下去的力量。現在，我的心平靜如水，再沒有羈絆。」孋姬臉上的不安、痛苦和怨恨都不復出現，彩蝶只見她一臉祥和滿足，一張臉好像被溫柔的晨光照耀着般亮麗。

孋姬頓悟了。

她決定回家了。

她要回到鹽海母親的懷抱裏，在那兒重新開始。

她回眸四盼一會兒，然後閉上雙眼，感受風的流動，再度回首前塵，回味那悲歡離合，那輕柔的愛，那刺骨的恨。

一切已隨風消逝。

唉，那遙不可及的身影依然是遙不可及。可是，他已經不能再傷孋姬的心了。

最後，她微微一笑，沒有大喜，也沒有大悲，她對彩蝶說：「彩蝶公主，謝謝妳解脫了我的痛苦，我也送一份禮物給妳。妳的夫君正在夢兒的結界裏，妳只要看着水晶球，呼喚芙蓉花精靈出來，就可以救出他。」然後，她就如一陣帶着淡淡清香的和煦春風，消散無蹤。

「得到心的自由？」彩蝶心裏一陣茫然。

現在，該輪到她了。終於可以和丈夫見面，可是，見過面後，是投胎轉生呢？還是繼續以幽靈的身份，影子般跟在他身邊？真是難以抉擇。要是投胎了，來生是否還會記得他？要是繼續跟着他，是否終會看到他背叛兩人盟誓的一天？兩個都是彩蝶不能承受的痛苦。彩蝶看着水晶球，突然感到害怕起來。

一個個不可追回的舊夢，一個個渴欲追尋的夢想，對彩蝶都猶如鏡花水月了。

在不遠處，她的夢中人卻身在夢裏追憶着他的舊夢，緊抱着它們不肯放開。

心靈寂寞的高陵緬懷着過去。他柔情地撫摸着夢兒的秀髮，給她散發出來的熟悉香氣迷幻着。只差一步，他就要沉入夢裏，永遠不得離去。

在千鈞一髮間，一把清脆如銀鈴的聲音穿透潮濕的空氣，帶來閃耀的陽光，它萬般柔情地唱出彩蝶最愛唱給高陵聽的情歌。

「蝶兒！」高陵推開夢兒，四處尋覓那聲音的來源。

夢兒站在原地，驚訝地自言自語：「不可能！沒有人間的遊魂可以闖入我的結界。」

高陵發瘋似地撥開一棵棵桃樹，追向那聲音。他轉了一個又一個彎，撥開一棵又一棵樹，終於看到前方站着一個亭亭玉立的少女，她那烏黑如瀑布的長髮，淡綠色的裙子，花般燦爛的美貌，千年如一日的容顏，她正是高陵魂牽夢縈的人兒。

「蝶兒，我的蝶兒！」

高陵流出了喜悅的眼淚，奔上前去抱起妻子如風輕盈的嬌軀，欣喜若狂地轉了一圈又一圈。彩蝶也流了一臉眼淚，緊緊地抱着夫郎不放。

「蝶兒，妳怎麼會在這兒？」高陵放下妻子。

「先祖所愛的孋姬女神指引我來到這兒。」說完，他們再一次相擁。

「怎麼會這樣？彩蝶公主怎會在這裏？」牡丹花精靈突然出現在夢兒身旁。

夢兒不解地說：「牡丹姐姐，我也不明白為甚麼會這樣。」

芙蓉花精靈從她們身後出現，說：「這就叫做『精誠所至，金石為開』，是彩蝶公主感動了孋姬姐姐，所以孋姬姐姐要我引領她進入夢兒的結界。我想，孋姬姐姐是不希望他們重演自己的悲劇。」

牡丹花精靈不解地問：「為甚麼會這樣？孋姬姐姐不是在靜養嗎？」

「我們一念之仁收留了彩蝶公主在宮中療傷，想不到也因此解救了孋姬姐姐。」芙容花精靈說，「牡丹妹妹，我要告訴妳一個好消息。孋姬姐姐終於擺脫了心魔，決定回去鹽海重生了。」

「真的？太好了！孋姬姐姐，恭喜您了。」牡丹花精靈仰望天空歡喜地說，猶如孋姬就在眼前。

夢兒跟孋姬的交情不深，所以感受不多。面對彩蝶的事情，不經人間七情六慾的夢兒一臉疑惑。

她能夠計算人心，用人類的感情操控他們，可是這個沒有眼淚的精靈不曾真正懂得這些情感的意義，她只是把它們當做贏取遊戲的伎倆。她願意幫牡丹花精靈去試探高陵，因為她覺得這一個對手應該能帶給自己挺大的樂趣，但是現在她後悔了，輸了的感覺真不好受。她很不高興，要不是孋姬插手，她才不會輸。她心裏一面怪孋姬多事，一面想快點兒了結這個遊戲，於是撅起嘴唇不耐煩地問牡丹花精靈：「牡丹姐姐，現在怎麼辦？總不能讓他們這樣子一直留在我的結界裏。」

「讓我帶領他們出去吧。」芙蓉花精靈唸了一句咒語，高陵和彩蝶的眼前立刻出現了一條芙蓉花鋪出來的小徑。

高陵和彩蝶看了看那條花路，再互望一眼，高陵說：「看來，花精靈們也在祝福着我們。」然後他輕輕拉着妻子的纖手踏着花路前進，一步一步地走回絕情林。走了一段路程，花路四周的景物越變越模糊，除了地上的花路，眼前的景物都變成了由顏料潑灑出來的圖畫。花徑的盡頭有一堵芙蓉花牆，花牆的中央有一道門，那道門開着，門外射進了兩三方斜斜的陽光。

高陵快樂地說：「蝶兒，前面就是花徑的盡頭，我們快要離開這兒了。」

彩蝶深情地看着夫君，她的眼眸裏充滿了絲絲喜悅，可是高陵也看到了隱藏在喜悅背後的點點哀愁。高陵放慢了腳步，擔憂地看着妻子，說：「蝶兒，妳是不是有甚麼事情隱瞞着我？」

「夫君，我……」

高陵緊緊地握住妻子的手，凝望着她：「答應我，不管下一分鐘會發生甚麼事情，不管等待我們的是怎樣的命運，永遠都要跟我在一起，永不分離。」

彩蝶的淚水在眼中打滾，依偎在丈夫寬闊的胸膛上，說：「我當然願意這樣，可是天意難測，人生不如意事十有八九。」她水靈靈的大眼睛看了看夫郎，然後低下頭來，長長的睫毛低垂着，額上的劉海遮蓋了臉容。

門外射進來的陽光消失了，一定是外面天空上飄來了幾朵白雲，遮蓋了太陽的臉。高陵與高采烈的心也下沉了。

「夫君，」彩蝶放開丈夫的手，靜靜地走開了一點兒，「我多麼希望能夠和你白頭到老啊！這個信念給了我力量，叫我幾千年來無言地守候在你的身邊。可是，這叫人多麼痛苦，我痛苦，你更痛苦。因為我的遊魂一直糾纏着你，害得你也不能夠擺脫情愛的苦。」

「我不苦，蝶兒，我不苦！只要妳在我身邊就成了。」高陵雙手抓緊愛妻的臂膀，恐怕她會再次消逝。

「我是遊魂，跟你不會有好結果的。」彩蝶流下了眼淚，「逆天而行，只會招來報應。我不願意這樣。」

「那麼，妳要怎樣做？」高陵的眼神充滿了無助。

「我要……順天而行。緣盡了，燈滅了，就不要再勉強。世上萬物終有個歸處，應歸於何處就歸於何處。」

「應歸於何處就歸於何處……妳要轉生去了？」

彩蝶無力地點點頭。

「甚麼時候去？十年後？二十年後……」

彩蝶痛苦地搖搖頭。

「一年後？」高陵轉頭不願看到妻子給的答案。

「我現在就要走了，芙蓉花精靈說這是最後的機會，如果不去，就永遠不能轉生。」彩蝶哀傷地說。

高陵轉過頭來，說：「永遠不能轉生，為甚麼會這樣？」

「我救女兒時給精靈打造的匕首所刺，元氣大傷，全靠躲進孋姬女神的水底宮殿裏，得到精靈法力庇護，才能夠存活到現在。可是……」她停頓半晌，然後心情沉重地說，「我已經靈氣用盡，不能再回到人間陪你一塊兒去流浪。夫君……我對不起你，不能梳理你的銀髮了。」

高陵沉默不語，兩對深情而痛苦的眼眸像互相吸引的磁石般默默地對望，大家都無限依戀……

然後，高陵移開了視線，以僅有的勇氣對妻子說：「蝶兒，既然如此……妳就轉生去吧。」

他再一次和愛妻四目交投時，雙手輕輕地撫摸她的臉頰、額頭、眉目、嘴唇、頭髮……然後擁抱着她，良久不願意放開。

唉！相見時難別亦難。

花牆外突然吹來一股冷風，陣陣寒意襲來，雖然不算冷，卻教人錐心刺骨地痛。高陵的臉頰緊緊地貼着妻子的臉頰，心裏無限悲傷，雖然已經淚眼朦朧，可是他故作輕鬆，強裝笑容，說：「妳放心，我會好好地照顧自己。因為不管妳去了哪兒，變成甚麼樣子，我也會找妳回來，我才不想在重逢時，醜得叫妳認不出來。妳……妳要好好地生活，耐心地等待我來。」

彩蝶也泣不成聲，呼了一聲：「夫君……」她抹去夫郎的淚水，「找回我們的女兒，好好地活下去。」

高陵萬般柔情地抹去妻子臉頰上抹之不盡的淚水，聲音哽咽地說：「妳要等我，千生萬世……妳也要記住我。」他拉着她的手，輕輕地撫摸自己的臉，「不要忘了我！」

在他們難分難捨的時候，芙蓉花精靈突然出現在他們跟前，說：「公主、將軍，時候不早了，再不走就趕不上轉生的時間。高將軍，為了大家好，你們還是快點兒話別吧。」

可是，彩蝶的雙手還是依戀地拉着他的手，高陵不捨地又回過頭來。

彩蝶說：「夫君，你多保重……我不能跟你出去。你……一直往前走，記住……我在未來等着你。」

芙蓉花精靈催促着說：「彩蝶公主，我們要走了，我帶妳到冥王大人那兒去，幫妳解釋一下，求他別讓妳喝忘情水，冥王大人頑固起來的時候還是挺固執的，他總愛說：『甚麼都要依照程序，不可以亂來。』」

「芙蓉姐姐，求妳讓我先看着夫君安全地離開才走吧！」

芙蓉花精靈一臉為難地說：「高將軍，那麼你就快走吧，別耽誤了妻子，也別耽誤了自己。要把目光放在將來的重聚上。」

高陵忍痛放開了妻子的手，說：「蝶兒，我走了，妳一切要小心！」為了將來的重聚，他轉身往花牆走去，一出了門，來不及回頭看，那道門已自動關上，花牆也消失了，他腳下的土地突然變成一個深不見底的大黑洞，張開大口把他吞下去，他不斷地掙扎，卻無力反抗，只能任憑身體一直往下摔，被吸進黑暗的中心。

在絕情林裏高陵打瞌睡的那棵樹下，他嚇得打了個哆嗦，從睡夢中醒過來。高陵睜開眼睛看着樹頂，心撲通撲通地直跳，口乾舌燥，不停地喘着氣，感到身心俱累。

懷抱着妻子的餘香，他感到疑幻疑真。

（剛才是真是假呢？）

高陵抹去額角上的冷汗，站了起來，準備繼續上路。

當他站起來的時候，有一個東西突然從褲袋掉落地上。

他俯身一看。

（是甚麼？）

他撿起它。

（是蝶兒的玉梳！剛才的一切都是真的，不是夢，不是夢！）

高陵將玉梳小心翼翼地藏起來。

（蝶兒，天上人間，我們一定會重逢，妳一定要等我。）

他振作精神，再一次朝着吉普車的方向走過去。

花牆內的彩蝶呆呆地看着高陵身影消失的地方，默默地流淚。

芙蓉花精靈說：「公主，我們走了，可別辜負了高將軍。」

彩蝶點點頭，跟芙蓉花精靈踏上冥府之路。

天下無不散的筵席。

去日苦多，來日也不可預見，可是人總是要無奈地、孤獨地走下去。

高陵也要走出這個絕情林，走出從前，走向將來。

他走了一段路，找到了泊在入口不遠處的吉普車。他將弓、箭、箭筒放在車後排的座位上，敏捷地跳上前排的司機位，準備駕駛吉普車離開絕情林。突然，一個容顏憔悴，神智不太清醒的男子蹣跚地向他的車子走過來。高陵覺得有點兒不尋常，於是下車問他：「先生，你需要幫忙嗎？」

那人像沒有聽到任何聲音，只是喃喃自語：「茉莉，茉莉，茉莉……」說完，就昏倒在地上。

高陵蹲下去扶起他，說：「先生，你沒事吧？」他用手探一探那人的鼻息，才鬆了一口氣。他把那個男子扶上後排座位，決定離開了絕情林再作打算。

受託

看完後，我開心得打了一通電話告訴洋洋：「終於有人願意刊登我的作品了。」

洋洋也開心得不停地恭賀我。

跟着，我快樂地到甜品店吃了一客「歡樂世界」，然後回家去。

一打開家門，嚇了一跳，家裏像被打劫過，一片凌亂。

我小心翼翼地走進去。

走到大廳時，大門突然被關上了。一個男人從身後捉住我的雙手。

我轉身看見一個戴了黑色太陽眼鏡的陌生、高大男子。

「哇！救命啊！」

我瘋狂地掙扎，雙腳亂踢。

「小姐，妳冷靜一點兒，冷靜一點兒。」他有點兒被我嚇怕了，雙手一鬆，我立即掙脫了他的巨掌。

正想逃跑的時候，全身卻突然僵硬了。

一個長髮披肩，戴着太陽眼鏡，有修長模特兒身型的男士，從我的睡房走出來。他走到我面前，仔細地打量了我一會兒。

然後，他語氣溫和地說：「打擾妳，不好意思。如果妳答應安靜地聽我說話，我可以立即解除妳的定身咒。」

我一臉惶恐地問：「你們不是來打劫的嗎？」

他冷漠地說：「當然不是。我看了妳寫的故事，才來找妳。請妳如實說出那個故事的來源。」

我的身體不再僵硬，隨即全身乏力地癱坐在地上。

（洋洋，那天晚上的事情是真的！）

轉念一想到自己無緣無故地幾乎被這群麻煩的神仙嚇破膽時，立刻無名火起。

我生氣地說：「找我幹甚麼？你們這些神仙真麻煩。」

他面色大變地看着我。我相信他的雙眼一定在黑眼鏡後狠狠地瞪着我，它們發出的可怕凶光甚至有足夠力量射死我。

正所謂「好漢不吃眼前虧」，而且「退一步海濶天空」。於是，我語氣一轉，有禮貌地說：「大約一個星期前，一位美麗的海神來找我，要我為她寫那個故事。她說要回歸聖域，離開前想留下一個故事。」

他聽了，震驚地說：「回歸聖域？難道眾神也要走了？任由人間沉淪嗎？」

我不解地問：「你在說甚麼？」

他沉默了一會兒，說：「人間女孩，妳寫的故事還有下集。請繼續寫下去。」

我為難地說：「下集？繼續寫下去？你去找別人寫吧，我不想和你們這群神仙沒完沒了。」

「不行！妳知道嗎，妳住的房子剛好是三界的其中一個出入口。命運要妳住進來，因為妳今生註定了和異世界的居民有一段奇緣。所以，妳必須寫下去。」

「不要命令我！」我不是軟弱的人。

「請妳幫幫忙。」他不耐煩地說。

我仍不甘示弱地說：「你先報上名來，我才考慮幫不幫忙。」

他脫下太陽眼鏡，琥珀色的眼眸閃着智慧之光，說：「我就是妳故事中的巫言。」

我興奮地說：「你果然長生不老！」

他說：「寫吧！我要借妳的筆，去找一些人。」

英俊的他憂鬱地看着我。我的臉不知不覺就紅了起來，心也在亂跳。

我低下頭說：「我寫，我寫。」

拿出原稿紙，一杯清香的花茶已經送了過來。送花茶的竟然是剛才那個大漢。他放下花茶，就去給我準備吃的東西。

巫言溫柔地用手輕按住我的頭頂。我立即看見了一些畫面。

彷彿只過了一會兒，我居然就寫完了一個故事。

巫言放下手，說：「這個故事說完了。」

說完了？可是我覺得這個故事還沒有完，於是說：「可是這個故事還沒有完。」

他微笑地說：「妳放心，妳很快會有奇遇，讓妳知道該如何寫下去。」

「不是吧！」

他和那個大漢已經消失無蹤了。

我整理完手上的文稿，一星期後，投稿到《文藝青年》雜誌社去。

它竟然也被刊登了出來。

這一次，故事的主角是巫師。

《巫師》驚人變化

清風吹來陣陣花香，天上明月高掛。

夜幕已低垂，在一個小城的寧靜街角裏，沒有了喧鬧的人聲，只有古琴的樂音。

這亙古不變的弦音從逸廬的後園悠悠地傳出來。

明月下，花自芳優雅地撫琴。

那個千年古琴，在幽幽地訴說着一個又一個已經流逝在深遠歷史洪流裏的故事，訴說着說不盡的情意。

歲月流逝，多少賢者、偉人、英雄、美人全都化成了天上的明星。

花園裏，蓮花正香。

巫憂、龍若英、巫珈晞和花無雙都陶醉在《高山》、《流水》的情調裏。

在逸廬的左邊，有一間希臘咖啡店式的甜品店——

「靈王店」，巫憂正是這間店的老闆。他的妻子龍若英是一位著名的植物學家，在家附近一所大學裏任職教授。

龍若英的父親龍嘯天有兩位太太，第一位是父母訂下的髮妻，她在生產龍美善時因難產而死。龍嘯天後來獨自到希臘生活了一段日子，和一位希臘女子結了婚，可是她生下龍若英不久後，就和龍嘯天分開，帶着女兒在希臘生活。

龍若英長大後，獨自回到中國工作時，父親已經仙遊了。龍若英一直沒有在丈夫、女兒面前提及她的生母，所以巫珈晞並不了解這位謎一般的外婆。龍美善則遠嫁法國，她的獨生子張傑在大學修讀考古學。

巫珈晞是巫憂的獨生女兒，今天是她的十四歲生日。

巫珈晞五官標緻，琥珀色的雙眸清澈明亮，一頭不貼服的深褐色頭髮，襯托着玫瑰紅的臉頰，格外可愛。

著名古琴演奏家花自芳是兩年前搬來的鄰居，花無雙是他與早逝妻子領養回來的孩子。

這兩家人非常投緣，常常舉行聚會。

逸廬內琴音裊裊，檀香飄飄。

偷得浮生半日閑。

連嫦娥姐姐也忍不住醉倒了。

完了一曲《流水》，花自芳再來一曲《梅花三弄》。

然後，是一曲《廣陵散》。

「咚」，弦斷曲未終。

花自芳拿着斷弦，說：「這千年古琴很有靈性，今晚突然斷弦，背後一定有原因。大家這幾天要小心。」

花無雙不安地看着巫珈晞。

大家品茗片刻，花自芳和女兒就告辭回家，臨別不忘相約下星期的相聚時間。

這晚天朗氣清，巫珈晞滿心歡愉地沉入夢鄉。

夢裏，巫珈晞身處一個陌生的小房間——深藍色的雲朵在窗外的天空上飄浮，梳妝桌上的蠟燭靜靜地等待晨曦。巫珈晞將目光移回面前的鏡子上，她伸手撫摸頭髮，右手手環上的金鈴兒立刻嚶嚀作響。

鏡中的影像並不是她，但巫珈晞感到那就是她自己。她看着腰帶繫着的璧玉，撫着紫色的袍子。指下滑過絲綢的觸感，立即喚起一些遠古的記憶。

鏡中的女子心裏焦急莫名。

屋外秋風呼號，森林裏的林木颯颯作響。

她突然聽到梯級傳來腳步聲，有人正以小心翼翼的步伐，來到門外。

「妹妹，妹妹！」門外傳來一把少年的聲音。

「哥哥！哥哥！求你放我出去！」她哀求。

「不行，爸爸要妳留在白塔裏思過。」

「我必須離開！明天是七夕，牛郎和織女在銀河相會的鵲橋今晚就會築好。我要在他們來到前，從鵲橋走過銀河，到人間去。」

「為甚麼必須走這條路？」

「只有它沒有天兵天將駐守。哥哥，如果錯過了今晚，我就要再等待一年，才有機會離去。求你放我出去。我約了他在人間相見。」

門外一陣沉默。然後，「卡」的一聲，又再一陣沉默。

那女子輕輕一推，門竟然開了。

她解開手環，放在地上，悄悄地走出房間，走下一級又一級的梯級。

最後，她離開了那個囚禁她的白塔，奔進黑暗裏。

第二天早上，天色很陰暗。

跟平常一樣，已經七時十五分了，巫珈晞依然抱着枕頭，呼呼大睡。

龍若英走到巫珈晞的牀邊說：「晞兒，快起牀！快快起牀啊！再不起牀，妳就要遲到了！」

龍若英來不及等女兒完全醒來，就拖了她起牀，然後半拖半拉地將她送入洗手間，遞上牙刷和毛巾。

半睡狀態的巫珈晞，梳洗完後就遊魂似地走出客廳。香噴噴的火腿、焓蛋、多士和冰凍的果汁已經放在桌上。

巫珈晞抬頭看一看時鐘，快要遲到了！她突然清醒過來，以超音波的時速換上校服，狼吞虎嚥地吃完早餐，然後背着書包衝出家門。

「幸好沒有遲到！」這是巫珈晞每天跑進學校門口後說的第一句話。

她走進課室時，班主任史密夫先生已經在長篇大論地說着一大堆做人的道理，他瞪了巫珈晞一眼，又再詳細地解釋了校規和班規，規勸大家不要犯錯。巫珈晞只好硬着頭皮，慚愧地走回座位，靜靜地聽他的演說。

上中國語文課的時候，黃冬梅老師一談起蘇東坡，眼中就閃起文藝青年的熱情，她開始衰老的慈顏流露着一抹耀眼的神采，無論說的和聽的都如痴如醉。

巫珈晞覺得教生物科的凌厲老師是全校最可怕的老師，他為人木訥，態度嚴謹。凌厲老師從不高聲責罵學生，只是默不作聲地盯着做錯事的學生，讓他感到無所適從、無地自容、無顏面對……這天，他又用了五分鐘的上課時間，不滿地盯着一個剛大聲地打了一個噴嚏的女學生，盯得她滿臉通紅。

午飯時，花無雙拿着午餐盒走進巫珈晞的課室，坐在她身旁的座位，與她分享午餐盒內的食物。花無雙說：「珈晞，妳看了今天的校園新聞嗎？」

巫珈晞正要回答說沒有，花無雙已經說：「我知道妳一定還沒有看，讓我告訴妳，這一期《貝勒西國際學校學生雜誌》的主要新聞就是，排球隊的主將陳嘉樂跟校花瑪利亞正在談戀愛，可是聽說瑪利亞早就已經有了男朋友，所以他們情陷三角關係。雜誌的主編表示會繼續追訪他們的愛情故事。」

「他們真可憐。」

《貝勒西國際學校學生雜誌》是貝勒西國際學校學生會出版的月刊。它的內容一直是同學們的熱門話題。雜誌主要報導校內的資訊，又提供一些消閒地點，最新的潮流服飾、打扮、玩意等消息。在每個月的一號，組織的成員會透過電腦網絡，將雜誌內容傳送給同學，又會印刷實體雜誌，放在學校圖書館給學生取閱。

這時候，林書賢掛着陽光般燦爛的笑容，走進課室來邀請她們到操場看他打籃球比賽。這個斯文的大男孩是不少女孩子心裏的白馬王子，可是他的心裏只有一個女孩子。

花無雙看了林書賢一眼，在巫珈晞耳邊低聲地說：「珈晞，看，我們學校的籃球健將又來找妳了。」

林書賢一走過來，就弄亂了花無雙的頭髮，假裝生氣地說：「妳這個小丫頭，一定又在說我的壞話。」

「你別弄亂我的頭髮，甚麼丫頭丫頭的，你有多大呀，才大我三年，聽清楚，是三年，不是三十年，所以不要在我跟前假扮大人。」說完，就伸手想抓林書賢的頭髮，誰知卻被他的大手按着頭，坐在椅子上極力掙扎也站不起來。

花無雙又嗔又怒的可愛樣子，弄得巫珈晞也笑了起來，她輕輕拉開林書賢的手，為花無雙弄好了頭髮，說：「無雙，反正我們閒着沒事做，不如一塊兒下去看書賢大展身手，為他打打氣吧。」

花無雙做了個鬼臉說：「有人終於如願以償了。」

巫珈晞聽了，滿臉通紅地和林書賢對望了一眼，便拉着花無雙的手往操場走。林書賢也和她們一起走，還邊走邊說笑，逗她們笑。

放學的時候，天色變得更陰沉，而且下起毛毛細雨。因為花無雙要去買東西，所以巫珈晞和她說過再見後，就獨自回家。

一路上，風越吹越烈，還下起傾盆大雨，打濕了她的校服，但她卻熱得不合常理。她快步跑回家，當她打開大門時，身後莫名其妙地刮起一陣烈風，一片片黑色的樹葉隨風吹向她。她一轉身，黑葉片片打向她的雙眼，她伸手撥開，揉搓眼睛時，一個鬼魅似的人影突然竄出來，把一條有綠寶石吊墜子的項鏈掛在她脖子上，然後消失無蹤。

巫珈晞感到喉嚨一陣劇痛，腦海一片空白，走進客廳便昏倒地上。

恍惚間，她穿越了一條寧靜的時空隧道，被一股引力吸進幽暗的異世界。

沒有一絲光明，沒有一點聲音。不知道過了多長時間，巫珈晞才感受到柔軟溫熱的水驀地擦過她的身體往前流動。她睜開眼，看見自己一腳踩入了隱藏着微光的深泉中，可是她伸手卻觸碰不到水。

「水」很快蔓延全身，巫珈晞的身體迅速變輕，像一片輕雲，不斷上升、上升……

她驚慌失措，四處張望，希望能抓住些甚麼。當她看見前面忽然生長出一棵強壯蒼翠的樹，立刻用力以蛙式的姿勢游向它。

一靠近它，巫珈晞立刻伸手抓住樹幹，毫不猶豫地爬上去，坐在它的枝椏上。

她用力抱住樹幹，想大叫救命，喉嚨卻給甚麼卡住了，發不出聲音。她低頭垂目一看，見到脖子上多了一條項鏈，它吊着的綠寶石不明不白地開始發光，像一顆久睡復蘇的心臟，開始充血、跳動。

她想扯掉那項鏈，可是它的寶石突然飄了起來，迅速地沒入她的喉嚨裏。巫珈晞鬆開一隻手想抓它出來，身體卻隨即往外跌，她嚇得立刻抱住樹幹。

巫珈晞低頭看見那口深泉像一隻發出幽光的眼，泉水不斷從源頭滿溢出來，圍繞樹幹打轉，發出潺潺的聲音。這棵樹不斷地吸取從幽泉湧上來的水，那水彷彿是血液在人的身體中循環般走遍了整棵樹。

巫珈晞抬頭看見樹幹上有一個能讓她舒服地坐着的樹洞，立刻全身發抖地爬了進去。這一瞬間，一個從泉水底部以螺旋狀冒上來的巨大力量經過樹幹，穿過巫珈晞全身。

她全身痕癢不堪，好像有千萬隻螞蟻在亂爬，又好像有一股看不見的火正在燃燒着她。

那顆綠寶石吊墜子從她的喉嚨裏發出綠光，深泉裏的巨大力量受到它的牽引，不停地沸騰，變得不安、可怕和邪惡。

巫珈晞難受極了！但仍拚命抵抗。她想叫父母來拯救自己，可是口不能言。她很害怕，但倔強地支撐着。最後，她累得昏倒了。

「晞兒，晞兒，妳終於醒了，妳怎麼了？怎會昏倒在地上？」龍若英憂心忡忡地看着女兒。

「我在哪兒？」

「在睡房裏。我們一打開大門，就看見妳躺了在地上。」

「媽媽……有一顆綠寶石吊墜子發出綠光，某種巨大的力量跑進了我的身體裏……我……咦！那顆綠寶石吊墜子呢？」巫珈晞握着媽媽的手，「啊！那個吊墜子沒入了我的喉嚨裏！」巫珈晞用手拚命地抓着喉嚨。

龍若英拉着女兒的手：「晞兒，住手！哪裏有甚麼綠寶石吊墜子？妳冷靜一點兒！」

「不是的！媽媽，您相信我，有一種可怕的力量進入了我的身體！」雖然巫珈晞的腦袋仍一片混亂，暫時不能夠有系統地整理剛才離奇古怪的遭遇，但她肯定自己不是在做夢。

巫憂聽後，心裏湧起一陣寒意，彷彿掉進了冰窖裏。

他中止了女兒的話，強作鎮定地說：「晞兒，沒事的。妳累了，先休息一會兒，才跟爸媽說清楚事情的經過。」

龍若英給女兒喝下一杯安魂茶，為她蓋上了被子。

然後，巫憂拉着妻子的手離開。他關上房門，滿懷憂愁地下樓去。他們商量了一會兒，龍若英打電話到工作的單位請了假。巫憂則走進書房，鎖上了門，從暗格裏拿出一本古書仔細地閱讀。

巫珈晞迷迷糊糊地睡了一整個晚上，醒來時已經是第二天早上七時。

巫憂開店去了，只有龍若英在家。龍若英叫醒了女兒，盡量裝作輕鬆地跟她聊了兩句，然後問：「晞兒，妳要不要請一天假，留在家裏休息？」

巫珈晞感到身體好像沒甚麼不妥，想到昨天的事情，感到很不真實，而且與其留在家裏胡思亂想，不如上學去，於是說：「媽媽，我沒甚麼事了，今天還是上學去吧。」說完，就起牀梳洗。

可是，巫珈晞還是整天沒有心情聽課，心裏反覆地想着前一天的事情。

在生物課時，她看着凌厲的臉出神。突然，她看見凌厲的雙眼變得異常冷酷邪惡，溫和的臉色逐漸變得猙獰扭曲。巫珈晞嚇得整個跳了起來，指着凌厲激動地大叫：「鬼啊！」

就像看電影時按下了「定格」按鈕般，凌厲和所有同學都安靜地、驚訝地看着她。巫珈晞感到血液像火山爆發般從心臟湧上了頭頂，她的臉兒發燙，紅得像西紅柿。

「巫珈晞，凌老師真的那麼可怕嗎？既然妳覺得我是『鬼』，我當然不要辜負了妳的期望。妳聽好，我罰妳今晚回家後要完成第一百至一百五十頁的練習題，明天交給我。」凌厲冷冷地說。

巫珈晞垂頭喪氣地坐下來，又覺得憤憤不平。

課室的另一角，班上最好管閒事，最愛說人家是非的林子翹和張美霞默默地監視着巫珈晞的動靜。

放學鐘聲一響起，巫珈晞立即拿起書包，箭般向走廊走去。張美霞也趕緊追出去，神神秘秘地問她：「妳看過昨天的《學生雜誌》嗎？」

「沒有。」

「我昨天看見陳嘉樂終於和瑪利亞翻了臉，他們在餐廳吵了起來，不歡而散。」

「這關我甚麼事？我趕時間，妳別煩我。」

「妳怎麼了？沒精打采的，家裏出了甚麼變故嗎？妳究竟從凌老師的臉上看到了甚麼？難道妳才是魔鬼的化身！」

「妳不要胡說！」巫珈晞憤怒地說。

張美霞拉扯着巫珈晞的手，惡意地說：「妳才是惡鬼的化身！」

巫珈晞生氣了。

異世界幽泉裏的水沸騰起來。

張美霞再提高嗓門地說：「妳才是惡鬼的化身！」

怒火中燒。巫珈晞的心裏產生了惡念。

驀地，那股力量隨着怒火被釋放了！

它隨着巫珈晞的心志乘風衝向張美霞。

「砰！」張美霞的眼鏡鏡片突然爆裂了！碎片掉了一地。走廊裏的人一片嘩然，驚惶地看着張美霞。巫珈晞慌得全身不停地顫抖，那種力量也驟然消失。

張美霞不發一言，故作鎮定，面色蒼白地走了。一瞬間，有些同學議論紛紛，有些同學開始說鬼故事嚇人……

巫珈晞的臉色像張美霞般蒼白。她慌亂地離開學校，不加思考地跑過一條又一條熟悉的街道，彷彿想躲開追逐着她的惡魔。

回家！她要回家躲進父母的庇護裏。

一個紅髮的神秘男子悄然地跟在她身後，可是巫珈晞似乎看不見他。

巫珈晞推開家的大門時，一道強烈的白光突然從地板射出來，整個房間隨即變成一條白光隧道，巫珈晞和那個男人也被吸進白光裏，去了一個淺藍色的清涼世界。

巫珈晞被強光刺激得昏迷過去。

在那個淺藍色的異世界裏，一個矮小清秀的男孩子走近昏倒在地上的巫珈晞，扶她起來，餵她喝水：「喂，喂，姑娘，妳醒醒！」

巫珈晞睜開大大的眼睛，雙頰發青，嘴唇發白，心裏充滿了恐懼。

她疑惑地看着那少年：「這是甚麼地方？你是誰？」

「妳在月之國。」

「月之國？」

巫珈晞看一看四周：到處生長着不知名的淺藍色花草，一道清溪淙淙流着。她再看一看那個少年，他果然有點兒怪相，除了頭上長了一對兔子耳朵，還生了一雙特別大的腳。不過，經過昨天和今天的經歷後，巫珈晞知道自己已經和宇宙中另一些奇異的空間連接上了，所以她不再那麼大驚小怪，只是害怕地推開他，問：「你是妖怪嗎？」

「妳才是妖怪！我是善良的仙兔族人，有特別靈敏的聽覺，走起路來又快又靜，是女神殿下忠心的傳訊兵。」

「女神？」

「月之國尊貴的常羲女神殿下。」

「她能夠幫助我回家嗎？」

「尊貴的常羲女神殿下是最睿智、無畏、美麗的女神，我們在女神殿下的庇護下過着美好安逸的日子，所以殿下一定能送妳回家。我帶妳去見殿下吧。啊，忘了自我介紹，我叫米洛斯。」

巫珈晞心裏慶幸自己遇上善良的生物，於是伸出雙手握着米洛斯的手，說：「我叫巫珈晞，是地球人，好高興認識你。米洛斯，求你無論如何要幫助我回家去。」

米洛斯漲紅了臉，說：「妳放心，我一定會幫助妳的。」

他們沿着一條溪水，聞着陣陣花香，聽着淙淙水聲向女神的宮殿前進。一路上，有很多淺藍色的蝴蝶、小鳥在唱歌飛舞。途中，他們看到一道清泉，泉水的四周長滿了茂密的淺藍色樹木。

當他們走近泉水時，水中突然冒出一個秀麗纖瘦的高大少女，說她高大真是一點兒也不誇張，因為她足有三個巫珈晞那麼高。她滿臉驚奇地問：「人類，妳是人類嗎？」她飛撲向巫珈晞，一會兒聞一聞她的臉，一會兒摸一摸她的手……然後興奮地說：「人類原來是這樣的，真有趣，真有趣！」

巫珈晞推開她的手，不滿地說：「妳摸夠了沒有？我不是洋娃娃！」

泉水女神飛回泉水上，突然語氣一轉，說：「這兒是天神和精靈聚居的月之國度，妳是人類，為甚麼會來了這兒？」

「我也不知道自己為甚麼會來到這兒，所以想找常羲女神殿下教我回家的方法。」巫珈晞說。

「真的嗎？妳真可憐啊！不過，既然你們有緣路過此地，我也應該熱情地招待你們吃一頓豐富的晚餐。」泉水女神輕輕地揮動纖纖玉手，他們眼前立刻出現一所豪華的精靈餐廳。花精靈、草精靈都翩翩起舞，樹精靈送來了美味佳餚，風精靈又奏起了美妙的樂章。

走了一整天，巫珈晞早就餓得肚子咕嚕咕嚕地響。她看見桌子上香噴噴的雜菜湯、鮮蘑菇薄餅、炸魚柳……簡直垂涎三尺。她對米洛斯說：「我們飽餐一頓再說吧！」就拉着米洛斯坐下來，「各位，我起筷啦。」然後，不客氣地大喝大嚼起來。

吃完東西後，泉水女神帶領他們到兩間並列着的，有浴室和溫泉的房間去，說：「大家都累了，來洗個澡，泡一泡溫泉吧。地球女孩，妳洗澡後就換上月之國的服飾。」小精靈們立刻遞上顏色鮮艷、質料亮麗如絲的衣物，「然後，好好地休息一晚，明天再出發。」她說完了，就領着精靈離開。

於是，巫珈晞拿了衣服，進了左邊的房間，米洛斯則進了右邊的房間。

泡了一會兒溫泉，巫珈晞已經昏昏欲睡。她上了水，擦乾身體，穿上月之國的服飾。

她先穿上肚兜，再穿貼身褲、外衣和短裙，銅鏡中的她活脫脫是一個不吃人間煙火的精靈，漂亮得叫人心跳。

她一推開浴室門，就看見米洛斯已經坐在臥室的牀上，不耐煩地看着她。

「我還以為要等到明天早上，妳才會從浴室出來。」

「為甚麼在這兒等我？你不是有自己的臥室嗎？你不要有非非之想！」

「妳才不要有非非之想！我只是想起一件非常重要的事情來，非要現在告訴妳不可。剛才那個泉水女神不是普通的泉水女神，她是失憶泉的奈何女神。失憶泉的女神和精靈們專門吃人類的記憶，在這兒逗留得越久，保留下來的記憶就會越來越少，直至完全失憶。完全失憶後，就會被女神送給食人獸做早點。」

「我最後會變成食人獸的食物……」巫珈睎大聲地說，但她的話還沒有說完，米洛斯已經用手掩住她的嘴巴。

「安靜一點呀！不要打草驚蛇。」

「我們要在記憶還在的時候逃走。」

「沒錯。」

他們悄悄地把門打開一道縫，偷偷地觀察外面的情況後，發現原來只有一個年輕可愛的百合花精靈守在門口。

米洛斯想了一會兒，然後悄聲地將計劃告訴巫珈睎。巫珈睎聽後，點點頭兒表示明白。

當百合花精靈正悶得打瞌睡的時候，巫珈睎突然走到她面前，說：「百合花姐姐，妳這身衣服真漂亮，這細滑的絲綢，穿在妳身上，顯得妳更明艷照人呢！這絲綢上的圖案真精細啊，一定是妳親手繡的吧？」

百合花精靈聽了這些恭維的話，心裏高興極了，說：「當然是我繡的。我這一雙巧手在精靈界可算是首屈一指的。奈何女神大人每年送給常羲女神殿下的絲綢，有一大部分的刺繡都是我的功勞。所以嘛，我的刺繡功夫還真是遠近馳名……」說到這裏，她突然昏倒在地上。因為米洛斯趁她說得興高采烈的時候，在她身後撒了一大把迷魂香。

「米洛斯，妳的安眠香草真有效。」巫珈晞讚歎地說。

米洛斯自豪地說：「當然了，仙兔族人都是藥草專家。」

「你說這話的模樣兒和百合花精靈可真像。」巫珈晞掩着嘴笑起來。

米洛斯正要發火時，巫珈晞已經拉着他的手，做出鬼臉，小聲地說：「別生氣，我們快逃吧。」

兩人就不再多話，一同奮力但安靜地跑進森林，逃離失憶泉。

《巫師》
巫師之王

在無人島，這也是一個寧靜的月夜。

一道輕柔的月光也射進了巫言的書房，一群小鳥在月色下散步、休息。

這是一間擺設簡單的書房，所有東西的用料都百分百天然。書房外的小花園內種植了很多不知名的神秘植物。

窗外鳥群中一隻頭頂上有金黃色翎毛的雄鳥，突然優雅地從窗外飛進來，坐到巫言的肩上吱吱歌唱。

巫言望向窗外，撥弄着隨意披散的及肩黑髮。那俊美得讓人窒息的臉孔，卻鑲嵌着一雙孤寂的琥珀色眼眸。

巫言，靈山十巫集團首腦，巫咸和春風女神之子，上通天神，下通鬼靈，能打開時空門，又手握長生不死藥的秘方。

可是，又有誰能明白他的孤寂。

他放下文件，從座位站起來，那小鳥隨即飛回天上。他走到陽台看着天上的朗月。

今天晚上，空氣中起了不尋常的騷動，這些騷動牽動了他的心，勾起了一些回憶。

他想起靈山上的前輩們，也想起了自己的父親。不知道他們現在正在哪兒過着逍遙自在的生活呢？

他也想起自己最關心、愛護的妹妹。

巫言拿出一個小錦袋，取出精緻的手環，手環上的金鈴兒隨即「嚶嚀、嚶嚀」地響個不停。

他彷彿又再看見繁花似錦，暖暖春日，妹妹追着花蝴蝶跑的日子。

她好像又抖動着手環上的金鈴兒，一臉嬌嗔地說：「哥哥，不要捉蝴蝶，讓牠們自由自在地飛翔，伴我們一起玩捉迷藏。」

「鈴兒！」巫言不自覺地喚着妹妹的乳名。

前塵往事突然襲上心間。那些遙遠的日子，一幕一幕，提醒他早已忘掉的遠古年代。那時，聖域、人界和魔域之民都能和平共處。如果至尊天魔沒有因為想成為三界之王發動戰爭。三域之民是否仍能和平共處？

當年，如果自己沒有放妹妹離開白塔。如果她不是為了要見黃土隊長而離開靈山，前往銀河。她是否不會被希羅捕捉至魔域，更不會葬身戰場？

他，突然又想起愛慕過的彩蝶公主。

彩蝶，那短暫而美好的生命，他隱藏在心底裏的初戀。

在夜闌人靜時，他總是胡思亂想：如果……如果時間逆轉，妹妹是否能夠平安？彩蝶是否能夠倖免一死？

這個可怕的念頭使他害怕。

巫言嘆了一口氣，撥開垂到臉上的頭髮，用盡意志力驅走這不應有的念頭，收起那珍貴的金鈴兒。

房門輕輕推開，一個女傭打扮的中年女人捧着一個銀色托盤安靜地走進來。

濃濃的咖啡香從托盤擴散至整間書房，使人精神一振。

女傭恭敬地倒了一杯咖啡，把它放在陽台的茶几上，然後安靜而迅速地離開。

這時候，門外的保鑣走進房間通傳，大長老——著名占卜家江離，已經焦慮地站在門外等候。雖然現代科技先進，但是盜竊資訊的人才也很多，所以一切重要的事情，巫師們還是會到無人島跟巫言面談。這個島被巫言的法力封印了，可以隔絕一切高科技和神魔法力的干擾。

雖然說是一間書房，不過它的面積也有三千多尺，從門口走到巫言站着的陽台上，還是要花一段時間。了解這點的江離，只好耐心地在門外等候。

一會兒後，穿着筆挺黑色西服，打着湖水綠斜紋絲領帶的保鑣終於推門出來，示意江離進去。

江離雖然心裏焦急，仍不失翩翩君子的風姿。見到巫言時，笑容溫和，語氣從容地說：「主席大人，晚上好。」

「今天的事情，你也感應到了？」巫言的聲音充滿了威嚴。

「是的。聖女大人的力量恐怕已經被喚醒了。可是，屬下在感應其間，突然有一股邪惡的力量衝向我，打亂了我的思路。」

「邪惡力量？會不會……她已經被希羅捕獲？」

「屬下的占卜結果顯示聖女大人還平安。但是，她的氣息仍然很飄忽，難以追蹤。」

「密切注意聖女的動態，隨時向我匯報。另外，把這個消息通知黃土隊長，勸告他不要和聖女相認，以避免重演悲劇。」

「屬下知道。屬下先告退了。」

巫言輕輕擺動右手，示意他離去。江離雙手垂直，點了點頭，就有禮貌地退了出去。

巫言抬頭望向漆黑的天空。天上風起雲湧，不穩定的氣流騷動不已，似乎有人正在運用法力干擾時空秩序。

他閉目運用感應力量偵測氣流的動向。

#《巫師》
月之國度

月之國度的月色皎潔，可是巫珈晞和米洛斯都無心欣賞。

他們一心想逃離失憶泉，於是拚命地跑了又跑，可是不管如何努力地往前跑，結果總是回到起點。

當他們跑到筋疲力竭的時候，奈何女神哈哈大笑地出現在天空中，說：「小朋友，跑累了嗎？還想繼續玩躲貓貓嗎？我卻玩膩了。來，進入你們的牢獄裏去玩吧！」她說完後，舉起雙手，口唸咒語，把他們吸上空中，然後用力拋向一個黑壓壓的山洞。

不過，由於他們極力掙扎，而且巫珈晞的身體忽然發射出一股強大力量，干擾了奈何女神的法力，結果，他們被拋到山洞口附近的草地上。

奈何女神立刻朝草地方向飛過去，想抓住他們。

就在危急關頭，兩匹神氣的藍色小馬出現在他們面前。站在前頭，高大一些的那匹藍馬命令他們說：「快騎上我們的背上！」

為了逃命，被摔在草地上的巫珈晞立刻翻身站起來，跳上馬背去。米洛斯也跳上了另一匹藍馬的背上，但是位置有點兒偏差，而且他還沒有坐好，馬兒已經往前飛馳，為了不摔下馬，他只好兩手緊緊地抓住藍馬的鬃毛。

兩匹小藍馬帶着他們逃離奈何女神，飛馳到遠方一個藍色的森林，才停下來。

巫珈晞和米洛斯下了馬後，高大的那一匹馬對他們說：「我們的任務已經完成，只要你們繞過森林，沿着河流往前走，就會到達常羲女神殿下的宮殿。」

「謝謝你們的救命之恩。」巫珈晞說。

「我們是生於天池的天馬，是神的使者。我們活在人們的夢裏，帶領凡人的心靈遨遊無限的宇宙。因為天馬的國度受過妳先祖的恩典，避過了惡鬼的入侵，所以，我們發誓永遠守護他們的子孫。」

「我的先祖？他們不是普通人嗎？」

「妳難道還不知道自己的身份？」

「我的身份？」

「妳不是普通人，妳前生是巫師的女兒，擁有駕馭太初力量的天賦。妳將要走向悲慘的命運，成為魔王追捕的對象。我不能透露太多天機，命運之線會引領着妳往前走。希望妳心存正道，一切化險為夷。」說完後，兩匹天馬就飛上天上，消失在藍色的天空中。

恍如晴天霹靂，巫珈晞連連搖頭說：「怎麼可能……」

「珈晞，現在別想那麼多，逃命要緊。回家才問爹娘關於祖先的事情。」巫珈晞點點頭，不再想太多，準備和米洛斯一起往前走。

可是，當巫珈晞想和米洛斯繞過森林前進的時候，眼睛卻給森林裏面盛開的花兒吸引住，兩人像着了魔似的，腳兒不自覺地走了進去。

突然，米洛斯聽見了一陣鬼哭，他拉了拉巫珈晞的手，恐懼地說：「我們還是繞過森林前進吧，我小時候聽爸爸說過，這個森林是惡鬼居住的地方，屬於魔王的結界，有通往魔域的入口，連常羲女神殿下也不會走進來。所以，我們根本不應該進來。」

「可是，我覺得這裏十分美好、寧靜，一點兒也不可怕，惡鬼不可能住在這麼好的地方。米洛斯，你一定是記錯了。」

「我不會記錯的，而且天馬也叫我們繞過這個森林。我們還是快走吧。」

巫珈晞猶豫半晌，說：「好。」

當他們正要回頭的時候，整個森林突然變得一片陰沉。原來剛才所見到的，不過是幻象。

他們十分後悔，只想趕快離開這個可怕的森林，可是轉身一看，已經看不見出路。

他們被樹木重重圍住了。

「我想起了……」

「你又想起了甚麼！下一次請早一點兒想起來，可以嗎？」

「我記得爺爺說過月之國本來是由天神、精靈和半神族人一起統治的，這裏的居民都擁有高等智慧，更掌握了遠古的法術。五百年前，半神族為了成為月之國的統治者，發動了一次戰爭。結果，他們傷亡慘重。戰敗之後，大部分族人被常羲女神殿下用沉睡咒語封印在月之國北方的冰墓裏。倖存的族人為了逃避殿下的追殺，決定躲進幽靈森林，祈求魔王的庇護。由於聖潔的常羲女神殿下不想和魔域扯上關係，所以下令結束戰爭，又禁止月之國的人踏足這個森林。」

「請長話短說。我們現在怎麼辦？」

「我們是朋友，應該『有福同享，有禍同當』，我們一起往前走，只要大家有勇氣和智慧，一定能夠走出這個森林。」

「說得對。我們要共患難。」

於是，他們鼓起勇氣，向森林深處進發。

途中，一個沒有人頭的人，不，正確地說，應該是一個左手拿着自己人頭的「人」！那東西正唱着歌兒，一蹦一跳地跑到他們跟前。可是，他倆沒等他走近來，已經嚇得狂奔逃命了。

由於發了慌地瞎跑，當巫珈晞停下來的時候，已經迷失了方向，也和米洛斯失散了。

她定下心神後，就大喊：「米洛斯，你在哪？」

森林深處傳來回音：「米洛斯，你在哪？」

「米洛斯，你在哪？」

「米洛斯，你在哪？」

「米洛斯，你在哪？」

……

那聲音似遠還近，可是，不知道從哪一個方向傳來，只是像風聲般四方八面地包圍過來。

「米洛斯是誰？」後面突然傳來一把聲音，嚇得巫珈晞毛骨悚然，拔腿就跑。

那東西一蹦一跳地追上來。

「別再跑了，好嗎？我不想繼續玩這個沉悶的追逐遊戲了。」

「哎喲！」巫珈晞大叫一聲，給石子絆倒在地上，然後像個滾地木瓜似的滾下斜坡，滾了好一段路才停下來。

「痛死我了！」巫珈晞的手腳擦傷了好幾個地方，皮破血流，痛得哭了出來。

「別哭，好孩子別哭。」那東西伸手撫摸着巫珈晞的頭髮。

巫珈晞嚇得汗毛倒豎，她想跑，可是雙腳顫抖得跑不動了。

那東西安慰巫珈晞說：「妳別怕，我只是一個可憐的、寂寞的半神族守門將軍。我在帶兵進攻常羲女神時給精靈砍掉了頭顱，現在只好一天到晚拿着頭守衛着這兒。因為已經幾百年沒有人到訪過幽靈森林，所以我才會這麼開心。我叫夏耕，好高興認識妳。」

巫珈晞聽了他的話後，一顆心稍稍安定下來，她說：「夏耕將軍，請問你可否帶我去跟米洛斯會合呢？求求你，幫幫忙吧！」

「不是我不想幫忙，只是，半神族有一個規定：我們只會幫助付得起錢的外族人。」夏耕嚴肅地說。

「那麼，你要多少錢？我身上沒帶錢，先寫個欠條，可以嗎？」

「不可以。不過，妳也可以選擇幫我解決一個煩惱。」

「你有甚麼煩惱？」

夏耕指了指自己的頭，說：「想辦法叫我的頭和身軀再次二合為一。」

「這怎麼可能？」巫珈晞覺得他有意為難自己。

「辦不到，就算了。」夏耕擺出一張毫不妥協的面孔。

巫珈晞想了一會兒，解下了頭上的絲帶：「我用這條絲帶，嘗試把你的頭和身體綁在一起，好嗎？」

「好呀好呀！妳快試試看。」

巫珈晞幫助夏耕把頭和身體綁在一起後，他的頭居然和身體自動二合為一！原來精靈族做出來的衣物都含有法力的。

夏耕搖了搖頭，再點了點頭，滿意地對巫珈晞說：「感覺真不錯，以後不怕丟了自己的頭。姑娘，我告訴妳，妳那位朋友，糊里糊塗地跑進了『夢魘山洞』去。這可糟糕了，因為在山洞裏，有一面魔鏡，站在它前面就可以看見自己夢想成真。所以，進入裏面的人，都不願意離開，就算餓死，也要永遠留在那兒。怎樣？妳有勇氣進去拯救朋友嗎？」

「有！請告訴我怎樣去『夢魘山洞』吧？」巫珈晞以堅定的口吻說。

「只要一直往前走，就會見到它。」夏耕從口袋裏拿出一塊雞蛋般大，全身淡綠色的石頭，說：「我送妳這塊夜光石，在山洞裏照明。」

巫珈晞伸手接過來，說：「夏耕將軍，謝謝你！再見。」她將石頭收進褲袋裏，腳兒已經在往前跑了。

「祝妳好運啊！」風裏飄蕩着夏耕將軍響亮的聲音。

巫珈晞跑了好一段路，開始氣喘吁吁的時候，才看見前面有一個兩米高的橢圓形洞口。洞口上刻了「夢魘山洞」四個紅字。

到了「夢魘山洞」洞口的時候，巫珈晞看見裏面黑壓壓的，一陣複雜的情緒立刻湧上心頭。她很想進去救朋友，但也有點兒害怕。

不過，巫珈晞很快就克服了恐懼，踏進這可怕的山洞。

山洞裏，伸手不見五指。巫珈晞心裏一慄，冷不防給地上的東西絆倒了。她摔了一跤，跌倒在一大堆草狀的東西上，褲袋裏的夜光石也「噹」的一聲跌在地上，發出朦朧的綠光，像一盞昏綠的小燈。

原來地上滿是乾草。巫珈晞抬頭一看，見到米洛斯正看着一面鏡子痴痴地傻笑着。

她忙跑過去，拉着米洛斯的手說：「米洛斯，快醒一醒，和我一起離開這個山洞！」

米洛斯充耳不聞，繼續看着鏡子傻笑。

巫珈晞大喊大叫：「米洛斯，快跟我走！」

米洛斯仍然沒有回應。

突然，有人從洞外扔進一個大火球，燃燒了山洞裏的乾草。火勢急速轉大，洞裏一瞬間濃煙密佈。

巫珈晞拚命地拉扯米洛斯，想帶他出去，但是米洛斯的雙腳像釘了在地上，原封不動地站着。

巫珈晞情急之下，用夜光石打碎了鏡子。

鏡子一碎，米洛斯也回魂了：「珈晞？」

「你終於清醒了！我們快逃走。」

巫珈晞拉着還沒有完全清醒的米洛斯，快速地逃離山洞。

剛跑出山洞口，就看見多個火球迎面飛擲過來。雖然已經迅速地閃避，可是巫珈晞身上仍然有多處被灼傷。

米洛斯突然仰天大叫：「是炎魔。」

巫珈晞抬頭看見天空中站立着紅髮飛揚、全身火光熊熊的炎魔。

他狂傲地在風中飛舞，毫不客氣地投擲火球，肆意地破壞。

火球像流星雨般飛擲進樹林裏，造成多處火災。

火，越燒越旺，風，帶着團團濃煙，助長了火勢。火場面積迅速地擴大，快要蔓延到整個森林了。

樹木在哭泣，花兒在慘叫，棲身這兒的半神族人驚慌起來，不顧一切地逃命。巫珈晞拖着米洛斯，也不顧一切地盲目逃跑。可是無論跑到何處，炎魔的火球也追着他們。他們在慌忙間竟然滾落了一個山坡。

巫珈晞全身是傷，勉強掙扎坐起來。她轉身一看，落在後面的米洛斯已經奄奄一息，他嚴重燒傷，也有多處割傷，躺在地上痛苦地呻吟着。

巫珈晞蹣跚地走回頭扶起他，淚流滿臉地大喊：「米洛斯，你還好嗎？振作一點兒。」

米洛斯沒有回答。

他已經無力回答。

他用力地微微一笑，咽下了最後一口氣，就懷抱着自己的夢離去了。

（米洛斯，死了……）

巫珈晞用力地抱住米洛斯，她的內心深處，有某種東西蠢動起來。

（米洛斯死了……）

巫珈晞的喉嚨深處開始怒吼。

恐懼、悲傷和憎厭，讓全身熱得像是要燃燒起來。

巫珈晞可以用整過身體聽見從黑暗盡頭流入自己身體深處的幽泉的聲音。它，發出轟然巨響——有某種力量正要往外爆發。

雖然沒有人真的看得到，可是巫珈晞感覺到喉嚨浮上了一顆大放綠光的寶石。從那顆綠寶石傳來了血腥味，滲透進身體內部，然後擴散開來。她的內心深處正在沸騰，幽泉那股力量朝着喉嚨推擠，被血腥味污染成嗜血的魔力。

「殺、殺、殺！」巫珈晞邪惡地笑着。

她呼吸急促，殺氣騰騰地仰望着炎魔。

那股巨大的力量終於衝了出來！

炎魔頓時感覺好像有暖風輕拂臉頰，於是瞇起雙眼。

就在下一瞬間，風變得如冰般寒冷，使他的手臂起了雞皮疙瘩。

雖然不知道感受到了甚麼，儘管甚麼都沒看到，他感到一股眼睛看不到的力量像一把巨大的鐮刀正朝着自己飛過來。

沒空去思考情況，他任憑身體靠直覺行動，在千鈞一髮之際避開了那股力量。

可是，那股力量隨着巫珈晞的意志去而復返，鍥而不捨地追了上來，炎魔只好持續閃避着它。

它越來越快，力量越來越大，每一次都衝着他的喉嚨而來，炎魔以手臂保護喉嚨的瞬間，手腕一感覺到冰冷的氣息，它已經被割傷！

炎魔以另一隻手保護手腕的剎那，那冷冷的東西在他的側腹一割，那裏立刻發燙起來，然後血流如注。

巫珈晞肆意地舞動那力量，瘋狂地毀滅四周的生靈。最後，連她自己也被這股力量吞沒了。

炎魔滿意一笑，說：「巫女大人，歡迎加入魔族！」

他飛向巫珈晞，邊閃避那力量，邊用火焰包圍她，想把她拉進地獄裏。

這時候，一名白衣女子出現了。炎魔看見她，立即害怕地離去。

巫珈晞虛脫地昏倒在一片火海裏，任憑烈焰吞噬四周。

熊熊烈火一直燃燒，一直燃燒，一直燃燒。

東西都被燒掉了，只有巫珈晞躺着的那一片圓圓如大牀的青草上，野花仍然吐着芳香。

月色朦朧，巫珈晞睡得正香甜，夢裏不知身是客。

月下的白衣人靜靜地看着巫珈晞。

夢醒了。

巫珈晞迷糊無力地半開着眼睛。

沒有人能形容她看見這個人時心中的感覺。那種感覺仿如遊子忽然間看見來自家鄉的親人。

巫珈晞的心受到了它的吸引，雙眼直朝這個人望去，盯着不放開。

天上的雲被風吹開，月神現出她的臉兒，月光淡淡地照下來，照在這人的臉上。

那是一張溫柔的臉，溫柔如月。

「您是月之女神嗎？」巫珈晞問。

溫柔的臉上忽然出現了一抹無人可解的神秘笑容，這位月下人用一種夢囈的神秘聲音說：「我四處飄遊，天上人間去尋找妳的身影。妳仔細聽，我要告訴妳一件事……」

「甚麼事？」

「妳的過去。」

月色加濃，月下的白衣人彷彿已融入月色中。

她雙眼充滿了母親的愛，憐惜地撫摸巫珈晞的頭髮，輕摸她的臉頰。

她沒有再說一個字。

可是，巫珈晞的腦海中開始出現一個又一個影像。她看到一個悲傷的故事。

白衣女子對巫珈晞說：「這就是妳的從前，這就是妳的將來。」

巫珈晞的心頓時充滿了壓迫感和恐懼。

她用盡全身的力氣，將手伸入清冷如水的月光下，伸向那白衣女子，希望能找到一點依靠。

白衣女子伸手握住巫珈晞的手。

巫珈晞耳畔響起一陣「嚶嚀嚶嚀」的金鈴聲，隨即進入了一個從來沒有到過的世界。

一個不屬於人的寧靜世界。

在這個神秘、遙遠而美麗的世界裏，所有的一切，都和平美好。

沒有人知道它在哪裏。

沒有人知道它那裏的山川風貌形態。

甚至沒有人知道它的存在。

可是巫珈晞在那裏感受到濃濃的母愛，內心充滿依戀。

這份愛使她感動和牽掛。

所以，她哭了。

輕柔的月光像母親的懷抱，擁抱着她，讓她盡情地哭，讓她安穩地睡。

《巫師》往事回煙

月色淡如水，月色水波間，彷彿有一層淡淡的煙霧升起，煙霧間有一間小木屋，炊煙悠閒地上升。

淡淡的月光，從一扇半掩着的窗戶，伴着山間淒冷的寒氣，進入了這間在群山間的小木屋。

巫珈晞在這間小木屋裏睡着。

床的不遠處有一堆熊熊的爐火，爐火將她的臉照得緋紅。

朦朧間，她聽見一個女人用柔美如月光般的聲音說：

「我將她交托給你們，小心照顧她……」

那聲音飄忽而輕細，聽來好像是從天邊那一輪淡黃的明月中傳過來的，又像是一個人在她耳邊低語。

這彷彿是一場夢，可是巫珈晞肯定這不是夢，因為那聲音跟救她那個人的聲音是一樣的。

巫珈晞醒了過來，她掙扎地從牀上坐起來。她看了看四周的環境——乾草鋪成的牀，木製的殘舊傢具，半明半滅的蠟燭，用木柴燒火的火爐裏吊着一大個鐵鍋，鍋子裏的熱雞粥正在沸騰着，香氣四溢。

房子的舊木門突然打開，一個滿頭亂髮、只有約三尺高的老婆婆捧着一堆木柴站在黑夜裏，準備走進來。搖曳的燭光照亮了她佈滿皺紋的臉，更顯出她是一個奇醜無比，又老又矮的怪相婆婆！可是，她捧着木柴輕快地往前走，手腳輕盈靈活，一點兒也不像一個老婆婆。

她邊走邊目不轉睛地看着那鍋粥，一點兒也不察覺巫珈晞已經坐了起來。

巫珈晞大氣也不敢吸一下，害怕驚動了她，會成為她的晚餐。她一時間也想不出甚麼自救的辦法，只好躺下來，躲進被窩裏睜一眼，閉一眼地裝睡，像一個遇上了熊的人。

這時候，一個五官英俊的人走了進來。

他放下手上的劍，走到巫珈晞牀邊，靜靜地站了半晌，用很溫和的語氣對巫珈晞說：「既然醒了，就起來吃雞粥，不要再裝睡了。」

巫珈晞滿臉通紅，從被窩裏探出頭來。一看，呆住了。明明是初相見，可是巫珈晞覺得他似曾相識，莫非是在夢裏見過他？

他高大強壯，散發出讓人無法逼視的尊貴氣魄，像一位從遠古傳說中走出來的青年王者。他雙眸清澈如耀目的星光，卻又掩不住眉宇間的落寞之情。他憂鬱地凝視着巫珈晞，良久才移開視線。

生死兩茫茫。

雖然巫珈晞琥珀色的雙眸反映出黃土的臉容，可是歷史的洪流隔開了他們，她已經忘掉了這個曾經以生命愛着的情人。

黃土看着她，心裏一陣黯然。他多麼渴望可以喚醒她的記憶，與她一起走過往後的春夏秋冬，可是他不能。

他不可以不可以不可以這樣做，否則巫忘將會因為他而重覆悲劇。

為了保護所愛的人，黃土選擇讓她忘了自己，讓她進入另外一個生命之輪，重新開始。

黃土說：「我叫黃土，是地之民的守護戰士。」

他極力平伏激動的心情，小心地隱藏自己的感受。他摸一摸巫珈晞的額頭，滿意地說：「已經退了燒，麗花婆婆的藥真有效，不愧是地之民最出色的藥草師。」

正在舀粥的麗花婆婆轉身過來看了巫珈晞一眼，她皺紋滿臉，笑起來既慈祥又滑稽，一點兒也不可怕了。

巫珈晞坐了起來，說：「多謝你們救了我。請問我現在身在哪裏？」這兩天她問得最多的問題。

黃土說：「妳身處三界的中心，世界樹的枝椏裏。」

巫珈晞說：「世界樹？我不是在月之國嗎？」

黃土說：「有人將妳從月之國救了出來，藏在這個世界樹的結界裏。」

巫珈晞說：「結界？這分明是一間小木屋。」

黃土看着巫珈晞一臉疑惑的可愛模樣兒，便笑了起來，笑得很迷人，說：「眼睛看到的東西不一定是真的，真實的事物總是躲在眼睛看不到的地方。妳要學習用心眼去看東西。」

巫珈晞更疑惑了。

黃土說：「不要強迫自己去明白，妳總有一天會明白的。」

巫珈晞皺眉說：「為甚麼我總有一天會明白？」

黃土說：「因為在未來的日子裏，妳可能擔當很重要的角色。」

巫珈晞說：「甚麼重要的角色？」她非要問個清楚不可。

黃土說：「妳擁有強大的法力，也能夠遊走於不同的結界。和魔血結合後，邪魔會引誘妳的心走向邪惡，妳也許會成為魔王一顆重要的棋子。」

巫珈晞激動地大叫：「你說謊！我怎會成為魔王的爪牙？我不知道甚麼是法力！」

黃土冷靜地說：「妳曾經用這種力量弄碎了張美霞的眼鏡和追殺炎魔。因為炎魔把妳推進了世界樹的結界，讓妳重新連結了聖域和魔域，喚醒了妳前生的天賦和法力。但是，他也放了至尊天魔的血入妳體內，所以魔血會在妳脆弱時操控妳的意志。」

巫珈晞抬起頭，絕望地看着黃土。她已經沒有自欺的餘地了。

黃土又說：「不要難過，妳有自由意志決定是否運用那些力量。只要妳心裏沒有殺機，沒有憤怒，魔王也不能控制妳。」

雖然黃土這樣說，巫珈晞仍然哭了起來。

黃土說：「魔王會在妳最脆弱的時候控制妳的身心。如果妳完全被他控制，就會墜入地獄的深淵，所以要心懷大道，多寬恕，懷有大慈大悲的心。」

這對一個十四歲的孩子來說實在是太困難了。巫珈晞無力地說：「我很害怕，怕自己做不到。」

黃土輕撫巫珈晞的頭髮，溫柔地說：「不要怕，妳前生是一位偉大的巫女，今生也必定能夠成就一般人不能夠成就的事情。」

巫珈晞從沒想過要做一個偉人，因為做偉人實在太辛苦了。她一想到未來的路可能會很坎坷時，眼淚又掉個不停，再想到米洛斯死得那麼淒涼，哭得更厲害。也不知道是為甚麼，她覺得在黃土面前，自己可以放任地釋放內心的感受，所以越哭越兇。

黃土輕拍巫珈晞的肩膊，說：「不要害怕，妳並不孤單，無論前世今生，我都是守護妳的戰士。不管等待妳的是何種命運，我也會和妳同生共死，不惜一切來守護妳。」他說話的時候，雙眼深情地望向遠方，彷彿正在看着另一個人。

這時候，麗花婆婆捧着一碗熱騰騰的鷄粥走過來，說：「珈晞，不要哭了，妳消耗了太多體力，需要多吃東西和休息才能復元。」

巫珈晞抹了眼淚，感激地接過這碗鷄粥，吃了起來。

她吃了幾口，眼淚又沿着臉頰流了下來，因為她想起了遠在他方的父母。

可是，現在她只能夠在夢中與他們相見了。

第二天，黃土和麗花婆婆很早就起來準備行裝。他們帶了白米，雞肉、兔肉做成的燻肉、臘肉，也帶了酒、藥草和衣物。

巫珈晞醒來時，黃土和麗花婆婆已經收拾好一切。

她看見地上有幾個裝得滿滿的大背包，忙起牀，說：「你們要去哪裏？」

黃土說：「珈晞，快換上木精靈織造的衣服。我們要出發到深山上的房子。」

黃土扔了一套淡綠色如絲綢般閃亮的新衣裳給巫珈晞，然後迅速地轉身走出去。

巫珈晞穿上那套薄薄的衣服，身上立刻異常暖和。

她跑到黃土面前說：「我們為甚麼要上山去？」

黃土說：「因為那裏是世界樹的心臟位置。三界的門隨時會在那兒開啟，妳可以通過那道門回到人間。」

巫珈晞興奮地問：「我真的可以回去人間？」

黃土心裏悲傷，卻面露微笑地說：「當然是真的。」

巫珈晞聽了，立刻雀躍地背起一個大背包，催促黃土和麗花婆婆啟程。

目的地位於仙女玉帶的上游。仙女玉帶是一條環繞山林流下來的河流，淡綠色的河水在陽光下閃閃發亮，彷彿仙女掉下來的玉帶。

沿途，有很多不知名的參天古木散發出清香。

巫珈晞好奇地四處張望。

黃土說：「樹上住着高瘦的木精靈。木精靈擁有純淨玲瓏心，他們的衣裳散發出淡淡的綠色光芒，整天唱着歡樂的歌曲，訴說着時光流逝時給人們遺忘了的英雄故事。」

巫珈晞說：「可是，我一個木精靈也看不到。」

麗花婆婆說：「木精靈不喜歡和人類交朋友，他們認為人類都是狡猾的狼。」

「這不正確！我和家人都很忠厚老實。」巫珈晞大聲地抗議。

黃土和麗花婆婆忍不住笑了起來。

黃土說：「木精靈不能接觸污穢物，如果有妖魔入侵這裏，木精靈會立刻發覺並通知守衛這裏的戰士。聖域及人界組成的聯合部隊就會採取對抗行動。不過，兩域之民陸續有人投靠了魔王，這些奸細像白蟻般侵蝕着我們的和平基礎。大家開始分不清誰是敵人，誰是朋友了。」

天上突然飛過一隻青色的小鳥，牠鳴叫一聲，聲音清脆美妙。

麗花婆婆雀躍地指着牠說：「看！純潔的青鳥。」

巫珈晞抬起頭說：「神話中西王母養的青鳥嗎？」

麗花婆婆說：「這種青鳥是那種青鳥的近親，牠是除魔的吉祥獸，約有二十年壽命。牠死後，祭師會用牠的骨頭做『避邪繩』帶在身上或掛在屋門前以防止魔物入侵。」

巫珈晞透過樹枝仰望天空，朵朵輕雲裝飾着藍色的天空，參天古木金黃色的葉子都色澤亮麗。那隻青鳥悠悠地飛向天際。

這天的天氣真好。

一陣清風吹來，耳畔傳來木精靈們的歌聲，四周一片和諧美好。

傍晚時分，他們已經到達目的地。黃土和麗花婆婆熟練地打掃了那間小屋，巫珈晞也笨手笨腳地幫忙收拾。

黃土和巫珈晞到柴房取柴枝時，麗花婆婆就燒熱湯。

黃土和巫珈晞再度回到小屋時，屋內已經飄散着難以言喻的香味，充斥着聽了讓人心情愉快的煮東西聲音。木板地面中央凹下去的地爐中，掛着一個鍋子。拿起蓋子看着鍋內的麗花婆婆，滿意地點點頭後，從旁邊的竹盤上拿了一個紅色的香菇。

「那是甚麼？」巫珈晞放下柴枝，好奇地看着麗花婆婆手裏的香菇。

麗花婆婆慈祥地說：「這是一種叫做赤菇的香菇，雖然味道很棒，不過煮太久就會有苦味。烹煮的秘訣，就是在食物快煮熟的前一刻才放進去。」

黃土微笑說：「這個山菜火鍋真香。」

麗花婆婆轉動勺子攪拌鍋裏的食材，滿意地說：「再一會兒就可以吃了。」

一會兒後，麗花婆婆盛了剛煮好的白飯，巫珈晞忙接過來放在木桌上。麗花婆婆再盛了冒着熱氣的山菜湯，巫珈晞也接過來放在木桌上。

充滿着香菇鮮美滋味的湯水，又熱又好喝。巫珈晞心情放鬆地吃了起來。

在熊熊火光的照耀下，巫珈晞玫瑰紅的臉頰，閃亮着青春氣息。黃土看得呆了，他心靈深處起了一陣奇異的顫抖，彷彿琴弦無端被撥動。

巫珈晞喝完了一碗湯，明亮的大眼睛充滿了笑意，她朝黃土笑了，笑得那麼甜，笑得那麼美。比一朵沾了露珠、等待盛開的蓓蕾花更美。

黃土的心又一陣驚悸和痛苦，他內心深處那種無可奈何的悲傷，不能自控地湧起來。

本已如流水逝去的往事，本已輕煙般消散了的人，現在為甚麼又重回到他眼前？

可是，他必須放她走，必須放她走！

巫言的勸告在他的耳際一遍又一遍地響起。

屋內的爐火劈劈啪啪地燃燒着，黃土心裏的希望之火卻一點一點地熄滅了。

「唉！」黃土嘆息一聲，站了起來，低頭走出屋外。

巫珈晞驚訝地看着他打開了門走出去，感到不知所措。

「不必擔心，他只是想到屋外透透氣，看看天上的明星，追憶一些前塵往事。」麗花婆婆說完就給巫珈晞添了一碗湯。

巫珈晞雖然知道不該問，但是仍忍不住問：「甚麼前塵往事呢？」

麗花婆婆說：「黃土是人王唯一的後嗣。人王仙遊後，他卻把帝位禪讓賢者，自己退居為守衛人類的戰士。他幾乎和一位尊貴的巫女締結良緣，可是那位巫女卻死於戰場。當時，黃土也為了保護她而戰鬥得遍體鱗傷。他被送到月之國的鳳池，在那兒吸取天地靈氣療傷，經過整整七百年的休養，才勉強康復過來，繼續做地之民的守護者。可是，心靈的創傷仍然時刻在折磨着他。」麗花婆婆停下來，凝視着巫珈晞，弄得她尷尬地低下頭，「妳長得真像他那位已逝的情人。」

巫珈晞難以置信地說：「我！怎麼可能？」

麗花婆婆不再說下去，只是轉身去泡茶。

巫珈晞充滿疑惑地看着麗花婆婆，說：「不過，我覺得黃土哥哥很親切，好像曾經在某個地方見過他。我前生會不會已經認識他？可是，無論我如何用心地想，也想不起關於他的事情。」

麗花婆婆說：「不要苦惱，應該想起來的時候，妳就會想起來。就隨緣而為吧。」

巫珈晞說：「麗花婆婆，您也認識救我回來的那位白衣女子嗎？」

麗花婆婆說：「她是春風女神殿下。」

巫珈晞說：「我們有甚麼關係嗎？我記得她拉着我的手時，我看見了很多影像，夢醒後，卻全部忘記了。」

麗花婆婆說：「春風女神殿下是最尊貴的巫女——巫忘大人的母親。也許，妳前生跟巫忘大人有些淵源……所以殿下對妳而言分外親切。」

這時候，巫珈晞的腦海突然閃動了一些模糊的影像，她朦朧地看見一個女人拉着一個小女孩的手，她們快樂地笑着，那小女孩手環上的金鈴兒「嚶嚀嚶嚀」地響個不停。她閉上眼睛，沉浸在這歡樂裏。

麗花婆婆見她突然沉默不語，想她是累了，所以也不多說甚麼。

真是一個寂寞的夜，大家相聚在一起，卻各有各的思緒。

夜幕下，四周靜得使人害怕。

幸好，總有溫暖的陽光驅走冷冷的夜。

新的一天總會開始。

這天，晴空萬里。

巫珈晞練了一天劍，已經汗流浹背，黃土雙手叉腰地看着她：「妳真要多鍛煉才行。」

巫珈晞似乎已經說不出話，只是點頭。

麗花婆婆出門後，黃土就在房子前的草地，教巫珈晞劍術的基本功。這是黃土小時候，師父葉知秋教給他，名為「盤龍」的基本功。學習者要一邊沉穩地呼吸，一邊讓動作配合呼吸吐納，緩緩衝撞、出拳或踢腳，也要懂得右手出劍的時候，左手保護要害。這是一種攻擊與防禦一起施展的功夫。

可是，在把這一連串的動作重複做一百多次左右，巫珈晞的呼吸已經紊亂了。

「嗯，妳的表現還不錯。在等待期間，我會教授妳這套劍術，既助妳鍛煉，也助妳在危急時保護自己，所以妳要勤加練習。」

流進眼裏的汗水刺痛了雙眼，使巫珈晞回憶起放學後練習劍術那段既快樂又遙遠的日子。擦掉流進眼裏的汗水時，她的指尖也悄悄地擦乾眼淚。

「要練習多久，才能變得像黃土哥哥一樣棒？」

黃土說：「起碼一千年。」

「一千年！你今年究竟幾多歲？」

「在我的守護部隊裏，一千歲的成員只能算是小孩子。目前為止，最年幼的隊員叫河其清，今年一萬四千五百七十三歲。妳說我有多大呢？」

巫珈晞瞪大眼睛看着黃土，然後泄氣地說：「我剩下的時間太少了，即使現在努力地練習，也學不了甚麼，那麼何必練習呢？」

黃土堅定地說：「要繼續練習。因為練習比不練習更能增加順利脫逃的機會。一旦被妖魔或叛徒追殺，即使是一個微不足道的動作，有時候也會帶來生與死的分別。比如說，能在短短一瞬間讓敵人感到恐懼，說不定就可以逃生。總之，動手為未來做一點兒準備，比甚麼都不做來得好。」

一說完，黃土猛然一個轉身，拿着劍擺好作戰姿態。

「誰！」黃土的劍鋒對着正在搖晃的草叢，草叢中出現一個滿臉皺紋的人。

黃土不好意思地說：「麗花婆婆，您……回來了。」

頭上黏着樹葉的藥草師不以為然地說：「搞甚麼，想殺了我嗎？真害怕你這種拿危險東西過危險生活的人。」

麗花婆婆說完就拿着一籃子草藥走進屋子裏。

一會兒後，屋子裏傳來了陣陣茶香。

麗花婆婆探出頭來，說：「先進來喝杯茶，休息一會兒。」
啜飲着麗花婆婆泡出來，散發着濃郁香味的茶，大家都覺得心情舒暢。

《巫師》
女神護佑

夜間清涼的微風吹入山谷間，他們在屋內可以聽見樹海中無邊無際的樹葉沙沙聲。

在夜色中，那些安詳的參天古木，如同羅列的高牆般，把溪水吸納進森林中。在微弱的星光下，這些樹木的輪廓是灰色的，樹葉則微微地泛金。

門外傳來陣陣輕巧的敲門聲，麗花婆婆雀躍地打開了門。

三個木精靈優雅地站在門口，中間那位一頭金髮，笑容可掬的木精靈說：「麗花婆婆，很久沒見，您看來還是那麼精神奕奕。」

「伊拉諾，真的很久沒見了。艾樂斯、勒古，你們都好嗎？」

長了褐色鬈髮的艾樂斯從衣袋裏拿出了一罐藥膏，

說：「麗花婆婆，您有心了，這是送給您老人家的續骨活絡膏。」

麗花婆婆立即歡天喜地地接了過來，說：「想不到你們還記得我這個老太婆的話。」

比較年輕的勒古看見麗花婆婆眉開眼笑的模樣兒，忍不住笑了起來。

伊拉諾說：「麗花婆婆，我們除了來探望您，也是為包容一切、賜予生命的女神殿下來邀請巫女大人一聚。」

麗花婆婆說：「邀請珈晞一聚？」

巫珈晞和黃土已經從屋內走出來看個究竟。

伊拉諾看見黃土，立即彬彬有禮地說：「黃土隊長，您好。」

黃土說：「伊拉諾，真的很久沒見，艾樂斯和勒古也來了，不會是發生了甚麼大事吧？」

伊拉諾說：「包容一切、賜予生命的女神殿下希望與巫女大人見一面，也邀請您們同行。」他望着巫珈晞說：「這位漂亮的小姑娘，一定就是巫女大人吧。」

巫珈晞看着他，迷惘地說：「你好，我是巫珈晞。」

伊拉諾溫柔地笑着說：「巫女大人您好，我是伊拉諾，包容一切、賜予生命的女神殿下想邀請巫女大人一聚，未知您可否與我一同前往？」

「我……」巫珈晞有點兒猶豫，退縮到黃土的身後。

麗花婆婆說：「珈晞，古木女神殿下是木精靈的母親，她的法力守護、孕育了木精靈。能見殿下一面是天大的榮幸，我們快去跟她見個面吧。」

他們在星空下走了一段路，伊拉諾突然拿出三個蒙眼罩，說：「為了我木精靈一族的存亡，包容一切、賜予生命的女神殿下的居所必須絕對保密，所以請三位貴客用蒙眼罩先蒙住雙眼，跟隨我們的帶領前進。」

伊拉諾有禮地把蒙眼罩交給巫珈晞、麗花婆婆和黃土，他們自己戴上了蒙眼罩後，就聽到伊拉諾說：「請三位繼續往前走就可以了。」

他們在伊拉諾的提示下前進。走的路一直都很平坦，四周也不停地飄來陣陣樹木的香氣。

由於被剝奪了視力，巫珈晞發現自己其他感官相對敏銳了。她聞得到樹木和新鮮草地的味道，她可以聽見許多種不同音調的樹葉摩擦聲，河水在她的左方淙淙流着，天空中有着青鳥清朗的鳴叫聲。這一切引發起她無限的思緒。

伊拉諾打斷了她的思緒，輕聲說：「我們快踏進古木銀河的河岸了。」

巫珈晞一踏上古木銀河河岸，就有一種詭異的感覺，等到進入了森林核心後，這種感覺更強烈。她覺得自己似乎踏上了時光之橋，走入了遠古時代，正在一個過去了的世界中遊歷。人類古老的回憶都在這裏活生生地運作着、呼吸着。

即使沒有睜開眼睛，巫珈晞也看到了微黃的陽光。她越往前進，越可以感覺到陽光已經照在身上和手上了。它驅走了巫珈晞內心的陰暗，令她再沒有邪惡，沒有恐懼，沒有悲傷，沒有懷疑。

伊拉諾說：「到了這個範圍，各位可以停下來，先移下蒙眼罩，才繼續前進。」

伊拉諾幫助巫珈晞移下蒙眼罩。巫珈晞瞇起眼睛看一看天空，天空已經變成蔚藍的顏色，中午的太陽照在大地上。

眼前的美景讓巫珈晞屏息以對。她站在一個開闊的地方，左邊是個大土丘，上面有各種各樣遠古時代欣欣向榮的茂密青草，在青草上，兩圈樹木如同皇冠般聳立着。外圈的樹木擁有雪白的樹皮，連一片樹葉都沒有，卻給人一種優雅的感覺；內圈是非常高的松樹，但它擁有金黃色的葉子。在右邊山丘上的青草中，長着許多白色、紫色的星狀花朵，它們在這一片翠綠之中顯得格外突出。

勒古說：「這裏是世界樹的核心。在這裏，永遠翠綠的青草上開着永不凋謝的花朵。」

艾樂斯說：「我們先在這裏休息一會兒，再進入包容一切、賜予生命的女神殿下的宮殿。」

麗花婆婆和黃土在這香氣四溢的草地上坐下來，吃木精靈提供的泉水和玫瑰糕。只有巫珈晞震驚於眼前的美景，不停地揉着眼睛，彷彿想要確定這是否真的。

伊拉諾走過去巫珈晞身邊，遞了一片放在樹葉上的玫瑰糕和一瓶子泉水給她，說：「請品嚐木精靈的食物。這玫瑰糕是用玫瑰花瓣加天然蜂蜜做成的，只要吃一片就整天不用再吃東西。這泉水是從天上的甘泉取來的，喝了後可以精神百倍。」

巫珈晞接過玫瑰糕，吃了一口，它入口即溶，清香可口，滋味難以形容，可是教人回味無窮。她喝了一口泉水，那泉水甘甜解渴，使人疲倦盡消。

他們休息了一會兒，再一起前進。

走着，走着，太陽漸漸落到山脈後，森林中的陰影也慢慢加深。他們跟隨木精靈們朝着樹木濃密的方向前進。再走了不遠，夜色就已經降臨，木精靈們立刻點亮攜帶着的燈。

當他們走到一塊空曠的草地時，天空已經點綴着稀疏的星辰，眼前是一塊毫無樹木的圓形空地，在空地之外則是層層疊疊的樹木。巫珈晞無法想像這些樹木到底有多高，因為它們在暮色中看起來如同高塔般壯觀。在這些高聳的樹木枝椏間，有許多綠色、金色、銀色和紫色的燈光閃耀着。

他們沿着一條鋪滿白色石頭的小徑前進，一個城市便慢慢地出現在大家眼前。最後，他們來到一座白色的橋上，橋的盡頭是一個宮殿的大門。大門的兩邊是堅固且懸掛許多燈火的高牆。

伊拉諾敲了敲門，說了幾句話，門就無聲地開啟了。他們一行人跟隨伊拉諾走進門內，大門就自動關上了。

他們跟着又走了許多路，爬了許多層樓梯來到一塊草坪，草坪的中央是一個閃閃發亮的噴泉。這個噴泉被懸掛在附近枝椏上的許多燈所照亮，泉水都落進一個銀盆中，銀盆邊沿還汩汩地溢出清澈的泉水，那泉水流入草坪，帶給草地欣欣向榮的生命力。

銀盆旁邊站着一位非常高大，即使是背影也充滿威嚴的女神。她穿着一身簡單的白袍，有一頭順滑的淺棕色長髮。伊拉諾、艾樂斯和勒古立即莊重地向她行了下臣之禮。

伊拉諾有禮地說：「殿下，巫女大人、黃土將軍和麗花婆婆已經帶到了。」

古木女神優雅地轉身看着他們。她的臉色蒼白如雪，臉上沒有任何歲月的痕跡，但她的一雙眼睛如同月夜中的尖矛般銳利、閃閃發光，而且蘊藏着極深的回憶。巫珈晞敬畏地看着她，她也微笑地望向巫珈晞。她和巫珈晞四目相投時，從她所在地的頭上頓時投射下一道光柱，她和巫珈晞停留在光柱中。光柱外的時間則凝固了，靜止了。

「巫女，歡迎再次到來，吾一直在等待汝之到來。」古木女神指着銀盆說，「這就是能看見過去和未來的水鏡。吾差遣伊拉諾帶汝至此，就是讓汝觀看此鏡，解開汝內心之疑惑，並送汝歸去。」

巫珈晞充滿恐懼地看着古木女神高大而蒼白的身影，說：「我會看到甚麼？」

古木女神看穿了巫珈晞的恐懼，於是溫柔地說：「吾雖能夠命鏡子顯示諸多不同的事物，但此鏡有其自由意志，常會顯示令人意料以外之事物。這回，因魔王干擾，吾對汝之前程也茫無所知，故將放任此鏡自主為汝尋找答案。汝只要心存正道，就不必恐懼，但汝仍然有權選擇看，還是不看。」

巫珈晞沒有回答。

古木女神凝視着她，說：「汝欲看嗎？」

巫珈晞吃力地思想了一會兒，然後以顫抖的聲音說：「殿下，我希望看一看。」

古木女神笑着說：「即使換了軀殼，選擇仍然一樣。巫女，請低頭看水鏡，但千萬別碰到水。」

巫珈晞低下頭看着銀盆中清澈的水。那水看起來深不見底，黑壓壓的水面上倒映着許多星辰。突然，星辰開始消隱。然後，彷彿有人揭開了一塊黑暗的面紗般，水面變成灰色，隨即又變得澄清。

從水鏡中的影像可見，那是黃昏時分，夕陽斜斜西下，房屋反映出七彩光輝，一個長髮女孩站在橋上，欣賞着這如詩如畫的美景。悶熱的風吹拂着她的臉頰，四周異常寧靜，一個走動的人都沒有。一陣大風無端吹過，揚起她淺紫色的長裙子。她耀眼的褐色長髮如波浪起伏，突然，一個神秘人一劍刺進她的喉嚨。那個女孩痛苦地轉個頭來，她竟然和巫珈晞長得一模一樣！

巫珈晞感到一陣劇痛，按着喉嚨呻吟。然後，水鏡中只見一地鮮血，隨即，盆裏的水變成血水。

巫珈晞驚慌得大喊，心神俱亂。四周無端風起，陣陣冷風吹得她寒毛直豎，渾身打顫。

畫面又突然改變了，鏡的中央部分變得一片漆黑，彷彿一個黑洞，黑暗中突然噴湧出帶着腐爛惡臭的黯綠色泉水。

這時，巫珈晞喉嚨裏的綠寶石閃起光，那泉水的力量乘着冷風張牙舞爪地鑽上來，要鑽進她喉嚨裏去。這時候，古木女神的手上浮現出一個光亮圈圈——由神聖世界樹的樹根編織而成的辟邪之圈。那股邪惡力量立即衝向古木女神。

古木女神毫無懼意，迅速地將辟邪之圈戴在巫珈晞的頸項上，封印住綠寶石閃亮光芒的位置，又口唸咒語：「亙古之木，自有永有，邪魔妖怪，永恆封印。」綠寶石的綠光立即熄滅，腐爛惡臭的氣味也瞬間消失。

巫珈晞迷失的心回歸體內，她劇烈地喘息，全身顫抖，癱坐在地上。

「巫女，別怕，站起來掌握汝之命運，反抗惡魔之操控。」古木女神的光芒溫柔地照耀着巫珈晞。

巫珈晞紊亂的呼吸開始平復，發抖的身體漸漸暖和起來。

古木女神說：「吾知汝看見了甚麼，但別害怕，即使魔王也不能操控仁者的思想。古木所造的辟邪之圈已封印了綠寶石的邪力，無論魔王如何做，也不能夠再控制汝之心志。除非，汝自願親手摘下它，落入魔網。」

「殿下，請放心，我寧可死，也不會摘下這個辟邪圈。」巫珈晞堅定地說。

古木女神笑着說：「巫女，請記住汝之承諾。也請記住，汝之恨意和怒火就是摘下辟邪圈的魔手。願此鏡顯示出的事情永不發生。」她看一看光圈外的黃土，「汝還有甚麼未了的心願嗎？」

巫珈晞也看一看黃土，雖然心裏湧起一種莫名的不捨，使她遲疑了一會兒，可是她還是說：「我希望現在立即回家。我很想念父母，我要回家！」

古木女神仰望了蒼天一眼，然後笑着說：「既然如此，汝歸去吧。」

突然，一道強烈的光從古木女神的頭頂上射出，射向巫珈晞，她立即全身輕飄飄地往上升，被吸進了光圈的另一端。

巫珈晞醒來的時候，已經身在自己的牀上，白紗窗簾透進了淡淡的落日光芒。

回到家了！她坐了起來，看一看四周的景物，流下了喜悅的眼淚。

回家的感覺真好！她突然感到無限安心，突然感到累極了。

她鑽進被窩裏，聞着熟悉的氣味，閉上眼睛一下子就睡着了。

夢裏出現了很多交錯的影像。

一翻身醒來時，她隱約看見一個人影，可是睜大眼睛一看，身旁卻空無一人。

不知道為甚麼，她覺得自己已經失去了一些非常重要的東西……

《巫師》地獄惡魔

在無人島巫師總部的天台上，巫言默默地看着眼前的萋萋芳草。一股不祥的風迎面吹向他，吹亂了他及肩的黑髮。

他憂心地望向天際。

他向蒼天祈禱，希望古木女神的辟邪圈可以永遠封印巫忘轉生後那個女孩的邪惡之心，使天人兩界免於災劫。

這時候，兩個黑衣人走到他身後，向他行了下臣之禮，然後說：「主席大人，我們從絕情林抱回了這名超越時空而來的女嬰了。」

巫言看了看那女嬰，慈愛地笑了，因為她長得太像彩蝶。巫言愛惜地輕撫女嬰的臉頰，說：「多可愛的孩子。想不到我們會再見面。」然後，他對黑衣人說：「將她送到八長老那兒去撫養。」黑衣人行過禮後，就抱着女嬰退下了。

然後，巫言以心靈感應告訴八長老——雲中月，要秘密養育這個超越時空而來的女嬰，盡一切手段避免她接觸外界。

暮雲四合，暮色淒迷。

暮風中透出新涼，一陣風吹過，芳草在風中搖舞。

夕陽，黯淡了下來，大地竟似突被一種不祥的氣氛所罩，這九月夕陽下的郊野，倏地顯得說不出的蕭瑟。

風更冷了。

花園裏陣陣暗香浮動，香沁人心。

靈王店的燈光還亮着，巫憂的心卻陷入無邊無際的黑暗和寂寞中。

他喝下了一杯「幸福」，心中滿是苦澀。他倒了另一杯「幸福」，一飲而盡。然後，再倒一杯……

他飢餓地喝着這小小的、滿溢的「幸福」。

他的眼睛閃爍着光芒，回想起和龍若英不可思議的邂逅。

當時，他仍然只有一個身份，只有一個名字——柳宿。

那時候，他剛執行完任務，想找個安靜的地方過一段隱世生活。於是，他去了遙遠、人跡罕見的沙漠綠洲。

有一天，在他已經走到筋疲力盡的時候，黃昏裏，他看見了一間小屋。小屋是用白石砌成的，看起來平凡而樸實，屋前有一個美麗的花園。

一條引水道讓綠洲的水流到小屋的前院，灌溉種植在那兒的奇花異草。前院裏還有一口井。井邊站着一個花般的紅衣女子。

她白如雪，卷曲的褐色長髮在風中自由地飛揚。

她提着一小桶水，走向花圃，準備為花兒灌溉，抬頭卻看見痴呆地站着的柳宿。她笑了笑，笑得很甜：「你是誰？來這兒幹甚麼？」

柳宿一時間不懂得回答這兩個簡單的問題：「我是誰？來這兒幹甚麼？」

他給了自己一個恰當的身份：「我是一個冒險家，來這兒探險。」

她充滿了好奇：「冒險家？我在這兒住了三年，你是第一個過客。」她打量了他片刻，「你還沒告訴我名字。」

「我叫甚麼名字？」柳宿低頭沉思。

她笑了，那笑容就像白雪中忽然綻開的一朵梅花：「你真有趣，好像連自己的名字都不知道似的。」

從前，柳宿一直自願選擇住在巫師殺手的集訓營裏，因為他無親無故，也不想跟巫師組織以外的人交往。這次，是他第一次出營生活，為了避免跟其他人相處，他才選擇到沙漠流浪，想不到竟遇見了這麼美的女孩。

現在，為了隱瞞身份，他必須為自己起一個假姓名。他看着眼前這種世外桃源般的無憂生活，說：「巫憂，我叫巫憂。」

「巫憂，人生無憂，的確不錯。我姓龍，叫若英，是一個植物學家。」她關切地看着這個從遠方來的陌生年輕人，「我看你已經走了很遠的路，現在一定又累又飢又渴。我請你喝一碗熱湯吧。」

吃完了一大個麪包，又喝了三大碗西紅柿馬鈴薯雜菜湯後，龍若英就帶着他到閣樓上。那兒有一張鋪了乾草和乾淨白被單的牀，也有兩張木椅子。

龍若英指着牀，說：「你今晚就在這裏休息吧。」

這是柳宿平生第一次感受到人間的溫暖，他感激地說：「謝謝妳。」

龍若英微微一笑，就轉身下樓去了。

柳宿解下包袱，放在木椅子上，就脫下外衣躺在稻草堆成的牀上。帶着遠山芬芳的稻草香氣，使得他很快就進入了一種恍惚飄渺的夢境中。

等到他從夢境中醒來時，天已經亮了。

他穿上外衣下樓，一出門口，就看見龍若英垂着頭，漆黑的頭髮披散在雙肩，溫柔地跟花兒說話。

他看着她，再次看得痴迷了。

她美得彷彿一個從九天謫落下來，迷失在這個荒漠中的仙女。

天地無聲，荒原寂寂，但是柳宿的心卻變得充實、熱鬧。他第一次看到生命的美好，第一次對明天充滿了期待。

從這一天開始，柳宿忘掉自己的過去，重生成為了巫憂。

他留了下來，和這位花一般的植物學家天天跟花兒說話。

後來，龍若英懷孕了，他們也搬回城市居住。柳宿開了一家甜品店，店裏的甜品全用龍若英的家傳秘方製成，龍若英則在大學裏當植物學教授。

十四年幸福的生活轉眼即逝。柳宿以為集團已經忘記了他，讓他繼續過平淡的日子。

今天晚上，有一個人從黑暗中來。那人穿了一身黑色的衣裳，她靜如水，整個人像是和黑暗融為一體。

她甚至已經是黑暗本身，暗黑、神秘而淒冷。

她用一種夜色般的眼色看着巫憂，把一道巫言的命令遞給他——在明天太陽升起前，帶巫珈晞回總部。

然後，她隨風如飛鳥般躍上樹梢離去，來如箭，落地無聲，去如風，只留下一陣陰寒。

幸福，也隨着這個黑衣人離巫憂而去了。

那個他從小背負着的責任，重新落在他身上。

這個多麼使人厭惡的責任啊！像影子般追隨着他，至死也揮之不去。

從小，他就被訓練成一個無情的殺手，必須只效忠巫言一人。只要巫言一聲令下，無論多麼痛苦，多麼不願意，他都必須執行任務。

完了，一切都完了。

巫憂必須隨風而逝，柳宿忽然覺得好寂寞好寂寞。他握緊雙拳，想握碎這許多無可奈何的悲哀和痛苦。

柳宿的雙眼穿越花園，望向逸廬的微弱燈光，除了這點燈光，他的生命中，本就只有黑暗，絕望的黑暗。可是，他現在卻要去弄熄它。以後，他的人生只剩下絕對的黑暗。

柳宿關了靈王店的燈，慢慢地走進花園。

花園裏黑暗而幽靜，風中的花香彷彿比夜色還濃。淡淡的秋星剛升起，卻又被一片薄薄的雲掩住。

柳宿走得很慢很慢，他已經舉步維艱。

進到屋內，只見一盞昏黃的小燈。龍若英穿了一身紅色的連衣裙，站在窗口，看着窗外的景色，一陣秋風吹來，吹亂了她的長髮。

她突然轉身說：「你今天晚上有訪客嗎？」

柳宿很驚訝，因為一般人不可能看見巫師殺手的行蹤，但他仍冷靜地說：「只是一位故友。」

龍若英笑着說：「既然是故友，為甚麼不請她進來一聚，見一見我們的女兒？」

柳宿沒有回答，他心有隱衷，卻不知道如何開口。最後，他還是忍不住說：「英妹，其實，我……」

「不必說了，我都知道……」龍若英阻止他說下去。

柳宿怔住，臉色蒼白得像一張白紙：「妳知道？妳知道？」

龍若英悲傷地說：「我知道你要帶走我的女兒。」

柳宿的心如暴風狂亂，身體不由得顫抖起來。

龍若英走向他，堅定地說：「可是，誰也不可以傷害我的女兒。」

夜更靜，靜得彷彿可以聽見露珠往花瓣上滴落的聲音。

柳宿想哭出來，他實在受不了龍若英現在看着他的那種眼神：既悲傷，又無奈，令人心痛欲絕。

他們的距離突然變得很闊很闊，闊得不能再坦蕩對望。

龍若英喃喃地說：「這樣也好，反正大家終有一天要說個清楚。」她看了看迷惘的柳宿，「我的祖先是希臘神殿裏的祭師，我和母親也因此繼承了傳達神諭的責任，我也要從小學習各種咒語和草藥的知識。我在沙漠裏研究草藥時，卻無意地給你闖進了生命裏。雖然早就知道你不是一個普通人，卻沒想到你竟然是一個巫師殺手，也沒想到我們會和魔王惹上關係。」

柳宿全身僵硬，站着一動也不動。

夜更深，天地間充滿了寧靜與和平，但是他們這一家已經不再平靜。

龍若英突然捉緊丈夫的手說：「魔王已經來了！和我一起帶晞兒離開，去一個可以守護她的地方。聽！這來自魔域的聲音。」

柳宿靜心一聽，一個巨大的聲響突然出現，這似乎從地底深處傳來的「轟轟」聲，讓他腳底的地板也為之撼動。

然後，四下又回復一片寂靜。跟着，從遙遠的深處傳來了微弱的「咚噹、咚噹」敲打聲。這聽起來像是某種讓人不安的訊號，但它響了一瞬間，就消失了。

隨之而來的，是不停迴蕩的號角聲，刺耳的叫喊聲和許多匆忙的腳步聲。

「牠們來了！」龍若英害怕得緊緊地擁抱住柳宿。

柳宿也臉色蒼白地說：「我們被困住了。」

「咚、咚、咚」的戰鼓聲讓牆壁也為之動搖。

他們對望了一眼，龍若英立刻跑上二樓，柳宿則先取下掛在牆上假裝裝飾用的佩劍，再跑上二樓。

巫珈晞剛從夢中醒來，坐在牀上發愣，母親突然開門闖進來。也不理會她穿着一身奇裝異服，便拉着她的手，大喊：「晞兒，快起來，我們要逃離這兒！」她一跳下床，父親已經跟着跑進來，隨即關門上。

「太晚了！快拿東西堵住房門。」柳宿邊推桌子邊說。龍若英忙唸了封鎖咒。

樓梯上傳來「啲嗒啲嗒」的腳步聲，又搭配着淒厲的呼喊聲和沙啞的笑聲。

「我們把自己困在這裏，如何脫逃？」龍若英從窗口往外望，只見一陣箭雨從花園往上射來，她立刻關上窗，「外面有許多魔獸。」

房門隨即被撞擊，連阻礙物也跟着搖晃起來。他們立刻退到房間中央。

突然，一個巨大、腳趾尖利的腳把門踢穿了一個洞，從洞口擠了進來。柳宿大喊：「滾出我的家！」他一劍戳穿那隻恐怖的大腳，外面隨即傳來一陣低吼聲，柳宿迅速地抽回劍，那隻腳也跟着抽出去。

門上緊接着又傳來陣陣的撞擊聲，一聲連着一聲。大門承受不了鎚子和各種重物的撞擊，終於裂開了，一大群妖獸也闖進房間內。

柳宿拿着利劍，奮力戰鬥，龍若英則向妖獸們大把大把地灑迷魂香和唸咒語。巫珈晞拾起一把妖獸掉在地上的匕首，以黃土教導她的劍術保護自己。

位於魔域的魔都，魔王——希羅和魔眾群集於此。他原本尊貴的天神身份，因叛變而喪失。現在，他追隨至尊天魔，成為十個魔王之首。

這裏，腐爛氣味瀰漫在暗綠的煙霧中。在魔殿寬敞的大廳中，魔王威風凜凜地坐在裝飾着無數珠寶玉石的寶座上，散發着王者的傲氣。

他傲然凝視天幕裏的影像，滿意地笑了。然後，他用小刀輕割了食指一下，一滴血立刻滴在地上，滲入土中。這血呼喚了蚩尤的血。

魔王看着地上沸騰的血，說：「怨恨之血，醒來吧！你復仇的時機到了。」

頓時，在涿鹿那一片楓林，每一片鮮紅色的樹葉都顫動起來。

「不甘心！不甘心！不甘心⋯⋯」它憤怒地叫着。

只一瞬間，蚩尤瞪着兇惡的眼，帶領一群惡靈回應了魔王的呼喚。

「戰士，」魔王以豪壯的聲音喚叫蚩尤，「加入我們吧！復仇的大業正等着我們去完成。」

蚩尤不屑地說：「這就是你呼喚我的原因？你們這群叛逆之徒，被天人所屏棄的魔物，竟想與我為伍？」

魔王輕蔑地笑着說：「我倆本都應該屬於聖域光明的淨土，如今，我從高高的天庭墜入悲慘的深淵，你也因與天帝為敵，以致身首二處，葬身涿鹿，成為怨靈。」

蚩尤悲傷地說：「我們原本的光輝已經喪失，現在伴隨我們的，只剩下深沉的悲哀。」

「自怨自艾是弱者所為！」魔王雙眼散發炯炯光芒，高大的身軀散發出逼人的力量，「我的外表雖已無昔日的光彩，但意志卻更加堅強，我要再號召大軍，準備威力更強的武器，以不滅的毅力回歸聖域。」他望向蚩尤，以充滿誘惑的語氣說，「戰士，起來反抗吧，取回你應得的，再次對抗天帝，殺死天神！」

蚩尤不語。魔王的話卻如同吹過溪流水面的微風，在他心裏漾起了一圈圈漣漪。

魔王又面向四周的魔眾說：「英勇的戰士們，快振作起來，否則便會永遠沉淪。」

魔眾紛紛響應，情緒激昂。

魔王自信地說：「我們一定會勝利！」他高舉魔仗，指向大殿的天花板。

天花板上立刻現出巫珈晞一家被魔物圍困的情況。

魔王說：「她就是轉生後的巫忘，她能助我們召喚神聖的太初力量，有了她，我們如虎添翼。」

群魔立即高聲歡呼。

「可是，」魔王以充滿威懾的目光向群魔掃射一遍，他們立即鴉雀無聲，「古木女神以辟邪之圈封印了她身上的魔血。除非拿走這個圈，否則我們不可能控制她。」

群魔議論紛紛。

炎魔說：「大王，魔族之民一觸碰到辟邪之圈便會灰飛煙滅，精靈的法力不足夠拿下它，人類又看不見辟邪圈。這任務只能夠請天神或半神人代為完成。」

群魔都望向魔王，眼裏充滿了期待。

魔王沉默無言，卻似胸有成竹。

天花板上的畫面充斥了妖魔。

柳宿拖着龍若英和巫珈晞突然跳起來，「砰」的一聲，撞破了屋頂，站在上面。

「魔王在這兒做了一個結界，我們無路可逃了！」龍若英驚慌地說。

這時候，三隻紅頭黑眼，身體呈藍綠色的巨大青鳥衝破結界進來，在屋頂上空盤旋。

柳宿認出牠們是天神的使者，知道有救了。他立刻抱起巫珈晞，用盡全力拋她上天。一隻青鳥快速地飛近巫珈晞，她飛撲向牠，剛好抓住牠背上的羽毛。牠隨即飛上天上，帶着巫珈晞衝出結界。另外兩隻青鳥則仍在天空中盤旋。

魔獸開始攀上屋頂，龍若英唸了咒語，一群妖魔立刻往後倒下去，呼呼大睡。柳宿揮劍砍向不斷地如蟻群般爬向屋頂的妖獸，大喊：「英妹，趁現在趕快跳上青鳥背上。」

「要逃一起逃！」龍若英迅速地拾起一把妖獸掉下來的小刀，一刀刺向一頭妖獸，又向群獸唸安眠咒語。

妖獸如潮水毫不留情地從地底湧出來，陣陣箭雨射向天空，所以青鳥也不敢停下來，只是不斷地在天空上盤旋。

柳宿大喊：「緊緊地拉着我的手！」龍若英立即拉住柳宿的手，他運輕功，一躍而上，眼看快要到達青鳥那兒，花園的地上卻突然出現一個充滿火焰的大洞，一條火焰長鞭從中揮上半空，捲住了柳宿的膝蓋，他掙扎了幾下，可是徒勞無功，和妻子一起被扯落無底深淵中。

驀地，火焰消失了，剩下一個漆黑的洞口，妖獸由洞口撤退。兩隻青鳥悲鳴一聲，從空中消失。

巫珈睎家的結界也被解除了。火焰從她的家湧出來，空氣中黑煙舞動，火勢衝天。不消一會兒，她的家已經化為灰燼，大火更向她的左鄰右里蔓延過去。

第二天，火被撲熄後，巫珈睎一家全告失蹤，大家都認為他們被燒死了。

中午的時候，高陵驚訝地看着這一堆灰燼和瓦礫，良久不能言語。

原來高陵的車子離開了絕情林後，就再一次駛向了靈王店。他停泊車子在店附近的車位，下車去買那教人回味無窮的甜品。想不到，靈王店竟然已經付諸一炬。

烈日的光芒照在他日漸蒼白的臉上，他戴上了太陽眼鏡，漫步離去。但是，這一次他不是孤身上路，因為他的身旁多了一個只會叫喚「茉莉」的失憶男子。

傍晚，一個女孩子走進這片殘垣敗瓦中。

她就是花無雙。她低頭細心地尋找線索。她不相信巫珈晞一家竟這樣死了。

巫忘一生愛花，特別愛薔薇花，她酷愛紫色，而花無雙的真身，開的就是紫色的薔薇花。從巫忘化成一隻紫蝶，停在花無雙身上那刻開始，她們就成為了朋友，後來更變成無所不談的閨密。

凡人都說紫薔薇的花語是「禁錮的愛情」，想不到愛紫薔薇的巫忘，她的愛情也不得善終。聖女巫忘、日族大將軍希羅殿下和黃土隊長的愛情糾葛早成了聖域和魔域人士茶餘飯後的八卦話題。大家高談闊論，開開心心，說完就散，一聚又談，樂此不疲。

不是身在其中的人，又怎理解當時人心裏的苦痛？

花無雙知道他們的愛情，也參與過意見，可惜最後仍然要眼睜睜看着巫忘灰飛煙滅。

當知道巫忘轉世重生後，花無雙立即到處打探她的消息，她比巫言更早找到巫忘，並偷下凡間，一直保護她，免她落入魔王之手，重蹈前生的悲劇。

可是，巫珈晞現在失蹤了，她該怎麼辦呢？

就在這時候，一名黑衣人安靜地走到花無雙身後。她圍繞着災場走，雙眼仔細地看着地上的灰燼和瓦礫。

「妳知道他們一家的情況嗎？」花無雙問。

「不知道。昨天晚上魔王封印了這裏。」黑衣人回答。

「妳的主席偵測不到嗎？」花無雙問。

「主席大人下落不明了。」黑衣人說。

「甚麼時候失蹤的？」花無雙驚訝地問。

「昨天晚上。我回去覆命時，已經找不到他。」黑衣人說。

「既然擔心，為甚麼不出去找他？」花無雙說。

「沒有主席大人的命令，我不可以擅自行動。」黑衣人說。

「我能幫忙嗎？」花無雙問。

「請妳向陛下稟報這件事。我怕主席大人已經落入魔王之手，身陷險境。」黑衣人說完就黯然離去。

花無雙看着這片廢墟，仰天長嘆。

《巫師》
逃出生天

夜色深沉，巫言身負重傷，躺了在無人島的家裏。他被江離暗算、軟禁了。江離的人包圍了他，隔絕了他和外界的連繫。

他閉目無力地躺在牀上，悔恨自己的大意。

就在這時，一種比花香更香的香氣，從風中吹來，一轉眼天地間就已充滿着這種奇妙的香氣。

巫言張開眼睛，看着滿屋子飛舞的鮮花。各式各樣的鮮花從窗外飄進來，然後再輕輕地飄落地上鋪成一張仿如用鮮花織成的毯子，直鋪到巫言的牀邊。

一個人，一個很美的女人慢慢地從窗外運輕功飛進來。

她身上穿着件純黑色軟絲長袍，它長長地拖在地上，拖在鮮花上。

漆黑的頭髮披散在雙肩，裝飾的珍珠如黑夜裏的明星。她就這樣靜靜地站在鮮花上，可是地上五彩繽紛的花朵，竟似已失去了顏色。

她柔情地凝視着巫言，一雙眸子清澈得像是春日清晨玫瑰上的露水。

「主席大人。」她的聲音也輕柔得像是風，黃昏時吹動遠山上池水的春風。

「月兒！」巫言裹住繃帶的左肩滲出血水，「大長老叛變，我被困了。妳還來幹甚麼？」

「他沒有足夠力量殺您。您一定有逃走的方法。帶我一起走！」雲中月說。

巫言微笑起來。他的笑神秘得彷彿靜夜裏從遠山傳來的笛聲，飄飄渺渺，令人永遠無法捉摸。

然後，巫言在牀板上敲了三下，忽然和被子一起從牀上落了下去，不見了。雲中月也隨着跳下去。牀板迅速地回復原狀

原來牀下有秘道。秘道上站着一個高大的黑衣人。他接住了受傷的巫言，抱着他往前走。

秘道裏黑漆漆的，伸手不見五指，雲中月的裙子也被四周的岩石扯破了。她追隨着那個人的腳步聲，走了一段路，忽然聽到一種很奇怪的聲音。

是流水聲。

巫言寢室的地下，竟有條秘密的河流。

再摸索地走了一段路，雲中月就看見前面岩石上有暗淡的燭火，燭火下的河流很窄而彎曲。左邊岩壁上有個巨大的鐵環，掛着很粗的鐵鏈，岩壁上長着青苔，鐵環也已生鏽，顯見巫言在建造總部前，就已先掘好了這河流。

河上有一條小船。

那黑衣人抱巫言上了那條船，用最快的速度划走。

雲中月用被子包緊巫言，免他的傷口再次撕裂。

船划到了秘道口，那兒已經泊着一艘遊艇，遊艇上走下了另一個高大的黑衣人。他跑過來，立刻沉聲道：「主席大人呢？」

划船人沒有回答，卻問：「你就是開門人？」

那人說：「我不是開門人，是關門人。」

划船人點了點頭，對這回答覺得很滿意，然後他轉過身，從小船抱起巫言。

巫言的左肩被抹了劇毒的千年古刀刺傷，劇毒已經隨血液流遍了全身。這時，他已經臉色蒼白，但神情間還是帶着種說不出的威嚴，只不過一雙威稜的眸子，看來已很疲倦。

那黑衣人從一個小袋裏取出一個小樽，打開樽蓋，小心翼翼地餵巫言服下樽內的藥水。然後背起他，上了遊艇。

雲中月忙跟了上去。她在甲板上回眸，看見划船人已經划着小船從右邊划出海。他們的遊艇則向左邊拐了出海。

巫言躺在船艙裏的牀上，整個人因為劇痛而變得迷糊起來。強烈的疼痛讓他的胃緊緊地往上擠，儘管想吞嚥口水，卻吞不下去，呼吸也無法順暢。

雲中月為他蓋上了被子，他仍然全身喀喀作響地發抖，冷汗直冒，眼前逐漸一片漆黑。

他做了一個又一個噩夢，不斷喃喃自語。

雲中月的心隱隱作痛，溫柔地用手帕抹去巫言的汗水。

微弱的風吹進這微暗的房間，巫言突然睜開雙眼，迷糊地看着身邊的雲中月。

雲中月說：「您終於醒了。」

巫言說：「我們在哪裏？」

雲中月說：「在遊艇裏。黑衣人正在駕駛室，他不肯告訴我目的地。」

巫言閉目思考。他的思考能力彷彿薄霧逐漸散開的森林般，慢慢地恢復正常。

他指向牆上的工藝皮袋，說：「月兒，妳幫我取下牆上的工藝皮袋。」

雲中月順從地取下那個皮袋，交給巫言。巫言從袋裏取出一顆丹藥，服了。然後，他再次閉上眼睛休息。

海上突然掀起狂風惡浪，把他們的船推向一個不知名的小島。

黑衣人泊了船，決定上岸調查一下這座小島。他向巫言匯報了情況，就上岸去了。

遊艇孤獨地泊在岸邊。

也不知道過了多久，遊艇還是呆呆地泊在那裏，動也不動。

睡在船艙裏的巫言，臉色開始恢復紅潤。

但是，一股像遠山上冰雪般寒冷的寂寞，使巫言從心底裏發寒，繼續流連在噩夢裏。

沒有知音。只有獨自背負多種使命的巫言真正能體會到這種寂寞，而且無可奈何地忍受着這種寂寞。

它像一個網包圍住巫言，而雲中月卻一直被拒絕於網外。

突然，一股可怕的殺氣直逼這兒。

雲中月打從脊骨發寒，她的視線從巫言的臉上移開，迅速地跑出甲板。

巫言倏地醒來，因為他感應到江離來了。

他負傷走上甲板，可是不見黑衣人，也不見雲中月。

他只好棄船登上小島，向島上的樹林走去。

夜已深，山中霧正濃。樹林中一片黑暗。

他一踏上這個島，已感應到這不是普通的小島。島上有神靈以法力干擾這裏的生態。

為了避開江離的追殺，而跑進這個樹林。他以為自己可以憑直覺找到出路，可是他錯了——他迷失了方向。

後有追兵，前路茫茫，天地一片黑暗，他再一次感到自己快要被寂寞的黑暗吞沒。

即使在黑暗中，他也能感受到江離那種想置他於死地的強烈欲望。他知道無論跑到哪兒，舉世無雙的占卜師——江離也能迅速地找到他。

疲倦、憂慮、傷痛⋯⋯就像無數根鞭子，在不停地抽打着他，叫他難受。

既沒有退路，只好前進。

走了一段路。他在一棵又高又大的樹下停下來，喘息着。

突然，他發現了光！

從黑暗中看過去，每隔幾棵樹，就有一點星光般的螢火蟲之光閃動。光芒極微弱，只要有一點點日光，它就會消失。就算在絕對的黑暗中，也得很留神才能看得見。

巫言看得出這一定是某種暗號，於是試着順着這有光的樹往前走。

也不知道走了多久，天開始露出曙光。

天一亮，指路的光就看不見了。

旭日從青翠遠山外升起，微風中帶着遠山樹木和泥土的芬芳，露珠在陽光下閃亮得像小女孩的眼睛。

他望向前方，那兒有一棵古松，孤零零地矗立在前面的岩石間。它遠離着這片茂密的樹林，好像不屑與這些俗木為伍。

他走向那棵古松。

遠方青天如洗，青山如畫。他前面卻是一個深不見底的萬丈深淵。那圖畫般的遠山雖然就在眼前，他卻已無路可走。

巫言撿起一塊石頭拋下去，竟連一點回聲都聽不見。

他俯視深淵，下面白雲繚繞，甚麼都看不見。可是，他身負重傷，已不可能像平日般騰雲駕霧下去看個究竟。

（難道天亡我於此絕地？）

白雲間忽然出現一個人。

一個女孩子輕靈地從絕壑下御風而來。

她看着巫言，純真無邪地笑着，說：「巫師哥哥。」

「蕭蕭！」

「巫師哥哥，我家主人一直等着您來。」那女孩說，又取出一顆丹藥，「請服下它，我帶您到主人的居處。」

巫言服了那顆丹藥，全身即輕盈如雲，隨她飛下山谷。

山谷下是一片美麗的草原，群花盛開，植物結實纍纍，百鳥爭鳴。他們往前走了一段路，就看見一片桃林。穿過桃林，只見兩邊繁花似錦，土地下滿佈蒼苔，中間一條羊腸小徑。小徑的盡頭隱隱約約站着一位身穿百花長裙，腰間繫着菟絲，頭上佩戴着杜若的女子。她笑着望向巫言。

她比風的氣息更溫輕柔，宛若穿過嫩葉的月光，她的身旁卻站着一頭毛色美麗的花豹。

這真是一個奇異的景象。

可是，巫言看見她，就完全放下了心頭大石。

那女子笑盈盈地走過來，說：「巫師哥哥，良久沒見，你好像不太好。」

「石蘭妹妹，我被古刀所傷，逃亡至此。」

眼前這個女子是一位遠古的神靈，有人叫她山鬼，有人叫她山神。曾有一位見過她美貌的楚國凡人，為她寫了一首傳頌千古的頌歌。

巫言稱她為石蘭妹妹，因為他們第一次見面時，她身披石蘭，在山間採靈芝。

她帶巫言進入屋內坐下，吩咐蕭蕭取出最好的靈芝磨粉，開水給巫言服用。

她說：「巫師哥哥，陛下已經知道了江離叛變，投靠魔王的事，並封印了聖域所有入口，確保安全。」

巫言驚訝地說：「那麼人界如何呢？聖域決定離棄人界嗎？」

石蘭說：「我也不知道陛下的心意。我接到的神諭只是要我先送你去蓬萊仙島，會合其他天神，再作打算。」

巫言說：「仙島漂浮不定，我又受了傷，恐怕無能力前往。」

「我已經為你準備了一艘船，你只要升起桅杆，掛起白帆，風神自然會吹送你漂過大海，帶你到長着白楊和桃樹的地方。那兒是環繞聖域的聖林，也是仙島的入口。你到了那裏，下船掘一個一吋深的方洞，」她拿出一株紅色的草，「將這株仙草插進去，閉上眼睛默禱，就會有神的使者出來帶你進去。」

巫言接過仙草，說：「石蘭妹妹，妳見過牛宿和雲中月嗎？」

石蘭說：「他們已經被江離捕獲了。如果你在他們戰鬥時，沒有及時逃進我的結界裏，現在恐怕也落入了江離手裏。」

這時候，蕭蕭送上了靈芝水。巫言服下了，就隨石蘭去沙灘。

這個沙灘雖然很小，沙卻又白又細又軟，陽光照在上面，它們彷彿變成了雪。

石蘭指着一艘帆船說：「船上已備有食物和清水，巫師哥哥，你放心啟程。」

巫言登船後，石蘭就喚來風神，看着巫言張帆離岸而去。

不久，日落大海。巫言默默地看着火紅的夕陽沉落水平線下，看漫天彩霞映照天邊。除了海浪輕輕的拍擊聲和微微海風輕拂外，海上渺無人蹤，連一葉輕舟也沒有。

日沉星起。

星星，滿天的星星。

閃亮的星星。璀璨的星星。

在海上看繁星，實在是一件很愉快的事。

不過，現在巫言只需要充足的睡眠。

在神祇的庇護下，他安心地睡了。

朝陽初升。

陽光刺開巫言的眼睛。

他站起來，活動一下筋骨，發覺昨夜睡得很熟，現在精神奕奕。

白雲飄來，白雲飄去。天空一片蔚藍。

一陣勁風送巫言的船到大地的極邊，這裏終年陽光普照，是個日不落地帶。

巫言看見一片白楊、桃樹林，就泊岸下船。他按照石蘭的話，插仙草進洞裏，閉目默禱。

一個樣貌奇美的童子突然出現。

那童子對巫言說：「巫師大人，久候大駕，請隨我來。」說罷，那童子跟前立即開啟了一道門，巫言隨他進入，那門就消失了。

他們走過一條幽暗的隧道，便看見一個滿是赤松和白楊的森林。樹上巢居着羽毛美麗的雀鳥，葡萄藤盤纏在岩石上，濃密殷綠的枝葉下懸掛着纍纍成熟的葡萄，水晶般的泉水流過佈滿香草和紫羅蘭的草坪。美髮披拂的精靈唱着迷人的歌，拍着翅膀飛舞於花間。

一位白髮白衣，容顏清朗的仙人微笑地走來迎接巫言。

巫言有禮地說：「南極仙翁，您好。」

南極仙翁說：「巫師大人，歡迎到來！請先到我的居處服食一些療傷的丹藥。」

他們一起走過一條卵石子路，途中經過一個掛滿奇花異藤的洞府。

裏面的爐子裏燃着熊熊的爐火，青煙在裊裊上升，散發着檀香木的芳香。一個美貌的露水精靈正在邊唱着動聽的歌，邊用鮮花裝飾着牀。一個褐色曲髮的女孩子，穿着一身精靈所織的發亮衣服，正用金梭笨拙地織着布。

「妹妹！」巫言看得出了神。

南極仙翁說：「令妹已經失去了前生的記憶，不會知道你的身份了。你想進去和她見一面嗎？」

（忘了嗎？我那淘氣的妹妹，已經不會再牽着我的手去追蝴蝶了。）

巫言悲傷地轉身說：「仙翁，不必了。讓她繼續留在夢裏吧。」

南極仙翁便和巫言一起離去。

巫珈晞努力地織着這疋錯了又拆，拆了又再織的布疋。這是她唯一讓自己忘記悲傷的方法。她既沒有能力救回父母，也不能離開這兒，心裏難受得像被烈火煎熬着。

南極仙翁要她等待，等待天帝的決策。

但是，不知道為甚麼，她總覺得自己進入了一個逃不了的牢獄裏。一個天網把她牢牢地網住，她只是網中一條可憐的小魚，從一個漁夫的手上換到另一個漁夫的手中。

究竟漁夫心中有何打算？小魚兒怎猜得透呢？

巫珈晞放下金梭，坐在毛氈上發呆。露水精靈唱着歌，拿着水瓶離開了洞室。

不一會兒，她又拿着水瓶回來了，可是她的頭上突然圍上了圍巾。

巫珈晞仍然在發呆。露水精靈悄悄地低頭靠近她，在她耳邊說：「珈晞！」

「嗯？」巫珈晞望向她。

「是我！」那人激動地擁着她。

「無雙？」巫珈晞難以置信地看着無雙，「妳為甚麼會來這裏？」

「我來救妳！」花無雙說。

「救我？」事情來得太急，太奇怪了，巫珈晞仍然不知道如何回應。

「珈晞，陛下要把妳囚禁在天牢裏，讓妳老死在那兒。」花無雙難過地說。

「為甚麼他們要這樣對待我？」巫珈晞不解地搖頭，「不會的，妳在騙我！」

「珈晞，我沒有騙妳。」花無雙緊握好朋友的雙臂，「我是天上的花神，我偷聽到百花母親和陛下的對話，」她拉着巫珈晞的手，「快跟我逃走！天兵天將要來抓妳了。」

「逃去哪裏？這兒是與世隔絕的仙島，如何逃走？」巫珈晞徬徨地問。

「珈晞，妳想去哪裏？無論上天下地，我都會陪妳去。」花無雙堅決地看着巫珈晞。

巫珈晞六神無主，然後有一個念頭湧上她的心頭：「我……我想去找爸爸媽媽。」

花無雙為難地說：「他們給魔王抓進地之深處的魔域了。」

「那兒很遙遠嗎？」

「的確很遙遠。那兒是一個只有邪惡的地方。一旦進入那片墮落之地，我們可能永遠回不來。」

她凝重地看着巫珈晞，「妳還要去嗎？」

「去！為了救回父母，就算刀山火海我也要去！」巫珈晞堅定地說。

「好，珈晞，我們一起去吧。」

就這樣，一對好朋友踏上了冒險之路。

緣滅

我看完這個自己寫出來的奇怪故事後，去甜品店吃了一客「歡樂世界」，然後回家去。

希望家裏不會再有神仙或者妖怪在等着我，也期待雜誌社快點兒寄來稿酬。

收到稿酬後，我一定要去吃一客特大的「歡樂世界」來慶祝。

陽光普照，人生充滿了希望啊！

我迎着陽光大踏步向前走。

第二章　前世今生

一個女孩。

一個靈魂在過去的幽暗深淵盤桓不前的女孩。

在哭……

無言的淚，灑落深沉的孤寂中。

她深深感到悲痛。

她彷彿只要一伸手就能觸碰到那個一直寂寞地在這裏哭的女孩，觸碰到那個一直被困的靈魂。

那哭聲如輓歌，飄浮在空氣裏，滲透她的心。

她就是她。

是前生的她，在哭。

同一個靈魂，卻咫尺天涯。

「別哭，別哭！」

當善惡的界線模糊，利益失去保障時，是否還能擇善而固執呢？

第二章　前世今生

奇逢

我想養一隻貓。

一隻會撒嬌，要人寵愛的小黑貓。

腳踏碎石砌成的小路，幻想着早上端出咖啡和多士，分牠一些多士，一起悠然看着上班的車輛急急奔馳；幻想着牠挨倚着我，在陽光下伴我看書，度過一個個懶洋洋的下午……

拐過街角，一隻小貓突然從我身後竄出來，嚇了我一跳。可是牠毫無歉意，只是頭也不回地、優雅地向前走去。

牠並無意要招引我。我的心卻受了招引，自動自覺地跟着牠走。

走啊走啊走，街上的小燈一一亮了起來。

如在夢裏，不知道穿過了多少大街小巷，我迷失在一個陌生的小鎮裏。

眼前是一所燈火通明的小石屋。纏滿紅葡萄籐的竹編籬笆溫柔地保護着它。竹門外長着一株枝葉婆娑的老樹。

我好奇地推開那扇半掩的竹門，一陣茉莉花香即撲鼻而來。嘩！它的前院花樹燦爛，萬花吐豔。花圃裏的雞蛋花、薔薇花、海棠花、繡球花……都不理季節地盛開着。花圃旁的小棚架上有青椒、番茄和葱。

我恍恍惚惚地走過前院。石屋的大窗有暖暖的黃光，窗臺上放着一朵插在玻璃瓶裏的雛菊。

我踏上石階，輕握門環，叩了叩木門。

「誰？」一把少年的聲音。

正想回答，他已經開門。

他拿着畫筆，穿着染了顏料的米色圍裙。室內朦朧的燈光披在他的肩膊上，他細長的身影看起來竟是那麼文質彬彬。

屋內傳出一陣糖果的甜香，我心裏驟然泛起一陣漣漪。

那是青澀歲月中曾經在心田泛起過的漣漪。遙遠的，少女時代的夢。

它曾經那樣無聲無息地來，又悄然無痕地走了。

「妳……找誰？」他的眼神明亮又神秘，美麗縹緲得教人滿心憧憬。

「我……迷路了……」我梨渦淺笑。

「迷路了？」他想了想，「請進來我的畫室喝杯咖啡，再作打算吧。」

「好……謝謝！」

畫架、顏料、畫筆和掛滿牆上的畫作。畫的全是一個愛笑的女孩。她站在金色日光下，亮麗剔透如稀世的寶石。

畫架旁那張放滿畫具的木桌上有一個花瓶，薑花雪白的花瓣吐着芬芳。

畫架的一角貼了張發黃的紙，紙上有首用墨水筆抄寫的詩：

《愛的俘虜》

啊！愛之絆束，
以妳明眸，以妳如雪、如玫瑰的容貌，
以甜蜜的言語，又那溫柔的姿態，震撼我心靈。
痴狂的心，似火燃燒。即使河水、海水仍無法熄滅。
這顆心燒得既狂又烈，卻無懊悔的喟嘆，因痴狂才是幸福。

「這是畫家拉斐爾寫給情人的詩。他深愛着一個玫瑰容顏的姑娘，可惜天才横溢的他，三十七歲就英年早逝，留下愛人獨自終老。」他遞了一杯熱咖啡給我，「我常想：他如何能夠割捨對人間的種種眷戀，安心離去呢？他如何能讓所愛的人度過一個又一個無眠的晚上？」

「哦？」我仍陶醉在夢裏，聽不懂他的話。

「喵、喵、喵……」

我聞聲望向窗臺。

窗臺下栽着一盆盛開的紫色薔薇。

窗臺上站着一隻小貓。

咦？不正是剛才招引我來這兒的小貓嗎？

牠背着我，看着窗外。

窗外剛才灑過一陣微雨嗎？為甚麼玻璃上流下了雨水。

小貓背着我聚精會神地看雨。

我呆呆地看着小貓，卻沒有想過要去打擾牠。

「我去拿些曲奇餅來給妳吃。」他又笑着走開了。

驀地，我發現花瓶旁邊有一本《文藝青年雜誌》。

順手翻開第一頁，竟發現一個子君寫的故事——《前世今生》！可是，最近我沒有投稿啊！

我放下杯子，坐在木椅上，就看了起來。

《前世今生》流金之海

銀濤萬頃，日照千里。海上無人，蓬萊仙島在地之邊緣上自由自在地漂浮着。

由天地之初的正氣所生的神仙，在島上悠閒地生活着。

但是，自從島上來了一個凡人。它不再寧靜。

她接觸了天地之初的邪氣。

前生，她給天人兩界帶來過浩劫。

她是吹起悲風的戰爭女神。她的回歸，會否重燃戰火？

沒有人歡迎她的到來。

她也感到自己不受歡迎。與其說她在仙島上受到保護，倒不如說她被監視着。

趁現在她仍然是一個懵然無知的凡人，他們要教化她，要馴服潛藏在她心底的邪魔。

握着金梭，如蜘蛛在織網，她織了又織，卻織不出未來，織不出希望。因為有人織了一個天網，她就是網中的獵物。

握着花無雙的手，巫珈晞握住了希望，也握住了絕望。

千里迢迢而來，因為花無雙要告訴她：天帝要囚禁她在天牢。她不顧千里而來，只為了救前生的好友脫離苦海。

都是前生的因緣，花無雙要救她，即使萬劫不復，也要救她。

「珈晞，我們要儘快逃走。」花無雙不安地說。

這時，負責照顧巫珈晞的露水精靈剛取完水，拿着水瓶哼着歌準備走進來。花無雙連忙阻止巫珈晞說下去，迅速圍着圍巾，坐到一邊去。

露水精靈走進來，看見巫珈晞拿着金梭在織布，她的身邊又多了一個圍着圍巾，低頭坐着的女孩子。她便好奇地問：「好姐姐，妳是哪裏來的精靈？找我們有事兒嗎？」

花無雙以圍巾半遮着臉，垂下頭親切地輕聲說：「露水妹妹，我是服侍南極仙翁的花精靈。因為天帝剛給仙翁下了一道關於巫珈晞的密旨，所以仙翁吩咐我來這兒告訴妳下一步行動。」

露水精靈信以為真：「原來如此。請姐姐快告訴我。」

巫珈晞的大眼睛有點兒緊張地偷看了花無雙一眼，又繼續假裝在織布。

花無雙的頭垂得更低：「他說……」

露水精靈也彎下腰，把頭垂得低一點兒：「他說甚麼？我聽不到，好姐姐，請大聲一點兒。」

花無雙仍然用圍巾遮住半張臉，只露出一雙閃亮的眼睛，低着頭小聲地說：「他說……」

露水精靈坐了下來，將耳朵湊近花無雙的嘴，想聽清楚她在說甚麼。

然後，她中了花神的安眠煙，「啪」的一聲，躺在地上就睡了。

花無雙語帶歉意地說：「露水妹妹，對不起！」

巫珈晞有點兒擔心地說：「無雙，她沒事吧？」

花無雙說：「別擔心，我只是向她吹了一口安眠煙。」

「安眠煙……」巫珈晞想起了死去的米洛斯，他在月之國為了救她，也曾經向百合花精靈撒了一大把迷魂香。她的心裏不由得一陣悲痛。

花無雙看巫珈晞突然若有所思，便關切地問：「珈晞，妳怎麼了？」

巫珈晞的心神從回憶中抽離，回歸現實，她牽強一笑，說：「沒甚麼，只是想起了一位舊朋友。」

花無雙說：「珈晞，妳繼續若無其事地假裝織布，我觀察一下外面的情況。」

然後，她貼近洞口旁的洞壁，仔細地觀察了外面的情況一會兒。

不久，花無雙走到巫珈晞身邊，低聲跟她說：「外面的神仙和精靈雖然多，可是沒有任何妨礙我們逃走的措施。看來，沒有人認為妳有本事逃離這兒。」

「無雙，他們想的沒錯，我的確沒有本事逃亡。」巫珈晞無奈地說。

「珈晞，不要絕望，我們從海路進入魔域吧。」花無雙說。

「如何去？」巫珈晞問。

「我們現在身處蓬萊仙島北方，我來這兒時看見不遠處的沙灘有一葉小舟。傳說：在蓬萊仙島的北方有一個沙灘，沙灘上有一葉小舟，只要乘着它向海中央划去，去到流金之海，就跳下去……」花無雙說。

「跳下去？」巫珈晞不能相信自己的耳朵。

「是的。傳說，那兒有一扇進入魔域的門。不過，跳下去之後，我們只有聽天由命了，因為我對魔域一無所知。」花無雙看一看天色，焦慮地說，「天快黑了，我們不能等到天黑才走，因為神仙和精靈到了天黑就可以全身發光。妳是人類，不能發光，所以天一黑，我們就會被發現。而且，天兵天將就要來了，不能再等！」

花無雙探頭出洞口外面看看情況。

她退回來後，跟巫珈晞說：「現在外面只有幾個精靈，」她隨便地在床上拿起一條圍巾，又在地上拿了一個花籃，交給巫珈晞，「珈晞，圍上圍巾，拿着花籃，儘量裝作若無其事，和我一塊兒慢慢地往北方的沙灘走去。」

巫珈晞點點頭。兩個人立刻小心翼翼地用圍巾包好頭髮和遮蓋了半張臉，巫珈晞提着花籃，花無雙拿着水瓶，兩人靠在一起，假裝在說悄悄話，安靜、迅速又不引起其他人注意地快步朝北方的海灘走去。

走到一棵大樹下，樹上突然跑出一群長了手腳的青綠色葉子，他們跳到巫珈晞和花無雙身上，嘻嘻哈哈地說：「好姐姐，一塊兒來玩吧。」

巫珈晞嚇得冷汗直冒，不知道如何是好：「我⋯⋯」

花無雙忙說：「去去去，自己去玩。姐姐沒空陪你們。」

那群小精靈們又嘻嘻哈哈、你追我逐地回到樹上去。

「無雙，嚇死我了。」

「別怕，他們是這棵大樹精靈的孩子。樹精靈愛好和平，一向不管別人的閒事。我們繼續走吧。」

巫珈晞立即和花無雙繼續前進。

不知道過了多久，一層暮氣無聲無息地到訪，只一瞬間，它已經籠罩了整個島。

四周的神仙和精靈漸漸通體發亮起來。

巫珈晞和花無雙不約而同地加快腳步。

突然，她們聽到幾個慌忙地到處報信的童子不停地大喊：「巫女逃走了！有精靈助巫女逃走了！大家快去尋找！」

在夜色的掩護下，花無雙拖着巫珈晞一股勁兒地朝小舟跑去。

不久，她們就聽到背後傳來童子的喊聲：「前面身體不會發光的，就是巫女。快追！」

神仙和精靈竟一起在夜色中全身發光地飛過來追捕她們：「別逃！巫女，妳逃不掉的，放棄吧。」

「珈晞，快跑！」

在花無雙的帶領下，巫珈晞死命狂奔。

她們遠遠望去，只見水天相連，浪濤捲上岩石，有如潑墨一般，去了又來。

冷風如刀，在海之濱，更是風濤險惡。

花無雙已到小舟那兒，拚命把它推出大海去。巫珈晞也跟隨着拚命推。

小舟終於下了水。

「珈晞，快！跳上去！」

因為這個結界會自動封印所有入侵者的法力，所以她們只好自己划船。

巫珈晞立即跳上小舟，花無雙推舟推了一段路，也跳上小舟，拿起木槳用力划。

追捕者和在仙島養傷的巫言也追到了海邊。

群眾不停地大喊：「妳們要尋死嗎？」

巫言焦急地跑進海水裏，大叫：「鈴兒，快回來！回來！」

舟上人聽不懂他的心聲，只是不顧一切地朝海中心划去。

南極仙翁手一揮，隨即無風捲起千尺浪，彷彿要一口吃掉她們的小舟。巫珈晞膽戰心驚，死命地緊握舟沿。

因為小舟已划離仙島，花無雙也開始恢復法力，所以她以法力回擊。

南極仙翁恍然大悟：「原來是花神相助。」他口唸咒語，準備再捲起大浪，帶小舟回來。

這時候，天兵天將送來神諭。他們從天上徐徐下降，看見此混亂情況，忙揮動武器，衝向小舟。

為首的大將說：「陛下有旨：巫女，殺無赦。」

巫言驚訝地說：「甚麼？陛下他……」

眼看天兵天將快要捉拿到巫珈晞和花無雙。巫言急忙暗中施法，教天上風起雲湧。烈風隨即吹向天兵天將和岸上的神仙，造成一陣混亂。

舟上的花無雙見狀，立刻施展法力，進一步將小舟推向汪洋大海。

那南極仙翁本就和巫言一家很有交情，也想趁此亂局，乘機放巫珈晞逃走，所以袖手旁觀，又對群眾說：「大家別費神再追了，她們已經航進了死亡之海，注定命喪魔域。」

岸上的群眾聽了，覺得此話有理，而且死亡之海是天人不到之地，屬魔域的領土，所以都收起武器，任由小舟遠去。

可是天兵天將豈會輕易罷休？

為首的大將說：「花神如果想帶巫女從死亡之海進入魔域，就一定要先經過冥界。」他和天兵天將討論了一會兒，就跟南極仙翁說，「仙翁，我們告辭了。」

巫言聽了，隨即以心靈感應傳送訊息，命九長老去冥界找白龍神助巫珈晞脫險。

巫珈晞和花無雙的小舟輕快地濺起浪花向前航行。

雖然巫言和眾神仙也從她們的視線中消失了，而且花無雙也以法力助航，巫珈晞仍一直肌肉繃緊地看着仙島的方向。直至漫天繁星如寶石垂簾，璀璨奪目，她的心裏也彷彿看到追捕者冷冷的面色，閃電般的目光。她害怕這群神仙會從這種寒夜的海浪中突然走出來抓住她。

划、划、划……

直至長夜漸逝，雲層漸薄，曙色降臨大地，海浪如山般澎湃洶湧，在她們面前捲起層層銀白色的浪花。

花無雙突然說：「珈晞，現在任由這舟順流而去吧。我也不知道何時才會到達流金之海。」寒夜。風蕭蕭，去路茫茫，歸期杳杳。小舟孤獨地順流而去，不知流向何方。舟上人沉默無語。沉默，引出人心裏的恐懼。恐懼，令人裹足不前。

巫珈晞不能忍受這種無聲的恐懼，她選擇打破這沉默：「無雙，想不到妳竟然是花神。告訴我一些聖域的事情，可以嗎？」

花無雙笑着說：「我的真身是生長在百花之母花園裏的一株紫色薔薇花。小時候，因為生長得很瘦小，所以幾乎死去。物競天擇，是天上人間的千古定律，所以那時的我只是在等待枯萎。有一天，服侍月老爺爺的童子，送東西來給百花之母，他看見我這麼瘦弱，便生了憐憫之心。從此以後，他每天都帶來長生池的水，為我灌溉。年復年，我反而長得比其他花兒更茁壯，也修煉成花精靈。」

「原來妳本來是花精靈。」

「是的。修煉成花精靈後，我可以自由自在地在聖域遊走，生活很是寫意。後來，掌管紫薔薇的女神因為遭魔物暗算，真身連根枯萎。百花之母就從園中選了我做新的紫薔薇花神。」

巫珈晞好奇地問：「冊立新的花神，有甚麼特別的儀式嗎？」

花無雙說：「有的。百花之母會在眾神仙面前將太初正氣注入我體內，將我從花精靈升格成花神，然後交掌管紫薔薇花的權杖給我。從此，我就負責天下紫薔薇的花期。」

巫珈晞滿目欣賞地說：「無雙真厲害，如果沒有妳，我最喜歡的紫薔薇就不會開得這麼嬌豔美麗。」

花無雙笑了起來，清新脫俗中帶點嫵媚。她說：「珈晞，妳前生也酷愛紫薔薇，我們是最好的朋友。妳還記得嗎？」她握着巫珈晞的手，眼內充滿了歉疚，「可惜我無法幫助妳，只能眼巴巴地看着妳受苦。」

巫珈晞溫柔地說：「無雙，如果沒有妳，我現在已經是階下囚。」

花無雙看着巫珈晞的琥珀色眼眸，回憶都湧上心頭。

巫珈晞微笑地說：「無雙，我開始相信天地間有很多未知的力量，它們牽引着我們往前走。我們只能無力抗拒地連結出一段又一段的因緣。」她抬頭看着天際，突然很想念黃土、麗花婆婆和可愛的米洛斯。

這時，花無雙的右手一合一張，手掌心突然變出了一個色澤粉嫩，香氣四溢的桃子出來。在最痛苦絕望的時候，美食就最能夠撫慰人心。

「這個桃子好香。」巫珈晞已經飢腸轆轆，聞到這桃子的香氣，忍不住垂涎三尺。

「珈晞，這是栽種在西王母殿下蟠桃園裏的仙桃，五百年開花，五百年結果，神仙也只能夠在千年一度的蟠桃盛會品嚐到。上年，剛巧是蟠桃大會，我也分到一小個，因為捨不得吃，所以留到現在。」

花無雙說着話時，再次陶醉在蟠桃大會的盛況：天庭的宴會大廳瓊香繚繞，祥雲繽紛，樂手不停地演奏悅耳、怡人心神的音樂。桌上珍饈百味，鋪設得整整齊齊，桌下饔饔玉液瓊漿，奇香洋溢。天眾翩翩起舞、觥籌交錯。

「我真希望和妳一起參加這個盛會。」花無雙用左手食指一點，桃子立即分成兩半，她遞了一半給巫珈晞，「來，我們分甘同味。凡人吃了可以延年益壽，身體健康。」

巫珈晞接過來後，即咬了一大口，唔！汁液四溢，脣齒留香，令人忘渴忘飢。

巫珈晞忍不住吃掉了整整半個，才說：「好味道啊！」

花無雙也吃掉了她的那一半，噘起嘴唇說：「可惜太少。如果我是一個高級點的天神，就可以多吃一些。」

巫珈晞驚訝地問：「高級天神？天神也分了等級的嗎？」

花無雙點頭說：「太古之初，天地只有混沌，混沌生出了正邪兩股力量。正氣生出了女媧娘娘。女媧娘娘將力量注入生命之蓮的種子中，每顆種子都會生長出一位天神，這個階層的天神的法力是最高的，天神結合後生出的後代，是低一級的次神，法力也會比較低。如果他們跟人類或精靈結合，下一代的法力更會隨之降低幾級。雖然先天的法力有層次之分，但後天的修煉也是很重要的。所以，同一個層次的天神，法力也有高低之分。」

巫珈晞說：「原來是這樣分等級的。女媧娘娘是不是還在孕育新的天神？」

花無雙說：「沒有了。她創造了人類後，就去創造聖域諸神。然後，她歸於天地正氣，一直沉睡至今。她沉睡後，生命之蓮再沒有孕育出新的天神。」

巫珈晞說：「除了法力，我感到天神的地位好像也有差別。」

花無雙說：「天神和凡間眾生一樣，也有不同的職級，不可逾越。聖域居民分了六個主要的族群：日族、月族、風族、水族、火族和隱族，除了隱族，每個族群都有個領袖，這些領袖本來都是第一代的天神，各族的領袖都臣服於中央天帝陛下。陛下統御天族，中央政府位於天宮。當今中央天后殿下是月族領袖——常羲女神殿下的女兒。隱族是指一群法力深不可測的天神，如古木女神殿下和西王母殿下，他們各有結界，但一直不問世事，陛下對他們敬重極了。精靈和妖怪是游離分子，他們有的在聖域負責一些僕人的工作，有的留在人間，有的投靠魔域。」

「人類也可以修煉成永生的神仙嗎？我聽過很多修煉成仙的故事。」

「如果得到天神的指導，人類是可以修煉成仙，不過極少成功的例子，他們也會一直保留人的本質，常出入人間。半神人也通常會居住在人間。人神結合所生的下一代或法力減退、無力回天的天神都屬於半神人。巫咸和黃土的集團可說是半神人中最頂尖的兩個族群，他們是人神溝通的橋樑，藉着不斷和天神通婚，以增強族人的法力。」

巫珈晞驚訝地問：「黃土哥哥也是半神人嗎？」

花無雙點點頭說：「因為人王也是女媧娘娘的孩子，他和天帝陛下本來同為一級天神，但是他愛上了凡間的女子，決定長居人界。自從人王死後，只剩下黃土這個血脈，可是他不肯為王。從此，人間烽煙四起，分裂成不同的國家，由人間賢者、強者統治。邪魔的勢力不斷在人間擴張，而且人間出現了一種殺神的病毒，所以天帝曾禁止人神通婚。」

巫珈晞生氣地說：「太過分了，竟把我們當瘟疫般避開。」

花無雙聽了，不禁笑了起來：「可是，也隔阻不了千古可歌可泣的人神愛情。自從有了檢測病毒的測試丹藥，人神也恢復了通婚。」

在晨光中波光粼粼的海上，巫珈晞看着大海。不知道為甚麼，疲倦突然襲來，她不自覺地打了一個呵欠。她這才想起，昨晚和花無雙一起拚命地划船，根本沒有睡。

花無雙說：「珈晞，妳累了，先休息一會兒吧。」

她唸了一句咒語，舟上立刻多了一個竹篷。

巫珈晞卻說：「無雙，妳也累了，不如妳先休息。」

花無雙溫柔地說：「我是花神，精力比妳旺盛，待妳休息完，我才休息。」

於是，巫珈晞走到篷下躺下來。因為實在太累了，所以稍放鬆，一下子就睡着了。拍舟的浪濤聲如搖籃曲，巫珈晞像搖籃中的嬰兒。

搖啊搖，搖啊搖，將她搖了去遙遠的他方。

那兒滿天星辰。她站在星辰間。

下方有一個廣場。廣場上站着一位銀髮飄飄的慈祥老者。她正在唱着頌歌。歌頌春之女神的恩澤。

她的歌聲如細雨滋潤人心，令巫珈晞像看見一幅生機盎然的春日圖。

但是，歌聲突然停止，那老者也倒了下去。

廣場上的人群亂成一團。她身邊那些穿着祭師袍的人慌忙圍住她，向群眾大呼：「快叫醫生來！」

她卻悠然地望着天空，望着巫珈晞微笑。她的眼中充滿了慈愛。

雖然年紀不同，可是她的氣質如龍若英般高雅。

然後，她向巫珈晞招手。

巫珈晞飄向她，她就伸出握成拳頭的左手，手一張，竟有一顆發光的種子，她示意巫珈晞接過它。巫珈晞猶豫半晌，才接了過來，但是她伸手接過時，那種子卻在手中消失了。

巫珈晞伸手想觸碰那位銀髮老者。可是，還沒碰到她，她的身體已經緩緩地滑過一片宛如黎明之前的深藍色。深藍色的盡頭是一片黑暗。

雖然不知道黑暗裏有着甚麼，直覺告訴巫珈晞，那並不是一個好地方，於是她大聲喊叫：「不要進去！」

猶如聽到巫珈晞的呼喚，銀髮老者在那片黑暗前慢慢停下不動了。一絲不知道來自何方的白光一瞬間拉住了她。似乎有人用力一牽，就將她牽到了一座宏偉的美麗宮殿去。那宮殿的右邊有個看不到邊際的蓮花池。而且，一抹溫柔如月的微笑，白衣飄飄地迎接她。

驀地，巫珈晞已站在一個太陽完全西沉的草原上。天上一片漆黑，星月無光。草輕輕地隨風搖曳，發出沙沙聲，宛如一首安魂曲。

巫珈晞感覺到一個生命遠離了，一股莫名的不捨使她想大叫出來。

突然，她聽到一陣劇烈的「滴答、滴答、滴答」聲，彷彿有人在竹篷上撒豆子，聲音大得要命。

巫珈晞睜開眼睛時，天上正陰霾重重，簌簌下着雨。風聲和浪聲，也似充滿悲傷的韻律。孤零零的小舟，比無光的海還要顯得冷寂淒涼。

通體發着光的花無雙無聲地坐着。

巫珈晞水汪汪的大眼睛看着她。

花無雙說：「珈晞，妳的外婆剛才來過。」

巫珈晞的心突然抽搐了一下，很痛，但她不懂如何形容，只問了簡單的問句：「我的外婆？她在哪兒？」

花無雙說：「她本來是春風女神殿下的祭師。可是，她剛去了御風的國度，以後會幫助殿下守護生命之池。」

「我還能再見到她嗎？」

花無雙正要回答，一陣風突然吹過，無人的海上，霎時出現了變化……

「珈晞，快來看看海水。」花無雙大喊。

巫珈晞低頭一看，灰濛濛一片的無情海水漸漸變成了清透的琉璃色。

琉璃色的水底下，搖曳着幾千萬點金色小光點。它們有如金色螢火蟲，在水中亂舞。

「流金之海！」花無雙的眼眸閃着金光。

她立即拿出一個香囊，取出一顆小珍珠，交給巫珈晞，說：「珈晞，先吞下它。」

巫珈晞把它放進口裏，頓時感到全身充滿力量。

花無雙說：「這是一顆從半神人那兒買來的千年靈珠。妳仍是凡人之軀，所以一旦進入流金之海，就會死亡。現在，這顆靈珠內的太初正氣和法力，可以保護妳的安全。」她再取出兩顆墨黑的丹丸，遞了一顆給巫珈晞，「服了它，就會失去生命的氣息，使魔族不容易察覺到我們，但是它的藥力只能夠維持七天。」

她們各服下了一顆。

跟着，花無雙拉着巫珈晞的手，說：「我們現在就要跳進水裏去！妳……妳要改變主意嗎？」

巫珈晞緊握朋友的手，堅強地搖頭。

下一秒，那琉璃色的水已經覆蓋了她們全身，但她們在這水中也沒有呼吸困難，一起輕巧地潛入海底。

千萬個金色光點圍着她們匆忙地游來游去，不知道想游向何方。

正感到頭暈目眩之際，海底下突然湧出一種使人深深着迷的歌聲。那歌聲令聽了的人若有所失，像聽了很久以前聽見過的一段不可捉摸的音節，幾句殘缺的歌詞。

她們聽了，滿腔感受，好想張口說出來，但又像啞巴一樣，嘴唇動彈，而出來的只有驚嘆的氣息。

這清透的歌聲順着像是鈴鐺聲的迴響不斷地湧過來，聽着聽着，她們竟慵慵欲睡。

然後，湧過來的歌聲形成了一股漩渦，把她們捲了進去。

《前世今生》悲嘆之花

「何方妖物？妳想壓死我嗎！」一條小胖龍正向着巫珈晞大呼小叫。

巫珈晞才發覺自己壓在一條胖胖的小白龍身上，忙爬到一邊去。她回眸一看，剛好對上了那小白龍兇巴巴的眼神。

真是……可愛極了！看着他一副裝腔作勢的模樣兒，巫珈晞竟想笑出來。

「咦！哪裏來的一條胖小龍？」花無雙坐直了身子，「竟然躲在岩石後偷懶。」

小白龍一變身，竟變成一個穿着深藍色袍子的可愛胖小孩，他瞪着花無雙，提高嗓門說：「不得大膽胡言！我是幽河白龍神的么孫，今天第一次負責巡視這裏，確保冥界安全。」

「甚麼？你說這是哪兒？」花無雙激動地問。

那胖小龍想是年紀太輕，竟被花無雙的吼叫嚇着了，有點害怕地說：「冥……冥界。」

花無雙失望地和巫珈晞交換了眼色說：「看來，我們走錯了地方。一定是因為那個可惡的漩渦。」

巫珈晞心裏也很失望，但既然來了，也沒辦法。

看來這小白龍該是有身分、地位的人，不如試試向他打聽去魔域的路，於是花無雙示意巫珈晞嘗試打聽。巫珈晞會意地點頭，說：「小白龍大人，我們冒犯了閣下，真對不起，請閣下原諒。」

那小白龍聽了巫珈晞的恭維話，立刻兩頰緋紅，有點兒不好意思地說：「既然知錯，本大人就饒恕妳們。」

巫珈晞站了起來，那小白龍也飛了起來。巫珈晞繼續友善地說：「小白龍大人，我們是新來的亡靈，正想進入冥府，卻找不到大門，請大人指點迷津。」

「哦，原來如此。讓我帶妳們去吧。」說完，小白龍就扔了兩件灰色外袍給她們，「披上亡靈的外袍，否則會被守衛士兵截查。」然後他就變回小胖龍，靈巧地擺動尾巴往前游去。

途中，花無雙輕聲在巫珈晞耳邊說：「珈晞，趁現在問問他如何進入魔域。」
巫珈晞點點頭，立即游向他，說：「小白龍大人，我初來報到，甚麼也不懂，心裏滿是疑問。您這麼聰明，一定可以解答我所有疑問。」
小白龍自負地說：「當然。」
巫珈晞說：「請問冥界有多少道通往其他地方的門？」
小白龍說：「主要有兩道：回生門和轉生門。」
花無雙故意說：「我早就知道這胖龍只是一個低級的守衛，他只知道這些。」
小白龍生氣地說：「我是很高級的。」
花無雙不屑地說：「那麼你告訴我，通往魔域的門在哪裏？」
小白龍結結巴巴地說：「這……這不能說。」
花無雙聽了，心裏喜極了，只是仍然臉無表情。她繼續用激將法：「不能說？你在騙人吧！不如乾脆承認自己只是低級守衛，不知道答案就算了。不要再吹牛，說自己是白龍神的孫子。」
小白龍氣得頭上冒煙，大聲說：「那道門就在生長悲嘆之花的花田裏。」

「悲嘆之花的花田在哪裏？」巫珈晞問。

「在『話別地』上。」小白龍說。

「『話別地』？」

「亡靈過了『話別地』，就會去喝忘情水，忘卻一切前塵往事轉生去。」

花無雙一直專注地聽着他們的對話。雖然慶幸終於找到了門路，但是也不敢輕信小白龍的話，於是她試探地說：「我知道你只是在胡說。」

小白龍不甘心地說：「是白龍爺爺告訴我的，他還叮囑小寶千萬不要靠近那道門。」

巫珈晞說：「你叫小寶嗎？好可愛的名字。」

小寶聽了，又不好意思地面紅耳赤起來。

花無雙也逗他說：「小寶大人，你的樣子好誠實啊。我相信你了。」

小白龍喜孜孜地說：「我早說了，我是白龍爺爺最疼愛的么孫。」

不知不覺，一道金碧輝煌的大門已出現在他們眼前。

門上有一副對聯：深秋去後芳菲盡，各自須尋各自路。

一隊憂愁的亡靈正排着隊進入。

小白龍說：「這兒就是冥界的入口。妳們加入亡靈隊伍進去吧，我要回去崗位上了。希望妳們一切平安。」說完這句莫名其妙的話後，他就游走了。

她們只好加入亡靈隊伍的最後，隨亡靈一步步走進冥府之門。

巫珈晞抬眼望去，只見四周迷霧瀰漫，無邊無際，身邊蕩漾着一種沒有時間感的灰白色。

耳際隱隱傳來河水奔騰的聲音……

花無雙輕聲說：「這應該是怨河的水聲，亡靈過了怨河，就不可能逃回人間。」

人群緩緩前進，安靜得讓人心慌。

直到大家到了一條分叉路，一把溫柔的聲音突然打破了這分寂靜：「死人中有沒有冤魂？」

巫珈晞探頭望去，只見一個白色的身影正朝她的方向走來，後面還跟着好幾個黑色的身影。

為免惹麻煩，她和花無雙都忙低下了頭。

「這兩個姑娘，不像是死人。」那人在巫珈晞和花無雙身旁停了下來，懷疑地說。

巫珈晞微微抬頭，瞥了他一眼。

他舉止優雅，俊逸非凡，十分冷漠，但一點兒也不恐怖。

他身邊兩名隨從臉色大變，因為他們這群黑白無常，常常糊塗辦事，又貪污受賄，令到該死的不死，不該死的卻代替人家死了（他們兩個最近才幹了幾次這樣的勾當）。死神捉出過他們很多錯誤，他們怕這次不知道又是哪個同伴勾錯了魂，枉殺了人，如果給死神查到，大家又肯定遭殃了，於是趕緊說：「死神大人，我們部門的同事辦事盡責，請放心。」

「真的可以放心嗎？」

「當然可以，當然可以。」兩名隨從不停點頭陪笑，完全是一副奴才相。

死神若有所思地盯着巫珈晞和花無雙，半晌，溫和地說，「小姑娘，此去不易，路上小心。」

兩名隨從不明白死神話裏的意思，一心只想死神不追究他們的錯，忙轉移話題，「天庭的使者剛送來了一些百花女神新釀的『萬華同杯』，判官大人邀請大人去品嚐哩。」

「『萬華同杯』！它乃百花女神以百花之香，萬木之汁釀成，每百年才能集齊材料釀製一次，是天上極品。」於是死神開心地和隨從向右一拐就不見了蹤影。

這個死神大人也真嘴饞，巫珈晞差點兒想笑出來。看來冥界住滿了情感率直的可愛天神，跟我們從故事中聽到的很不一樣。

亡靈的隊伍被帶領着向左拐。

一拐了彎，不遠處就有一扇大鐵門，鐵門上刻着對聯，那舞動般的線條寫着：善良的心，是你們黑夜中的一絲光線。公義的手，為你舉起賞善罰惡的天秤。

亡靈隊伍走到鐵門前，它就自動開啟。

巫珈晞偷驚訝地發現那根本不是要走過一道門，而是九道門！三道鐵鑄的，三道銅造的，還有三道由金剛岩鑿成的。

過了門，就看見一條河。

花無雙悄聲說：「我們剛才走過的就是轉生門，前面的河是怨河。冥界有五條河：怨河、恨河和悲河形成一個三角形，中央的『話別地』開着悲嘆之花。遠些還有火河和忘河。忘河的水會令人失去記憶……」

這時，亡靈隊伍開始喧嘩起來，因為河上來了一些小船。

巫珈晞憂心地說：「進去後，別想能夠破門而出。魔域的門真的在裏面嗎？」

花無雙也凝重地說：「我也不知道，但是也沒有退路了。我們只能夠隨機應變。」

河上開始聚集很多小船，每條船上都有一個擺渡人，擺渡人都身披灰色長袍。

押送亡靈的鬼差看見擺渡人，就轉身走了，他們每走過一道門，那道門就自動關上。最後，九道門都自動關上了。

那關門的聲音如判官的鐵鎚，確確實實地告訴亡靈：你死了！

巫珈晞和花無雙隨亡靈擠上了一條船。

灰色的袍帽遮去了擺渡人的面目。

船「嘎吱嘎吱」地往前划去。

亡靈無聲無息，似有還無地坐滿了一船。

向前划去，向前划去。

直到她們聞到陣陣奇香。

巫珈晞看見前方土地上有一片發出幽光的白色花田。

雖然沒有一絲輕風。大朵、小朵、含苞待放的白花，都姿態優美地搖擺不停。

聲聲嘆息充滿了這片花田。

「這一定是傳說中的悲嘆之花！」花無雙在巫珈晞耳畔說。

「好美的花！」

「這是花，也不是花。這裏的每一朵花都是人類臨終時的最後一聲嘆息。」花無雙說。

「最後一聲嘆息？」

「人類呼出最後一口氣時說的最後一句遺憾的話。那句話隨着最後的嘆息飄進這片土壤，會幻化成一朵悲嘆之花。」花無雙看着巫珈晞，「我們到了。準備跳船游過去！」

這時，巫珈晞突然聽到一把熟悉的聲音說：「孫織，動手！」

一個隱形人隨即粗魯地為巫珈晞和花無雙各披上了一件袍子，一手抱住一個，飛上了半空。

她們飄在半空，卻完全看不見抱住她們的人，甚至看不見對方。

剛才那把聲音似曾相識。

是誰？

巫珈晞隱約記起了。

（是他！那是林書賢的聲音。他怎麼會在這兒？）

很快，她們已經飛到花田上。

四野無人也無風。天上無雲，只有花兒的聲聲嘆息。

花無雙快着陸時，不經意觸碰到其中一朵含苞待放的小白花。

花兒害羞似地低下了頭，黑色的葉子交纏在一起，像一雙在祈禱的小手。空氣中響起了一個小男孩稚嫩的聲音：「如果我不曾叫媽媽失望就好了！」

像傳進耳朵裏的一聲嘆息，它脆弱而遺憾。

着陸時，花田上傳來更多嘆息。

一把男聲說：「對不起。」

一把女聲說：「為甚麼要這樣做？」

一把老婆婆沙啞的聲音說：「好好地活下去！」

……

花兒左右亂舞，聲音此起彼落。

抱住花無雙和巫珈晞的人突然說：「糟糕，這樣很容易被發現。」

「你們已經被發現了！」

天兵天將從花田的不同角落竄出，包圍了他們。

一名大將站出來說：「大膽孫織，竟敢助巫女出走！」

孫織不悅地說：「憑你們也想阻我去路？」

花無雙驚訝地說：「孫織？」

那名大將說：「孫織，你是半神人，進入魔域是犯天條的。」

孫織說：「哼！你管不着。」

那名大將又說：「上次，孫緯不慎從邪魔那兒帶回了至尊天魔的魔血，才會連累巫忘墜入魔域。陛下因他年幼而沒有怪罪。這次，陛下可不會饒恕你，定會奪去你的法力，關你入天牢。快脫下天衣，納命來！」

花無雙知道他們將有一場大戰，忙擁抱着巫珈晞，輕靈地飛向離天兵天將遠一點兒的位置。

這時，千萬支箭已經胡亂地射向他們。

因為天帝有旨：巫女，殺無赦！

突然間紫色絲線一晃，在電光火石的一剎那，孫織已用線擋開了那些箭。再用針朝那大將的臉上刺去。危在瞬息之際，大將拔劍撥開了他的針。由於孫織隱身在天衣內，身法變幻莫測，那大將看不到進攻的目標，只能夠憑着對氣流的觸覺，不停擋架和閃避。

其他天兵天將見情勢不對，同時上前夾擊孫織。孫織在他們之間穿來插去，多名天兵天將皆被他的針刺中，連忙重整陣容，加劇攻勢。孫織的線如疾風驟雨般還擊，把他們縛在一起。

「快跑向中央那朵金色的永生花。拔掉永生花，魔域之門就會開啟！」孫織一邊大喊，一邊如鬼如魅，飄忽來去，弄得天兵天將潰不成軍。

花無雙聽了，忙跟巫珈晞飛向中央那朵耀目的永生花。

着陸後，花無雙不假細思地連根拔掉它。

（門，快開！）

可是，沒有門。

只有一片瘀黑的泥土。

被她們觸碰到的悲嘆之花，都此起彼落地說着自己的遺言。

一隊天兵天將已經向她們衝過來。

「沒有門！」巫珈晞惶急地說。

巫珈晞把手貼上那一片瘀黑的泥土上，打從心底真誠地懇求：「魔域之門，快開！」

感覺像看着水中的漣漪一樣。瘀黑色的東西從巫珈晞手邊以穩定的波浪蕩開，最後形成一個開口。

開口的另一邊漆黑如墨。

當開口大到可以讓一個人穿過去時，花無雙立即拉着巫珈晞跳進去。孫織也跟着衝進來。

天兵天將只是猶豫半晌，地上的漣漪已消失，開口也閉合了。

他們進入了一個狹窄而奇怪的空間，不大像房間，倒像兩面牆之間的空隙。

「現在怎麼辦？」巫珈晞問。

「它在飄移！」花無雙說。

「是異空間。沒有人知道魔域有多遠。只知道這是通往魔域的捷徑。」孫織說。

突然，巫珈晞一腳踏空，不由自主地向下飄落。

她飄落在一片軟綿綿的細沙上。

「白色的沙。」巫珈晞抓起一把沙，感覺那細滑但冰冷的觸感。然後，那沙一點一點地滑落，從她的手掌逃回家去。抬頭一看，竟是倒生的悲嘆之花。

「這裏就是魔域嗎？」花無雙撥掉袍子的帽。

孫織也脫下了袍子。他一身黑衣，雖然眉目清秀，左邊臉頰上卻有着一道明顯的疤痕。

巫珈晞也脫下外袍，說：「孫織，幸虧你沒事。謝謝你幫忙！」

孫織冷淡地說：「不必言謝。我是出於私心才幫助妳們。當年，母親明明在凡間找到了幸福，陛下硬是要捉拿她，用天河隔開我們一家，令我和弟弟永遠活在一個破碎家庭裏。而且，家母和巫忘一向要好，她還收藏着一件做給巫忘的嫁衣。」

「嫁衣？」有些影像在巫珈晞的腦海一閃而過。

他看一看巫珈晞，說：「巫忘酷愛紫色，而家母是只能織出紫色的織女，所以她們的感情很要好。」

「可惜黃土和巫忘始終結不成夫婦。」花無雙感慨地說。

孫織聽了，嘴脣微微一動，欲語還休。

花無雙關切地問：「孫織，你抗令違法，以後如何在天庭立足？」

「不必擔心，反正我一向被天帝罰居人間。」

「我不希望連累你。」

「是我自願幫忙，當然後果自負。」他一臉不在乎地說。

巫珈晞看看四周，感到如置身沙漠。

花無雙也眉心一皺，說：「這片白沙似乎連綿不盡。我們如何走到希羅所統治的魔都的入口呢？」

孫織指着地上某些東西，說：「路，早就已經鋪好了。妳們低頭看一看這個。」

她們低頭一看，看見如雪的白沙裏有一些潔白閃亮的貝殼。

「依照貝殼的指引，就可以到達魔都之門。」孫織拾起一個手掌心般大的扇貝，「大門一開，就會看見魔都。」

「你怎麼知道？」花無雙問。

「因為我弟弟來過魔域。」

花無雙說：「原來這樣。可是到了魔都之門後，我們怎樣開門呢？」

孫織淡淡地說：「我們開不了門的。只有魔都的守衛才能開門。守衛換更時會開門，我們可以趁這個時候衝進去。」

花無雙聽了這天下間最愚蠢的方法後，一臉絕望地說：「這簡直天方夜譚。守衛一看見我們，就會捉住我們。」

孫織胸有成竹地說：「只要穿着家母所織的天衣，魔眾就不會看見我們，像剛才那樣。」

巫珈晞和花無雙聽了，對望而笑。

她們深信自己遇上了指路明燈。

於是，他們依照扇貝的指引，踏着細沙前進。

每一個扇貝，都象徵着巫珈晞心中的一個希望。扇貝正帶領着她，一步步地走向至親。

#《前世今生》魔都之門

走了一段路，希羅所統治的魔都之門終於在眼前。

巫珈晞披上天衣，跟花無雙和孫織站在魔都的入口等待時機。

這門關得緊緊的。門前左右兩邊都站着守衛。

巫珈晞和同伴悄無聲息地站在入口不遠處等待守衛換更的時間。

隱形的天衣在冷風中迎風飛舞。這風冷得讓巫珈晞直打哆嗦。她抬起頭看着這從沒有得到光明之神祝福的國度。散發腐爛氣味的暗綠色烏煙籠罩着它的上空，低空的烏煙被銅門上插着的火把紅光照亮成詭譎的暗黃色。

醜陋魔獸的腰帶上插着大刀，身上穿着厚厚的黑皮革，兇神惡煞地四處張望。其中一頭魔獸突然翹起大鼻子用力地嗅着四周的空氣，然後疑惑地和同伴以不知名的語言交談了一會兒，便向着巫珈晞的方向走過來。

巫珈晞嚇得渾身止不住地發抖。當一頭魔獸差幾步就到達巫珈晞身邊時，她立即用手掩住口鼻，閉氣不呼吸。

這時，魔都之門開了，四頭魔獸從門內走出來。於是，走向巫珈晞的魔獸也轉身走回去了。

時機到了！

巫珈晞用手掩住口鼻，悄然無聲地衝向敞開的大門。但是，正當她準備要闖進門內時，霎時覺得一陣戰慄。

有一股看不見的，比魔獸更高層次的力量正阻擋着她的去路。

究竟這力量來自何方？巫珈晞小心翼翼地打量着四周。

雕像，可怕的雕像！

門兩旁有兩個坐在寶座上的岩石雕像。它們的頭頂長滿了一條條正在舞動的毒蛇，都有三個面目可怕的頭顱：一顆腦袋看着前面，一顆腦袋看着右面，一顆腦袋看着左面。

兩個雕像安穩地坐着，雖然不會移動，卻內藏邪惡的意識。它們的石眼流露出惡狠的光芒，瞪着巫珈晞，並不斷地加劇阻擋的力量。

驀地，從那寸草不生，毫無一絲生氣的國度裏，冒出尖厲的喊聲，在高牆間迴響。聲音蕩至門的極高處，化成一聲刺耳的吼聲，魔獸們都痛苦地掩耳低頭。阻擋巫珈晞的力量立刻消失，只剩下動也不動地坐在原地的雕像仍瞪着兇眼。

巫珈晞捉緊天衣，立刻衝過銅門。

銅門內，濃煙密佈。濃煙間有幾十點寒星般的燈火，卻襯得四野更黑暗。

巫珈晞胡亂地往前走。等她的眼睛已習慣於黑暗時，才發現自己正走在一條很彎曲的小路上。路的兩旁，有相貌醜陋的妖獸雕像，每個雕像旁都插着一支紅紅的火把。四周充滿腐爛的氣味，令人窒息。

巫珈晞發現自己已經開始想念如火驕陽和清新的空氣。

她在心裏嘆了口氣，忽然聽見附近也有人在嘆氣，那人不但在嘆氣，而且在說話：「巫忘姐姐，我終於等到妳了！」

巫珈晞心裏一驚，覺得這把說話的聲音也飄渺陰森如鬼魂。

「我在這裏。」聲音又響起，「妳右手邊石像下的那棵蓍草。」

巫珈晞右轉蹲下來細看，果然看到一棵小小的紫花綠葉植物。

「請伸手過來摸一摸我的葉子，解除魔法。」它說。

解除魔法？簡直令人難以置信！

巫珈晞猶豫了一會兒，才好奇地伸手過去，輕輕摸一摸它的葉子。誰知它竟轉瞬間變成一個頭插幾朵紫花、手掌般大的小女娃。

小女娃背了一個墨綠色的小背包，穿了連身翡翠綠連襪的貼身衣服，挺着小小的圓肚子。她跳上巫珈晞的手掌上。巫珈晞將她捧到臉前。

那幻成人形的蓍草睜大純真無邪的水藍色眼睛，說：「我等妳等了十四年了。」

「等我？我曾經認識妳嗎？」巫珈晞不解地問。

蓍草精靈眨了眨眼，說：「我是常羲女神殿下用來占卜的千年蓍草精靈。殿下說巫忘姐姐轉生後，會來魔域歷劫，要我以植物的姿態守候在這兒，等待妳來，然後盡力幫妳的忙。」

「幫忙？」

「我能占卜前程，為妳指點迷津。我的花葉有解毒和止血的功能，危急時可以救妳一命。因為怕會認錯人，所以殿下在我身上下了魔法：只有巫忘姐姐才可以令我從一棵植物變成人身。」她指着背包，「殿下更交了幾件法寶給我，讓我隨時為妳解困。」

巫珈晞開心地說：「太好了，想不到在這種地方也會有幫助我的人！」

「巫忘姐姐，妳今生叫甚麼名字？」

「巫珈晞，叫我珈晞就可以了。」

「真湊巧，妳也姓巫。雖然我年紀比妳大，不過，叫我小蓍就可以了。」

「小蓍，看來我和無雙失散了。怎麼辦？」巫珈晞突然想起自己的處境，既擔心又不知所措。

「巫女大人，不必煩惱，大王已經為閣下預備了居所，讓您在此安居。」一把男聲說。

巫珈晞忙把蓍草精靈放進掛在腰帶上的皮袋裏，拔腿就想逃走。

可是，一群魔獸已手執刀劍向她們跑來。牠們停在巫珈晞前面，排成兩行，列隊等待着甚麼。隊伍的盡頭，走出了一個紅髮的高大男人。他停在巫珈晞跟前，說：「巫女大人，歡迎來到魔界。」然後，他扯走了巫珈晞的天衣。

巫珈晞惶恐不安地看着炎魔。

他又取走了巫珈晞的皮袋，說：「屬下代巫女大人先看顧這蓍草精靈。」

蓍草精靈探頭出來，用力地想爬出那個皮袋，過去巫珈晞那兒，但炎魔的食指輕輕一彎，已經扣住了她的頸項：「妳這小鬼，給我乖點。」

蓍草精靈反抗說：「我才不要跟着你這個討厭的大魔頭！」

炎魔不悅，狠狠地瞪着蓍草精靈說：「閉嘴！否則我叫魔獸吃掉妳。」

蓍草精靈嚇得縮回皮袋裏去。

一群魔獸如潮水般向巫珈晞走來。

魔獸群中走出了一個蒙面黑衣人。這人衣服雖黑，卻全身閃耀着像蓬萊仙島那些神仙一樣的光芒。

炎魔恭敬地向那人說：「因為魔獸和沾染了邪氣的神仙一旦觸碰到古木女神以太初之木所造的辟邪圈，就會灰飛煙滅，所以只好勞駕大人了。」

那人伸手便想扯掉巫珈晞的辟邪圈，但是辟邪圈突然發出刺眼的亮光。亮光射向站在巫珈晞身旁的魔獸，牠們來不及喊叫一聲，已經倒地身亡。魔眾連忙恐慌地退開，只有那人反而信心十足地踏前數步，步步向巫珈晞進逼過來。

巫珈晞大喊：「走開！不要過來。」

那人不退反進，還開始唸唸有詞。那些誰也聽不懂的話，控制了巫珈晞雙手，令她不由自主地扯掉了辟邪圈。

巫珈晞的喉嚨隨即湧上了血的味道，一股邪惡力量開始衝擊她的理智。

然後，她感到四周景物如轉動的漩渦，轉個不停，就昏倒了。

……

《前世今生》
尋仙草

這時候，有一個身穿青衣、乾癟的老婦人拿着令牌，出了魔都的門。

她外貌雖老，身法卻輕靈，步履也非常敏捷。

很快地，她已越過溪谷和山陵，穿過葉木和激流。

經過一番遊蕩，她終於追上了瑤姬女神的蹤影。

乘著柔和的月光，女神和精靈都在月下翩翩起舞。在芬芳的夜裏，風兒興致勃勃地為她們吹奏起美妙的歌。

女神優雅地轉身，纖纖素手落下冷潔的紅玉，它在夜月下長成亭亭的瑤草。女神眼波流動，滿意地盈盈一笑。

瑤草，這愛情的靈藥。花期只有一晚，深夜開花，凌晨凋落，必須在第一線晨光升起前，將它採摘。

只要把它的汁液滴在睡着的人的眼皮上，那人就會愛上醒來第一眼看見的人。

精靈們嘻嘻哈哈地妳一言我一語地說個不停：「不知道哪個幸運人兒，得以摘取這朵花兒呢？」

「一定是絕世姿容的才子佳人！」

說着笑着，她們擁着女神離開。

女丑滿心歡喜地從樹木後走出來。

瑤草在月下閃亮着紅光。

女丑受主人所託，必須採它回去。因為幽閨裏快要鎖住令他夢牽魂掛的人兒。

一段苦戀。

他的熱情滲滿艱辛，甘甜中無限苦味。

殘宵將逝，金鱗將浮上東方的天際，赤輪將驅走片片烏雲。

快！趁太陽還沒有睜開大眼，她要摘下這珍貴的仙草，回去獻給主人。

《前世今生》魔王的誘惑

巫珈晞忽然醒來，像個迷路的孩子，睜開眼迷茫地看看四周。她眨了眨眼，長長的睫毛在光潔細膩的肌膚上投下了柔和的影子。她伸出手，潔白的手指撫摸了一下身下的草地。

好真實的質感！

她是在哪裏？在家裏的後院嗎？

那麼，她可以再睡一睡。

可是，有甚麼不對勁呢？她意識到自己好像忘記了一些重要的事情。

她坐起來，湖水綠的衣服和草地融為一體。

月光擁抱着她纖瘦的身體。

草坪的盡頭，湖光閃閃，月光傾瀉在水面上，變成無數晶瑩剔透的寶石。湖的盡頭是一座古堡。

（怎會這樣？這是甚麼地方？）

她站起來，緩緩地走着，讓雙腳踩在草地上，感受腳下濕潤如海綿的泥土。她走到湖邊，任湖水輕輕沖刷着她赤裸的小腳。

冰涼的水衝擊了她的腦袋。

一陣鼓聲和號角聲霎時響起。

（這裏是魔域！）

然後，她聽見一陣轟然巨響。大地隨即震動、搖晃起來。跟着，雜亂的馬蹄聲向她衝來，她抬頭已經見到張着大翅膀的黑馬群。牠們形成一大團陰影，遮蓋了天空上的明月。

牠們在巫珈晞頭頂上停下來，俯瞰着湖面。

坐騎上坐着一群身披黑袍，眼神邪惡的騎士。最前方那個身型高大的領袖，手裏舉着一把冷若寒冰的劍。

他兇惡的雙眼直視着巫珈晞，低吼着說：「巫女大人，陛下希望您能助魔族一舉攻下天人兩界，共享榮光。」

巫珈晞全身血管流竄着一股恐懼，她搖搖頭，往後退了一步，說：「我不會幫助他，永遠不會！」

「您會的，」他的聲音低沉，在他說話之際，地上發出轟隆聲響：「您會的！」

然後，一把深沉而威嚴的聲音命令：「蚩尤，你先退下。」

黑馬群立即往旁邊散開，迎接炎魔和一群妖獸。

在炎魔和妖獸的最前面，一個高大健碩的男人騎在一匹白駿馬上，馬兒瀟灑地走近巫珈晞。

即使在微弱的月光下，白馬的鬃毛仍猶如絲緞般光滑。那個男人不醜，也不嚇人。他的肩膊寬闊，一雙大手輕鬆馭着韁繩。他如黑檀木的雙眼，彷彿能看穿巫珈晞的心。

他溫和地說：「巫女，妳已被天人所摒棄，才要流亡至此。妳別無選擇，追隨我吧！」他的語調充滿神秘魅惑的力量，讓巫珈晞的心志不知不覺地動搖。

魔王看着她，面露詭異的微笑。

他瞇起雙眼，柔聲說：「何必令自己這麼痛苦？一條平坦大道等着妳。來！釋放妳的力量，和我一統天、人、魔三界。」

巫珈晞竟然想回應這聲音。

是天神先摒棄了她，怎能怪她屈服於魔王呢？

「珈晞，不要相信他的甜言蜜語！」蓍草精靈從炎魔手上的小皮袋裏探出頭來，大聲喊叫。

「小蓍！」

站在魔王身後的炎魔瞪着蓍草精靈說：「妳這個小鬼，活得不耐煩了嗎？」說完，另一隻手就冒出火燄。

「不要傷害她！求你給我一點時間，我想慎重地考慮一下。」巫珈晞面向魔王，哀求着，「放了小蓍，好嗎？」

魔王居高臨下凝視着她。

他在想着甚麼呢？他可以現在就抓住巫珈晞，將她一把撈上馬背，強迫她投入自己的陣營。可是，他沒有。

他並沒有朝巫珈晞再走近一步，只是說：「好，我答應妳。不過，請記住，我的耐性是有限的，妳必須儘快做抉擇。」

他指示炎魔把蓍草精靈連皮袋扔給巫珈晞。然後，掉轉馬頭準備離去，就在疾馳而走之前，他轉頭看了她一眼。

妖獸和馬群隨後跟上，他們先是小跑步，很快就轉為奔馳，最後一起劃過天際。

空氣靜止了。

「珈晞！」蓍草精靈的喊叫打破了這寂靜。她從小皮袋裏爬出來，飛撲向巫珈晞。

巫珈晞帶着她走回草地上，疲倦地坐了下來，自言自語：「怎麼辦？」

蓍草精靈也無奈地看着天空。

在這個關鍵時刻，花無雙仍不知所終。剩下她孤零零地留在這裏。

如何是好呢？

《前世今生》金鎖前緣

這時，在魔域一個懸崖下，有一潭深水。水上有一個白玉缽，缽中盛滿清水，清水上浮着一朵朵紫色的薔薇，中央躺着一個仙子般的女子。

她虛弱地呼吸着，蒼白的脖子上瘀黑了一圈，兩腳已變成根，浸在水裏。

因為浸着她的，不是普通的清水。

那是從冥界恨河取來的水。

恨河，它的水能讓天神失去神性，是對付天神的其中一種毒藥。

「怎麼會這樣？怎麼會這樣！」花無雙歇斯底里地叫着，愕然不知所措。她顫抖的手觸摸着那些根，妄想感受肌膚的溫度。

「孫織，是孫織……」花無雙想起在魔都之門的情景。

當時，三人都穿上天衣，準備衝門。突然有一雙隱形的手從後用一條絲線勒住了她的脖子，將她勒暈。

「是孫織！他用織女的線來對付我。」她哭了起來，「叛徒，他是叛徒！我害了珈晞。」

可是無計可施。

她的腿開始變成花莖，雙手變成葉子。她的太初正氣已經快被恨河的水吸盡了。

意識開始模糊。

一切平靜如水，直至崖壁上突然出現一個白色圓圈，一個溫文爾雅，身材修長的少年，從那兒走了出來。

「無雙！」他飛向花無雙。

「金鎖……」花無雙已經氣若游絲，但她知道自己有救了——金鎖就是當年救她的童子。

他取出一顆丹藥。

「無雙，服下它！」

花無雙握着他的手，說：「金鎖……為我入一小瓶恨河的水……將來或用得着它……」

「好。妳先服藥！」

花無雙服下後，開始變回人身，可是也虛弱得昏迷過去了。

「幸好趕得及。如果遲來一步，妳就會變回一朵花！」

然後，他取出一個小瓶，快快地盛了水，就抱起花無雙，踏進崖壁上的白圈離開。

《前世今生》煙雲散

那個白圈白如巫珈晞頭上的月光。

這時，月光照着她蒼白的前額，她琥珀色的眼眸脆弱得像一個嬰兒。

「小蓍，我好想哭。我覺得好孤單啊！天地浩瀚，我卻連一個容身之所也沒有。」她聲音顫抖着，淚珠在大眼睛裏打滾。

蓍草精靈低頭想了想：「珈晞，妳去投靠常羲女神殿下吧。殿下派我來，就是為了幫助妳。殿下一定很關心妳，願意照顧妳。」

她表情失落，像個流落他方的浪人：「月族也歸天帝管，女神殿下的女兒便是天后。天帝要關我進天牢，女神殿下怎麼會收留我呢？就算她的確想保護我，也不會有人同意這個想法吧！」

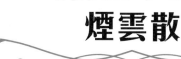

「珈晞，尊貴的殿下是最睿智、無畏、美麗的女神，殿下以慈悲心統治月之國，一定會樂意收容妳的。我也很願意幫助妳。」蓍草精靈誠懇地說。

巫珈晞神情嚴肅地望着蓍草精靈，給她一個悽然的微笑。

一會兒後，巫珈晞突然輕聲說：「小蓍，如果投靠了魔王，後果會很可怕嗎？」

「珈晞，千萬不要有這個念頭！」蓍草精靈激動地說，「魔域由太初邪氣所孕育，它不斷地聚集人類的怨恨和邪念。它們會令人心轉向魔道，即使天神也不敢長留這兒。」

巫珈晞沉默，琥珀色的眼睛已經失去了光澤。

她不再作聲，因為她哭了……

串串淚珠連成了一道橋，帶她的情感走進一個神秘的悲傷國度。

蓍草精靈也感到心酸極了，想哭，卻不想加重巫珈晞的悲傷。只好低頭輕嘆，不再打擾她。

來了魔界後，巫珈晞的體力和意志力都在逐漸喪失。

她變得軟弱了，自我放棄地閉上眼睛，心，墮落無邊無際的黑暗。

然後，她發覺自己已在水中央，深藍色的大海包圍住她。她坐在一片浮葉之上，風兒驟起，水面漾起了層層波紋。海水幾乎打翻那片葉子，她害怕得站了起來，海水隨即打濕了她純白的襪子。

她想跑離這兒，卻發現所立之地是如此狹小，使得她無法找到半分前進或退後的餘地。

巫珈晞嚇得猛地醒來。坐在她肩膊上的蓍草精靈擔憂地看着她。

「小蓍，我剛才睡着了嗎？」她的心仍劇烈地跳着。

蓍草精靈點點頭，又關心地問：「妳做噩夢了？」

巫珈晞沒有回答，只是眉心緊鎖地望向前方。

然後，她站了起來，沿着湖邊蹓躂。

靛藍的天空，仍高掛着大大的滿月。

巫珈晞看着那大大的滿月。

湖面反映出月亮皎潔的光芒。

月光讓矗立在湖邊的群山變得輪廓清晰，泛起耀眼的光輝。

一股不知道是哪裏吹來的風拂過巫珈晞的臉頰。

葉木在風中微微地顫抖，沙沙作響。湖面興起陣陣漣漪，但它的倒影絲毫沒有搖晃。

她呆在原地，不發一言，神情恍惚地追隨一對憂鬱的目光。

如歌的風，在她耳畔迴迴蕩蕩。

如泣如訴。

一個女孩，一個靈魂在過去的幽暗深淵盤桓不前的女孩，在哭。

無言的淚，灑落深沉的孤寂。

巫珈晞深深感到悲痛。

她彷彿只要一伸手就能觸碰到那個一直寂寞地在這裏哭的女孩，觸碰到那個一直被困在這裏，不知所措的靈魂。

那哭聲如輓歌飄浮在空氣裏。

一股情感滲透巫珈晞的心。

是她寂寞的過去，凄凄涼涼地在這裏哭的過去！

同一顆心，同一個靈魂。

卻咫尺天涯。

（別哭，別哭！）

她覺得很寂寞。

不只是屬於她的寂寞。

她想安撫那女孩，卻無從入手。

無力感隨即壓迫得她喘不過氣來。

她雙手掩面，忍着不哭。

雜亂的情感，尤其是無法自主命運的無奈悲傷，混亂地流進心裏。

一切的經歷，變成了影像激流，在巫珈晞的心內打轉……

不久，那情感的漩渦，靜靜地沉入靈魂底部，只剩下痛苦。

緩緩放下手，巫珈晞抬起頭來。

儘管只有十四歲，但她琥珀色的眼眸已失去了明亮光采，表情已經有了深沉的歲月痕跡。

她悲哀地看着著草精靈：「天帝要捉拿我，魔王要利用我，無雙想幫助我，卻害苦了自己。就算我能駕馭強大的太初力量，也不懂得怎樣運用。我甚麼錯事都沒做過，也答應過古木女神，永不運用法力來害人。為甚麼大家仍然不肯放過我？」

蓍草精靈無言安慰。

「我不想要這些力量啊！我只想做一個普通人，和父母繼續過着幸福的生活。誰人可以把父母還給我？把我的人生歸還給我！」

蓍草精靈感受到巫珈晞深沉的痛苦。

「小蓍，妳也會很快離開我嗎？」巫珈晞難過地看着蓍草精靈。

「不會的，我會帶妳平安地離開魔域。」

「無雙也曾經答應會陪伴我到天涯海角。可是，我們失散了。說不定，妳和我又會突然分離。到時，又會只剩下我。」

「珈晞，我以常羲女神殿下之名發誓，即使天地到了盡頭，我也是妳最忠誠的盟友，我絕不拋下妳。即使分離了，我也會想辦法回來妳身邊。我相信無雙也會很快平安地尋找到我們。」

巫珈晞再次悽然一笑，說：「小蓍，謝謝妳！」

「珈晞，不要想太多。說不定，陛下現在已經改變了主意。陛下是很善變的。」

巫珈晞苦笑，說：「小蓍，妳說得對，我還是別想太多了。」她看着月亮，「妳知道我們在這裏停留了多長時間嗎？」

蓍草精靈看着天上的明月，說：「不知道，因為天上仍然月色明亮。這裏的時間好像停頓了。」

停頓了！

為甚麼不管如何向前奮進，卻總是停留在同一點上原地踏步？

看似前進，其實被困住了。

上天怎麼可以這樣殘忍？

巫珈晞不要這樣，她討厭這種狀態。

她不要被上天當做木偶來擺佈！

前進。

為了父母，她必須一步一步地踏前。

「小蓍，妳知道我的父母在哪兒嗎？」

蓍草精靈閉目冥想了一會兒，喃喃自語：「古堡……一個籠子……」她張開眼，「我看見了古堡和一個籠子。」

巫珈晞問：「古堡？是前面的古堡嗎？」

蓍草精靈定睛地看了看，說：「好像是……」

巫珈晞聽了，毫不猶豫地飛快跑過那個湖。腳下濺起冰涼的湖水，使她精神一振。

她筆直地朝那座古堡進發。

跑，拚命地跑。她一心只想着自己的目標。

可是，她突然停了下來。

古堡近在眼前，卻不能接近。因為它有一條護城河。

「小蓍，怎麼辦？」

「我們試着游泳過去吧。」

於是，巫珈晞踏着石頭，手腳並用地爬下護城河的岩石牆。

由於衣衫單薄，所以感到寒風刺骨。

好不容易下到水裏。

冰凍。巫珈晞全身顫抖，嘴唇發紫。

這時，蓍草精靈從巫珈晞的小皮袋裏探出頭來，看一看四周的環境，然後大叫：「嘩！怪物啊。珈晞，在妳身後！」

從護城河裏冒出了一頭妖獸，牠的頭浮出水面，朝巫珈晞游過來。

「珈晞，快游上對面的岩壁！」蓍草精靈全身發抖地說。

妖獸瞪着紅眼，加速向她們游過來。

對岸仍很遠，來不及逃了！

這時候，蓍草精靈迅速地從背包裏取出一件物件，交給巫珈晞。

巫珈晞接過後，它隨即變大成為一把發出陰寒藍光的彎刀。

蓍草精靈大喊：「用明月彎刀殺死牠！」

這把彎刀刀柄上的藍寶石像清澈蔚藍的天空，使人想起朗月的清輝，彎刀上的藍光卻使人感受到冰冷的死亡。刀柄孔上的繩子還有個扣，方便用刀者掛在腰帶上。

蓍草精靈說：「珈晞，勇敢地去殺死妖怪！」

巫珈晞點點頭，雙腳踩水，手持彎刀，轉身面向妖獸，決定跟牠戰鬥。

牠張牙舞爪地直游過來，人類的本能告訴巫珈晞：在遇到比自己強的生物時，一定要躲開，尤其當你知道自己有生命危險的時候。

但是，巫珈晞選擇不逃走了。

她深吸了一口氣，彷彿看到跟黃土練習劍術的情景，她聽到了他的聲音：「珈晞，和敵人對戰時，必須先評估對手的優勢和弱點，也要考慮對方的身高、體重和移動的速度，迅速地決定對策。記住，任何一秒都不能讓它白白流走，都應發揮戰略價值。」

巫珈晞馬上認真地找出這頭妖獸的破綻：牠很巨大，但不夠靈活。牠頭中央有一隻尖角，全身長滿堅硬的尖刺，皮膚很厚，似乎刀槍不入，但那對紅燈籠般的大眼睛，卻軟弱得太明顯了。

她實在沒有甚麼優勢，不過，身手敏捷和小個子也許會成為她的優點。

妖獸向她正面衝過來，她靈巧地避開，把彎刀掛在腰帶上，閃電般抓住尖刺爬上牠的身上。

牠厲聲吼叫，用力地搖擺身體時，巫珈晞已經爬到牠的頭頂上，雙手死命地攬住那尖角。

黃土的聲音再次響起：「人類最大的敵人是恐懼，只有恐懼能殺了妳。」

巫珈晞發紫的嘴唇重複低吟着：「只有恐懼能殺死我。」

妖獸更用力地擺動頭部，牠長鞭般的尾巴揮向天空，然後落在巫珈晞的身上。

「啊！」巫珈晞痛苦地慘叫。妖獸尾巴上的尖刺撕裂了巫珈晞的皮肉，她的面部和身體都傷痕累累，疼痛難耐。

可是，不能放手，不能放手！不能放手……

她咬緊牙關，揮動彎刀。

眼睛！

刀尖直插妖獸的紅眼。

牠立即發出一聲撕裂萬物的吼叫，瘋狂地搖擺巨大的頭，尾巴亂舞，摔掉力竭的巫珈晞，然後潛進水裏，游走了。

巫珈晞像石頭般沉入水裏，全身痛得幾乎動彈不得。

但是，她不要死在這裏啊！誰要永遠陪伴那頭噁心的妖獸呢！

於是，她用所剩無幾的體力竭力地向上游，向上游去。

（游，我要游，游上去！）

她的手腳都已經冷得開始僵硬，只憑着強大的精神力量支撐身體。

「請讓我活着去見父母！」她懇求，如果天地間還有甚麼正義力量，請垂聽她的祈求。

水裏忽然翻起一個漩渦，把巫珈晞捲到對岸的岩石上。她的腦海空白了一會兒，才清醒過來。

這時，古堡的吊橋突然放了下來，而且有一條繩梯從古堡門口垂落到岩石上。巫珈晞立即抓住繩梯爬上去。

到達門口時，蓍草精靈從皮袋裏探出頭來，爬上她的肩膊：「珈晞，妳還好嗎？」她用手抹去巫珈晞嘴角的血，可是巫珈晞的額角也不斷地流着血。

血流進了她的眼睛，所以她睜開的眼，看到了一片血紅。她喘着氣，說：「小蓍，不用擔心，只是皮外傷，我們快進去。」

「等一會兒！」蓍草精靈忙變出一些葉子，揉碎後，為巫珈晞止血。傷口不但止了血，也急速癒合。然後，她跟巫珈晞一起打開門走進古堡裏。

裏面是一個八角形的大廳，大廳中央是圓形的太極陰陽圖，八個角聳立着巨柱，巨柱指向無邊無際的黑暗星空，角與角之間各有一道門。

她們焦慮地看着那八道門。

蓍草精靈思考半晌，突然若有所悟，說：「珈晞……」

可是，巫珈晞已經隨便地推開了身旁那一扇門。

誰知，門一開，一隻九頭怪鳥就張牙舞爪地蹦出頭來，一爪把她們抓了進去。

「糟糕！這個是『八門金鎖陣』！我們入錯了門。」蓍草精靈激動地說。

「怎麼辦？」

眼看那九個巨頭都張開了大口，口水都滴了下來，幾乎滴中巫珈晞的頭。

這次，死定了！

在她們快被拋進巨鳥的口裏時，四周突然響起清脆的笛聲。

蓍草精靈在吹着玉笛。笛聲清脆，使人宛如置身山峰環抱的山谷之中，像看見那兒樹林蒼翠，遍地山花，枝頭啼鳥唱和不絕。

那頭可怕的九頭怪鳥聽着聽着，竟乖乖伏在地上睡着了。

她們就在笛聲中躡手躡腳地走出這道門，將它重新關上。

真是捏一把冷汗。

「珈晞，妳千萬不要再亂開門。這個是『八門金鎖陣』，有兩個『死』門，三個『傷』門，兩個『生』門，一個『變』門。我們剛才應該是進入了『傷』門，如果不幸入了『死』門，現在就已經一命嗚呼了！如果妳的母親還活着，她一定在其中一道『生』門內。」

巫珈晞看着另外那七道門，茫無頭緒：「我怎麼知道哪一道是『生』門呢？」

蓍草精靈收起玉笛，又從背包裏取出一個指南針：「位於東南和西南方向的兩道門，就是『生』門。」說罷，她就用指南針找出正確的方位，「找到了！就是這兩道門。」她指着對面那道門，以及另一道門。

她們一起走過去。

「媽媽會在哪一道門裏？」巫珈晞站在分岔路上，不知道如何選擇。

「不要緊，這兩道門裏都沒有怪物。即使進錯了，也沒有危險。」

她們走到對面那道藍色的門前，巫珈晞正想推開門，卻突然聽到另一道「生」門傳來一陣哭泣聲。

「誰在哭泣？」

巫珈晞仔細地聽一聽，說：「一個嬰兒在哭泣！」

「那麼，先救出妳的母親，再去救裏面的嬰兒。」

巫珈晞點點頭，然後一手推開那扇藍門。

（媽媽！妳一定要在裏面。）

她看見地上畫了一個圓形的魔法陣。

「這是魔域的黑魔法陣，名叫『困獸陣』！」蓍草精靈驚呼。

巫珈晞正一腳想踏進魔法陣邊沿的線條時，一條條鐵條突然如雨後春筍般冒出來，竟形成了一個巨大的鳥籠。

鳥籠裏隱若躺着一個人，一個穿着紅裙子，全身是傷的女人。她毫無氣息地躺在地上。

「媽媽！怎麼會這樣？」巫珈晞跑過去，手握鐵條放聲大哭。

龍若英微微動了動手指頭，雙眼艱難地睜開。

她的紅裙子是一片血海。

「晞兒！」龍若英以乾裂的唇喊出女兒的名字，她滿眶淚水，「晞兒，妳快……快回去人間，到希臘去！去找外婆……外婆會保護妳的……」即使有千般不捨，萬般不放心，龍若英知道自己已經有心無力，所以她要將女兒交託給母親，她已虧欠了太多的母親。

「我要和妳一起留在這兒！」巫珈晞淚眼朦朧，她伸手過去拖住母親的手。

「晞兒……媽媽不行了……」龍若英用盡全部力氣，想要拭去女兒臉上的淚水，可是手臂卻如鉛般沉重，好像還未碰到她，就情不得已地落了下來。

「媽媽，我不要這樣，妳快起來！我會想辦法打破這個鐵籠，我們找回爸爸，一起回家！」巫珈晞涕淚滿臉，任性地妄想一家團聚。

「晞兒，對不起，媽媽已經……站不起來了！」龍若英用盡僅餘的氣息，囑咐女兒，「妳快逃……千萬……千萬不要留在魔域……」

窗外傳來一聲憤怒的吼聲，空氣翻騰洶湧。龍若英頓覺四肢發僵，她雖然仍儀態優美，卻已完全失去了知覺。

「媽媽！媽媽、媽媽……」巫珈晞拉扯着母親的手，淚如雨下。

可是，龍若英沒有回應。

「媽媽……起來，我們要一起離開！」

龍若英空洞的眼反映出女兒的淚容。

「媽媽，不要這樣，起來……」

她忍不住放聲哀號：「媽媽！」

像滾滾江流一樣的眼淚，悲苦地流下來。

巫珈晞如兒時那樣撫弄母親的長髮。

牽着媽媽的頭髮。

牽着讓人牽掛的昨天。

她的耳邊驟然響起母親的叮嚀：「回去，回去！」

可是，如何回去呢？已經回不去了，回不去了！

滑進時光的隧道裏，巫珈晞感覺到母親雙手溫暖的觸感。

媽媽在為她梳辮子，朗誦着最愛的新詩：「我說，你是人間的四月天，笑響點亮了四面風；……百花的冠冕你戴着，你是天真……你是夜夜的月圓……你是一樹一樹的花開，是燕在樑間呢喃，你是愛，是暖，是希望，你是人間的四月天！」

「媽媽，妳愛我嗎？」

「愛，很愛！妳是愛，是暖，是希望，笑聲點亮了四面風。」

「媽媽，妳為甚麼這樣愛我？」

「晞兒，媽媽愛妳，不為甚麼，只為妳是我的女兒。」

「不為甚麼……只為我是妳的女兒。」巫珈晞重複着這句話，止不住的淚，滴落在龍若英的手上，混合了她的血，流到地上。

沉重的大石塊壓住了巫珈晞的心。

沉重，沉重……沉重得叫她再站不起來。

她就這樣癱坐在地上，拉着母親的手哭。

哭哭哭哭哭哭哭哭哭……

她從沒想過會失去母親。

她還沒有準備好說再見啊！

還沒有準備好說再見！

她還沒有說夠：「我愛您！」

還沒有說夠：「我愛您！」

走不動了。

她癱坐地上。

再也走不動了。

再也不要走。

也不知道應如何走下去。

（溫暖的昨天，回來，回來！媽媽，回來，回來！我要回去，我要回去。）

可是，蒼天在遠，豈會垂聽巫珈晞這卑微的祈求。

窗外，天空突然跑出一群長了翅膀的白駿馬。駿馬上坐着身材高大的騎士。

他們瀟灑地策馬向巫珈晞直衝過來。

「難道是魔王的部隊？珈晞，小心！」蓍草精靈大喊。

巫珈晞仍拉着母親的手，神智恍惚地哭着。

為首的那匹馬如同離弦之箭，破窗向她直衝過來。

這坐騎的目標是她！

馬兒背着月亮飛過來，馬上的騎士以一隻有力的手臂攔腰抱住她，將她一下子就拽到馬上去，然後右手握着韁繩，雙腳用力，讓馬兒快速地跑離這個城堡。

「放開我，放開我！我要留下來。」巫珈晞哭鬧地掙扎。

那人落寞地緊緊擁抱着她，深沉的眼眸流露出複雜的情緒，只一瞬間，他又收起了情緒。

一股煙霧忽然飄來，巫珈晞的意識也飄向渺渺的他方。

飛馬部隊離去後。

天上有了片刻的寧靜，震動的氣流悄悄地收起它的聲息，死般的沉默籠罩了整個古堡。

平常陰森的古堡，更顯得陰森可怖。

然後，陰森的房間裏突然出現了一個一閃而逝的白色人影。它頓時瀰漫着生的氣息。

龍若英的身體開始發生變化。她的傷口癒合了。

籠子的鐵條堅硬如昔。

她卻輕飄飄地飄上半空，在空中轉了幾個圈，就消散如七色微塵。

《前世今生》
寂寞星月夜

夜，無邊寂靜。

心，彷彿一盞幽深的巨燈，燃燒着銀河的星光。

他再次回想起他們在銀河重逢的那一天。

明天，他終於要和她舉行婚禮了——這期待了千萬年的婚禮。

可是此刻，他彷徨的心弦，卻奏着憂鬱的曲調。

他不明白，這顆心為甚麼默然頹喪。

它是否仍然在為了某些它永遠不想問，永遠不想懂，也永遠不想去記憶的事情而執着。

是否因為他的愛曾經被拒絕，被權力輾碎？

是否因為害怕這只是剎那的重逢？

他走着。

黑色長袍猶如夜色，寶劍金色劍柄上的寶石顯得更為耀眼。

影子垂下面紗，秘密地、溫馴地，跟在他的後面。

踏着愛的腳步，他快要到達她的香閨。

走廊的盡頭，銅門後，就是他期待已久的新娘。

像被撥動的琴弦，他竟心亂如初戀的少年。

他長長的金髮如飛流傾瀉而下，背後那對碩大的金翅膀早就為了她折落萬丈深淵，回天無期。

即使如此，他還是不能失去她。傾盡一切，他終於能夠和她長相廝守嗎？

他撥一撥耀眼的金髮，金色的瞳眸藏不住無比的思念。

他看着天上大大的月亮微微一笑。

因為他的晨星終於回來了，她正要牽着他的手，走過這不見底的黑暗。

他真想站在她面前，問她：「妳能看見我的疤痕，了解我受過的創傷嗎？」

誰能明白他靈魂的愁苦？

他纏着她不放，因為她是他活下去的唯一理由。她已經是他的夢，他的理想，他一生所有的追尋。

巫忘，巫忘！他沒有忘記她。她卻忘了他。

剎那間，回憶湧進了他的腦海，他的嘴邊勾起了一絲難以說明的苦笑。

當她還是個愛笑的小女孩時，當大家仍只叫她的乳名——鈴兒時，他們已經是好朋友了。

還記得，他們一起跑過層層疊疊的木樹林，跑過凹凸不平的卵石小路，去到那個長滿莫忘我的山谷。芳香的山谷裏流淌着清澈的泉水。泉面水平如鏡，它反射出悅目的潔白亮光，如聖域般光明無瑕。

她喜歡坐在百花編成的鞦韆上，在暖暖風裏飄來蕩去。

他們共飲了藍河流過三生石畔的甘水，說過結伴同遊一輩子。

多麼令人留戀的生活啊！他金色的眼眸閃動着太陽的光輝。

但是，漸漸地漸漸地，在林間、泉畔和月下再也找不到他們的身影。

巫忘溫柔的目光只追着黃土一個人轉。

她的心離他遠去了。

他不懂，真的不懂。

希羅輕輕嘆息。

他，曾經是天之驕子，現在卻變成了聖域的禁忌之名。

希羅父母為日族名將，在遠古三界大戰死於戰場，但他們的真正死因至今仍是個謎，有天神說他們其實是誤中了天神發射出來的殺神暗器，而非死於魔軍手下。當時，他的母親已經懷有身孕，臨死前，天帝取出這胎兒，用太初正氣的氣泡養着，戰後又放他到生命池的生命之蓮上。千萬年後，胎兒終於衝破氣泡而出。因為間接由太初正氣養成的，所以他英偉俊美，討人歡喜，仍膝下無兒的天帝天后更收了他為養子，視如己出，疼愛有加，栽培他成為出色的日族大將軍。

尊貴的他自視為血統純正的天神，為何巫忘要捨棄他而傾心黃土這個半神人？

那天，他忍不住跟她說：「妳和黃土不會開花結果的，因為妳的父親已經明明白白地說他反對妳們的婚事。為了孕育出更強的後裔，妳必須和天神結婚。我是日族的首領，我們才是所有人眼中的一對璧人。」

巫忘憤怒地說：「我有選擇自己人生的自由，誰都休想管我。我不是為了生育後代而活着的。

我有自己的思想和感情。」

「巫即一直想越權奪取巫王之位，為了保住妳父親的權位，妳的自由，妳的思想，甚至妳的愛情，都不值一提。」他狠心地刺破了她的夢。

「我才不管父親的想法！我不要再聽你說話，你走！離我遠遠的！不要讓我再見到你。」巫忘任性地伸手指向遠方，叫他走得遠遠的。

他難過地拉着巫忘的手：「不要這樣對待我！」

巫忘摔開他的手，殘忍地說：「你說我必須為了家族而嫁給你。你錯了！即使為了家族，我也不會嫁給你。」

「為甚麼？」

「因為我會選擇嫁給天地間最強的天神。」

「天地間最強的天神？」

「沒錯。他必須是統治天、人、魔三界的統治者。如果天地間有這樣的一位天神，我甘願為了家族犧牲個人的意志。」

「鈴兒，請妳記住今天說過的話。」他堅定地看着她，認真得使人心寒，「我一定會成為統治三界之王，讓妳戴上天后閃亮的皇冠。」然後他轉身離去。

巫忘聽了，一時啞口無言，她不明白為何他這麼認真，她以為自己剛才不過就像往常般向他發脾氣。她心慌了，忙追着他，拉着他翅膀下端的羽毛，說：「我不是認真的，你不要亂來！」

他回頭看着她，拉着她的手，感激她的關心。最後一次，他以日族大將軍的尊貴身分，和她站在暖和的日光下，一起擁有了那永遠屬於他倆的時刻。

然後，黑暗和失敗，圍繞着他的生命，有如深不可測的大海，澆熄了他的希望。

「主人，進去吧！屬下已把瑤草的汁液滴在她的眼皮上，她會愛上醒來後第一個看見的人。」站在門口的女丑恭敬地說。

（真的嗎？這瑤姬種植的仙草，真能達成我的心願嗎？）

他戰戰兢兢地站着。

房間內，燈火通明。

垂簾輕紗，色彩豔麗，襯托白花簇簇。

屏風前高掛着繡着金龍的紫色嫁衣。

一個雪膚緋紅的女孩躺在一張金色的床上。

褐色卷髮上點綴了夏天芬芳的蓓蕾花環。

裝飾床邊的悲嘆之花白如雪，芳香馥郁。

縷縷思緒飄過她的腦際。

彷彿空中飛過的雁陣，她只聽見牠們的拍翼聲。待好像要看見牠們時，牠們隨即隱藏在遠山裏。

她是空空的水瓶。

除了名字，她遺忘了、遺忘了、遺忘了一切！

她的心因恐懼而戰慄。

「我叫做巫忘，我叫做巫忘，我叫做巫忘……」重複着重複着，巫珈晞只記得這句話。

她想逃走，可是走不了。

她累得閉上眼睛，就看見片片悅目的朦朧紫和粉紅色的薄膜在飄來飄去。她伸手想觸摸它們。

它們卻飄浮不定。她頭上的天空是有着火燄之眼的夜空，那些眼睛漸漸融入強烈的繽紛色澤之中，然後不斷地移動、流轉，像一幅濃烈、色彩亮麗的馬賽克作品。

她害怕得睜開了雙眼，就看見很多白色光點，光點越來越多，多如銀河內看不見的數百萬顆星星，在她眼前匯成一條閃亮亮的河流，向她衝來。她嚇得大叫起來，那河流隨即消失無蹤。

她顫抖地下床，伸手往前探索四周，可是一下子就被一張椅子絆倒了。

因為頭暈得厲害，所以她小心翼翼地扶着椅子站了起來，然後坐在椅子上。

待那些幻象稍稍穩定下來，她開始看見紫紅色輕紗和不斷地低頭嘆息的白花。

房間的大銅門突然開了，她模糊地看見一個金髮金羽翅的高大男子走了進來。

巫珈晞力不從心地從椅子掙扎站起來。

「鈴兒！」

他以一把溫柔的聲音呼喚出這個名字。儘管溫柔，卻充滿了威嚴。

她驚慌地看着這個金色瞳孔的俊美男子。

分明是陌生人，為甚麼似曾相識呢？而且她對他心生愛慕，竟想親近他。

她看着他。

他沉默地站着。黑色的衣袍略減金色翅膀的華麗。

「鈴兒是誰？你又是誰？我曾經認識你嗎？可以送我回家嗎？」

這話彷彿打在黃葉身上的雨點兒，打碎了它的夢。

輕輕地輕輕地，黃葉嘆息一聲。

墜落了一地相思。

「鈴兒是妳的乳名。我是希羅，妳的未婚夫。我們明天就會舉行婚禮。」他伸手拉着她的手。

她羞怯地說：「未婚夫？可是，我甚麼都想不起來。我……」她急得想哭了。

「不要害怕。這是因為妳中了我仇人的陷阱。他給妳施了魔法，使妳產生幻覺。」

「幻覺？對啊，我剛才看見很多幻像，現在仍然只記得我的名字。」

「妳很快會回復記憶。」他輕撫她的頭髮，「我的魔法師會儘快重組妳的記憶，可是妳暫時仍然不能夠有條理地思考。」

「儘快？」巫珈晞失望地低頭。

「妳不必勉強自己去回想過去，只要記住我的話就可以了。妳叫做巫忘，乳名鈴兒，我們青梅竹馬，我是妳一生最愛的人。」他輕撫她玫瑰色的雙頰，然後從黑袍中取出一把藏在精美皮套裏的細小匕首。他凝視着她琥珀色的雙眸，「妳要時刻把它帶在身上，我不在妳身邊時，就讓它來保護妳！」

她看着他，握着匕首的柄子，無意識地重複：「要時刻帶在身上……」

他聽了，滿意地笑了，把匕首手柄上的繩子繫在她金色的腰帶上。

遠去的夏日之聲，仍在秋之四野飄蕩，尋覓它的舊巢。她卻已經是秋天無根的浮萍，只能夠隨水而去。

可是這幽深的水會否轉眼就化為萬頃波濤，把她吞沒呢？

在這婚禮的前夜，氣氛竟是這麼驚恐和詭異。

半點歡樂也沒有。

這時，一個老者靈巧地捧着一個金色盤子走進來，盤子上有個盛滿烤餅的綠色琉璃碟，碟旁有個紅色琉璃瓶和兩個小杯子。

希羅扶巫珈晞坐下來，才坐在另一張金色椅子上。

他拿起一塊烤餅給巫珈晞，說：「這是『千層雪』，用巧克力、餅乾和糖霜烤成。」

巫珈晞看一看手上的雪人烤餅。雪人頭戴褐色帽子，全身雪白，有一對微笑的眼睛。可是，看得仔細些，就會發現它有點兒烤焦了，而且每一塊烤餅都有些缺角。

希羅柔情地笑了：「妳從前最愛烤這個給我吃，可是時間總是掌握得不好，不是烤焦了，就是不夠火喉。妳把它們從烤盤拿上碟子時，又會不小心地弄得它們東缺一角，西缺一角的。」

巫珈晞不好意思地吃了一口，好像自己真的烤壞過這些餅似的。

希羅又拿起那個琉璃瓶，斟了一杯色澤很淡的茶，遞給巫珈晞，說：「這是用『女兒香』的葉子泡出來的清茶。」

「『女兒香』？」

「是妳種在家後園的茶樹。妳用藍河的甘水澆灌它們。」

巫珈晞接了過來，喝了一口，它沒有味道，但是令人沉醉在朝露一樣的青春裏，如看見一朵初春的紫羅蘭，馥郁、芬芳又充滿喜悅。

這時，一個高大的紅髮男子走過來，向希羅行了下臣之禮，然後說：「大王，一個聖域探子剛回來，他有重要事情要稟報。」

希羅點頭示意紅髮男子先退下。他就恭敬地離開房間。女丑也隨他出去了。

希羅拉着巫珈晞的手，說：「我有重要事情要辦，很快會回來。妳聽話，不要亂跑。記住要一直留在這個房間裏。」

她順服地點頭，猶如一個聽話的小女孩。

希羅幸福地笑了。

彷彿好不容易歷盡甘苦來到一片金色青草地上的浪遊人，他感到多年追求的夢，已經近在眼前，一伸手就可以掌握。

然後，他安心地離開了房間。

他所不知道的是——他所追求的，其實早已遺失在老遠老遠的那個長滿莫忘我的山谷，消失在漫漫長夜、一望無際的銀河裏。

他走後，房間回復寂靜。

不長久的寂靜。

床邊紫紅色的幃幕突然飄起，彷彿有幽靈在向巫珈晞招手。

她害怕地轉身看着它。手環上的金鈴兒嚶嚀作響。她拖着金黃色紗裙，搖搖晃晃地走向它。

一手揭開它，竟看見一個戰場。

千軍萬馬向她奔馳過來，穿透了她的身軀。

吹來的風夾帶着戰爭的氣味，直衝進她的鼻腔。

她仰望天空。天空很遠，太陽很遠，落日吻着晚霞，血紅的天色教人懼怕。地上瀰漫着憎恨和殺戮的氣氛，光明正走向黑暗，生命都盲目地走向死亡。許多許多受傷的人躺了在地上，也有許多受傷的人在到處走動。戰爭看來已經結束了。一切都散亂得可憐。沉靜的黃昏在空中飄蕩。

一個背影好熟悉的長髮女孩站在這人群之中，顯得格格不入。一陣大風無端吹過，揚起她淺紫色的長裙子。她披散的長髮隨風飛揚。突然，一個穿戴金色盔甲的人無聲地走到她身後，一劍刺進她的喉嚨，又迅速地拔了出來，不屑一顧地走開了。

女孩「啊」的一聲慘呼，驚訝地轉過身來，只看見兩把寶劍在夕陽餘暉下閃爍着詭異的光芒。

兩個持劍者在激烈地打鬥着。

那女孩雙手按住脖子，無助地倒了在地上。

一個高大男子狂奔過來，抱住她說：「鈴兒……妹妹！」

（鈴兒？她也叫鈴兒？）

巫珈晞不知所措地看着那個垂死的女孩，她在那男子的懷抱裏，痛苦地呻吟着，奄奄一息地呼喚：「哥哥……哥哥……」

（哥哥？）

巫珈晞看着那個黑髮及肩、穿戴着銀色盔甲的男子。

她琥珀色的雙眸剛好對上了他琥珀色的眸子。它們竟是如此地熟悉，如此地相似。巫珈晞無端地流下了眼淚，可是他並看不見她。

他只是溫柔地抹去幾滴濺在妹妹雪腮上的鮮血，說：「鈴兒、妹妹，我在這裏！」

「哥哥……」

夕陽斜照，映在她臉上，只見她目光散亂無神，一對眸子已不再澄澈明亮，臉上全是哀傷的神色。

那男子臉如死灰，似乎整個世界忽然間都要死了，他顫抖地抱起妹妹的身子，聲音哽咽地說：「妹妹……妹妹……你別睡着！我抱妳回家去，我抱妳回家去！媽媽一定有救妳的方法。」他抱着妹妹，胡亂地邁出了腳步，「妹妹，妳別怕，別怕！我抱妳去見媽媽。我抱妳回家去！」

「媽媽……」她的聲音越來越低，漸漸鬆開了握着哥哥的手，終於手掌一張，慢慢閉上了眼睛，聲音止歇，也停住了呼吸。

生命沉落了，沉落到像山谷，像壑溝一樣的夜裏去了。

一片黑暗。

連巫珈晞也迷失在黑暗中。

她慌忙地伸出雙手，想刺破這覆蓋着一切的黑幕。

可是，她的四周甚麼也沒有。甚麼也沒有。

然後，她聽見了呼吸聲。

它濃重而急促，聽起來絕對不可能是人類的呼吸聲。它從四方八面朝她而來，讓她非常恐懼。

是一頭不知名，不屬於人界的動物。牠正站在某個黑暗的角落，監視着她。

她深吸一口氣，大聲說：「誰？」

沒有回應。繃緊的神經讓她越來越焦慮。雖然看不見，但是她可以聽見那頭怪物正在發出喘息聲。

數秒後，牠發出尖銳的嚎叫聲，比野狼的咆哮聲更駭人的嚎叫聲。

頃刻間，她聽到碎裂的聲音。這頭動物顯然並不輕盈優雅，牠運用驚人的力量和體力，粗暴地踩凹了一張鋼桌子。

雖然看不見，巫珈晞聞到一股混雜着野獸毛皮和汗水的強烈氣味。

她本能地緊握匕首的銅柄，做出作戰的姿勢。

「哮天犬，過來！」燈火下突然出現了一個人。一個額頭上多了一隻眼睛的男人。

他西裝筆挺，卻散發出身經百戰的壯年戰士氣魄。他面目冷漠地看着她。

那頭動物則現出巨大的真身，乖巧地跑到那個男人身旁。

與她的想像完全不同，這頭怪物是一頭大犬，牠全身有着潔白的毛皮，一雙紅色的眼珠，就像耀眼的玻璃般。

那個男人撫摸過牠光滑閃亮的毛皮後，牠就坐了下來，連尾巴也不搖一下。

「你是誰？」巫珈晞扮作鎮定地看着他。

「巫女大人，我是楊戩。謹代天帝陛下邀閣下到聖域一聚。」二郎神楊戩有禮貌地說。

她聽了，想：天帝？他找我幹甚麼？

她看着楊戩，良久不動。

楊戩也沒有任何動作，只是冷淡地看着巫珈晞。他在感應巫珈晞的情緒，感應她的本事。在了解敵人的能耐前，他並不想胡亂下手。他對巫珈晞這種能夠接觸太初力量的人有很大的戒心，尤其在經歷過上次的三界大戰後。

巫珈晞終於開口說話：「我的未婚夫快回來了，我勸你儘快離去。」

她模模糊糊地踏步向前走，頭仍然暈得厲害，思考能力也沒有回復多少。

楊戩雙臂交叉胸前，不懷好意地冷笑着說：「未婚夫？哼！他竟然這樣說。看來他不但催眠了妳，更給妳服食了大量龍舌蘭。」

「龍舌蘭？」

「一種強力迷幻藥。會令人產生幻覺和思緒混亂。」

「所以我才會看見那麼多幻覺！」

「妳看見的，也不全是幻覺。」

「不全是幻覺？」

「有些是妳前生的記憶。」

「前生的記憶？」

「因為時空錯亂了，所以妳前生的記憶正亂七八糟地回復。」

這時，門外傳來一名老婦人的聲音：「主人……」

「糟糕，他回來了！」

他輕輕一拉巫珈晞的右手手肘，把她拉得飄了起來，然後順勢將她拋在哮天犬背上。他再唸了一句咒語，一條綑仙索就緊緊地綁着仰天躺着的巫珈晞。

然後，他低聲對巫珈晞說：「巫女大人，請不要亂動，而且要集中精神，因為聖域太遙遠，所以我們要利用光線做極速時空移動，即使下了護身咒，這對於凡人而言仍然有危險。」

巫珈晞隨即感到一陣巨大的衝擊，全身像被吹散了的蒲公英般四分五裂，很快就不省人事。

房間暗角裏的蓍草精靈害怕地走出來。

她從炎魔那兒逃出來後，本來想來幫助巫珈晞，想不到楊戩比她早到了。

（我一定要儘快通知殿下！珈晞，妳等我。）

於是，她從袋子裏拿出一個常羲女神給的法寶——尋月之索。

她輕輕拋出那串魚絲似的東西，它立即圍出一彎月亮的形狀。

蓍草精靈跑進月亮裏，就消失了。

《前世今生》錯裏錯

無人島總部的後園裏，風中飄動着菊花和桂花的香氣。

菊花叢邊的六角小亭裏，衣白如雪的江離倚着紅色欄杆，看着月色凝凝地出神。

風在輕輕地吹，照射在江離臉上的月光如同一層薄薄的冰霜，凍結了他的笑容。它已經失去了平日的溫和平靜。

為何不管如何努力，還是不能令雲中月對他另眼相看？

他不懂她的心。

倒了一杯雲中月去年釀的菊花酒，吟着李白的詩：

「花間一壺酒，獨酌無相親。舉杯邀明月，對影成三人。……對影成三人……」

他喝了一滿杯。

唉，酒入愁腸愁更愁。

欲上青天攬明月，可惜明月在天，高不可攀。

可是，他不再等待了，不再被動地等待了。

他看着天上的明月，淡淡地笑了。

人聲寂寂。

不遠處，牛宿所處的屋子雖不算窄小，卻有點兒陰暗。傢具上的積塵未除，牆角上結着蛛網。屋子內只有一牀、一桌、一椅子，所以更顯得四壁蕭然。桌子上的孤燈，燈光昏黃黯淡，孤燈旁有一個白瓷茶壺和一隻白瓷杯子。

窗外秋風蕭索，只有月光，因為江離停止了這個島的電力供應，囚禁所有巫師殺手於團隊宿舍裏。

牛宿一身黑衣，躺臥在又冷又硬的木板床上，雖然早已覺得很疲倦，卻輾轉反側，無法成眠。

他為了救被古刀所傷的巫言，和雲中月一起被江離捕捉、囚禁住了。

明天，江離更要在眾人面前殺死他。

他並不怕死。只是有點兒寂寞。

雖然在他這半生中，寂寞本就是他唯一的伴侶，但是……

風從窗外吹進來，打得殘破的窗戶響如落葉。在等待死亡的長夜，他感受到一種比寂寞更可怕的淒涼。

假如現在能有個親人，有個朋友陪着他，感覺也許會好些。怎奈他不像柳宿般勇於傾瀉感情去交朋友，去建立一個家。

他從不願接受別人的友情，也從不敢將感情付給別人。可是，這一刻，他真希望自己有一個朋友，他竟想起了柳宿。

他又想了很多事，想起了每日晨昏，從無間斷的苦練，也想起了碧海青天，黃金般燦爛的陽光，羽翼般輕盈的浮雲……

突然，他聽到窗外有風聲掠過。

那絕不是自然的風聲。

他本能地握住拳頭。

「是我！」窗外傳來一把神秘的女聲，聲音雖輕，卻字字清楚。

牛宿握拳的手緩緩放鬆，他已聽出了這個人的聲音：「心宿？」

一個黑影風般從窗口躍進來。

牛宿下了床，一臉愁容地看着那個戴着眼罩的黑衣人，但是他最關心的並不是自己：「主席大人安全了嗎？妳怎麼能闖進大長老所佈的天羅地網裏？」

心宿說：「主席大人已經安全地會合了蓬萊仙島的神仙。我先來救你，他隨後就和其他殺手趕來。」她從腰間取出一副眼罩，「戴上它。花園外佈滿了交錯的紅外線，只要碰到其中一條，我倆都會立即萬箭穿心。戴上這個眼罩，可以清楚地看到紅外線的位置。」

牛宿接過眼罩，戴上它，就和心宿一起躍出窗外。

牛宿透過眼罩，看見庭園內密密麻麻地交錯着的紅外線，不禁不安地深呼吸了一下。

要一步不差地離開，簡直像登天般難。

他像看着世外高人般地看着心宿：「妳是如何越過這些紅外線進來的？這簡直是不可能。」

心宿得意一笑，指一指自己的腦袋，說：「用這兒去思考，才能想出好辦法。世界變了，腦筋比蠻力重要。」

牛宿大方一笑：「我一向很尊重腦筋好的人。」

心宿自信地說：「所有紅外線都是橫線，因為那些圍住庭園發射出紅外線的儀器，只能夠發射橫線。」她指一指半空，「三千米以上的地方，完全沒有紅外線。我估計安裝儀器的人認為這個高度已經足夠困住所有人，所以在三千米以上的天空，不但沒有紅外線，也沒有別的機關。」

牛宿會意地點頭：「所以妳運輕功直衝三千米上的天空，在上空跨越這個庭園，再在這兒降落。妳避過了紅外線，而不是穿過它。」

心宿笑着說：「完全正確。」她的小隊專精輕功。

牛宿謹慎地想了一會兒，說：「想不到妳的輕功和內力已經進展到這個地步。我要認真地評估一下自己的能力。萬一在中途用盡內力，摔進紅外線裏就糟了。」他的小隊專精拳腳功夫。

心宿收起笑容，說：「我也是放膽一試而已。反正我們早就視死如歸。」

牛宿深深地嘆息一聲，說：「視死如歸。對，我們都要視死如歸。心宿……」

心宿奇怪地望向牛宿：「嗯？」她從沒見過這麼婆婆媽媽的牛宿。

生命中第一次，牛宿的眼中充滿了情感。

心宿會心微笑：「我們都是孤兒，一起長大，一起接受艱苦的訓練。從小，你就對我照顧有加，我很感激你。今次，我願意冒死來救你，因為你是我的好兄弟。」

牛宿感動得簡直要哭了，雖然一個高壯的大男人這樣哭起來真是有點兒難看。

心宿拍一拍牛宿的肩膊：「兄弟，我們走吧！」

牛宿含蓄一笑地點點頭。

人活下去總要有個原因。

巫師殺手雖然都是孤兒，但是他們對巫言的忠誠，對團隊內每一個人的關懷，又何嘗不是令人留戀的感情呢？

心宿和牛宿正準備運內力沿着牆壁騰空而上時，園中的梧桐樹，忽然「沙喇喇、沙喇喇」的響個不停，它和着陣陣如泣如訴的彈撥琵琶聲，傳到他們耳中。

是雲中月。她正在另一個庭園裏彈奏着《昭君怨》。每個聲音都悅耳動心，抑揚頓挫得恰到好處。

不懂音律者也聽得出她的樂音雖氣度豁達，卻無限感慨。

心宿說：「原來八長老被囚禁在附近的庭園內，我們不如先去會合她，再作打算。」

牛宿說：「好。」他仔細一聽，然後指向北方，「這邊。」

心宿說：「我們先直衝天空，然後向那邊去。」

這時，曲音一轉，聲音陡變，似有殺戮之意，竟是《十面埋伏》。

牛宿和心宿正在猜度原因時，一股陰寒的殺氣向園中襲來，他們忙躍回屋內，暫時按兵不動。

風吹柳擺，窗外忽然傳來一陣奇異的花香，他們從屋內窺視，就看見六個烏髮垂肩、白衣如雪的少女，一個拿着寶劍，兩個提着燈，三個提着滿籃紫羅蘭，如散花仙女般從天上「飛」過。

一個金髮、白襯衣的男人，隨白衣少女運輕功行雲流水般地「走」過。他走在天上竟如走在平地般優雅。

他們「走」過了牛宿的庭園，「走」過了九曲迴廊，「走」過了薔薇架，越過了牡丹亭，到了囚禁雲中月的芍藥院。

他緩緩地降落，踩着滿地的芍藥前進。

庭園裏，到處種滿了許多異草：杜若、蘅蕪、金葛、青芷……有的垂簷繞柱，有的縈砌石階，有的爬滿石岩，味香氣馥，非凡花可比。

水聲潺潺，泉水出於岩石，聚水成池。池水清溜，池面落花浮蕩，隨水曲折縈紆地流出花園，獲得自由。

走到一所雅舍前。

白衣女子站在門外。江離則走進屋裏，他走得很慢，就像是君王走入了他的宮殿。

屋內燭光閃動，雲中月背着他專心地彈撥着琵琶。

江離安靜地聽着。

《十面埋伏》曲終。

雲中月隨即彈奏悲壯的《霸王卸甲》，分明是想勸告江離及早放棄計劃，向巫言歸降。

江離的瞳眸閃出寒光，白玉般晶瑩澤潤的臉上浮現了一絲不悅。

曲終。

雲中月放下琵琶。

屋內和平而寧靜。

突然間，江離看見劍光一閃，燭光隨即熄滅，他整個人已在劍氣籠罩下。來不及思考，一對短劍已向江離刺了過去，他身子凌空一躍，燕子般掠上了屋頂。劍光仍像驚鴻閃電般追擊着他，但是江離沒有還手，只是不停地左閃右避。

直至被雲中月逼得無路可退，江離才使出「千斤墜」的功夫，落到地上。

夜色中，雲中月兩顆寒星般的眼睛一直窮追不捨。

她將江離逼得退回屋內後，右手的短劍即凌厲地刺向他的胸膛。這一劍算準了力量、速度、目標，根本不容江離有閃避的時間和位置。

就在千鈞一髮之際，江離突然伸出左手，輕輕一撥，竟如撥開一條樹枝般撥開了雲中月的致命一擊。

雲中月想不到這一劍竟會刺空，更想不到江離的內力已經到了如此高深的地步。

更在此時，她眼前青光閃動，江離的長劍已刺到臉前，原來剛才一個白衣女子已把寶劍拋給江離。

雲中月左手短劍一擋，右手的劍跟着遞出。江離微微一笑，長劍圈轉，「啪」的一聲，擊在她右手短劍上。雲中月隨即右臂酸麻，虎口劇痛，右手短劍登時脫手。江離長劍斜晃反挑，「啪」的一聲響，雲中月左手的短劍又被震脫，飛出數丈之外，江離的長劍已同時指在她的咽喉。

江離優雅地笑着說：「月兒，妳又輸了。」

雲中月憤怒地大叫一聲，向前縱躍，往長劍撞去。江離慌忙地快速縮回長劍，往地上一拋，另一隻手已拖住雲中月的手，免她跌倒。他臉色大變地說：「月兒，妳幹甚麼？」

雲中月摔開江離的手，不發一言，只是怒目瞪着他。

一名白衣女子進入屋內，點燃了燭臺上的蠟燭。

四周又再次有了搖擺不定的微弱燭光。

江離背向着雲中月，柔聲說：「月兒，只要妳肯歸降，我保證妳會很安全。」

看着江離的背影，雲中月冷冷地說：「我一生只效忠主席大人。」

江離目中忽然露出詭異的殺氣，說：「現在，我就是主席。」

雲中月輕嘆一聲，說：「以暗殺奪取王者之位的人，自古稱為亂臣賊子，會有報應的。大長老，回頭是岸！」

無邊的夜色籠罩了大地。

江離瞳眸裏的意氣風發像也消失在夜色裏。

燭臺上燭影晃動，流下了熱蠟，似是情人的眼淚。

江離沉默一會兒後，說：「月兒，難道妳一直都沒有明白我對妳的情意嗎？」

雲中月淡淡地看着他，沒有說甚麼。

江離左手輕輕一擺，身後那名白衣女子即取出一個金樽，放在桌上。江離嘆了口氣，說：「金樽內是專門毒殺半神人的毒藥。如果妳不歸降，就喝下它。我不忍看妳落入魔王手上後，受盡折磨。他為了殺害巫言，肯定會殘酷地利用妳，到時妳會生不如死。」他微微地顫抖着，眼眸裏彌留着一線即將游離的希望，「月兒，加入我的陣營……現在為時未晚！」

雲中月沒有回應，只是垂頭坐回椅子上，抱起桌上的琵琶彈撥起來。

疏星無光，一彎明月正掛在遠遠的樹梢上。

風中帶着花香，夜色神秘而美麗。

雲中月卻唱着哀歌。

江離的心底好像有甚麼東西碎裂了，痛得令他沒有勇氣再留下來，所以他頭也不回地遠離那紅燭光和滿室花香。

夜色更暗，月色照着這看不見人的陰森庭園。大樹的枝葉在風中月下搖曳，看來就像是一個個無主孤魂。

那撲面而來的秋風，並不冷，卻令江離忍不住打了個寒噤。陣陣隨風飄渺的歌聲，帶着淡淡的憂鬱，美得令人心碎。

這闕悲歌，雲中月究竟是唱給誰聽的？

歌詞既淒涼，也美麗動人，是敍說一位高雅的少女，在垂死前向她所愛的人訴說無奈和難捨之情。

曲終。她放下琵琶。站在窗前，看着天上的秋月。

她愛慕巫言。

她不願意成為人質，不願意成為巫言的負擔。

她是八長老，是高傲的雲中月，她要決定自己的人生。

她開始笑，甜笑着旋舞，彷彿在跳給某個人看。突然，她從桌上取了那個小小的金樽，旋轉地跳着舞喝下樽裏的毒藥。

這是生命的苦酒。

她不能成為巫言的紅顏知己，卻有權為他而死。

任性嗎？任性。

因為她是天上皎潔的月亮。

她選擇傾瀉月光，普照大地。

她選擇犧牲自己，以活在所愛之人的心裏。

永遠、永遠……巫言必會永遠念記着她。

她又笑了，笑得更甜，笑得更美。

江離再回到那飄着甜香，晃着紅燭的屋子時，雲中月已經倒了下去，烏黑的頭髮散落地上，宛如花開。點綴在她頭髮上的珍珠，彷彿滿天星光，伴着明月。

地上美麗的金樽在月光下發着光。她的臉上仍留着梅花般美的甜笑。

江離跪下來，難過地擁她入懷。

他悲傷，因為雲中月始終選擇了喝下金樽裏的藥。她寧願為巫言而死，也不願留在自己身邊。

他溫柔地撫摸雲中月潔白的臉頰。

他多麼渴望雲中月不是為巫言才喝下它……

不過，這已經不重要了。他淡淡地笑了，因為雲中月喝下的，並不是毒藥，而是混入了強力安眠藥的忘情水。

江離要把雲中月藏進自己的秘密花園裏，他要雲中月再睜開眼睛時忘掉巫言，全心全意地跟自己重新開始。

江離抱起她，以時空轉移力量，帶她離開了這個庭園，去到聖域一個只屬於他的秘密花園。

陣陣冷香傳來。

只見四周一片清淨無瑕，暖暖日光灑在琉璃地上。由七色寶石鋪砌的水池裏養着通體白色的水族生物，正悠閒地在金色永生花的根葉間穿插暢游，他前方那座七色水晶宮殿慵慵慵地反射出柔和的光芒。

看着這美好的景物，江離柔情地笑了，他對懷抱裏的雲中月說：「月兒，這是我為妳預備的居所，是我們將來結婚後的家。妳喜歡嗎？」

雲中月沒有回答。

她仍在睡。

也許，真正的雲中月已經沒有選擇地要永遠睡下去了。

江離看着這美好的宮殿，不知道為甚麼突然感到它的柱樑拱橋，門窗堂閣都耀眼得很寂寞。

他將雲中月交給一名侍女後，就回去無人島。

島上有一群人間領袖等着他去洗腦。這是令魔王不戰而能夠統治人間的好方法。

一踏上無人島，氣氛卻驟然不同。

他站着，感應那股力量。

無人島的風依然呼呼地吹個不停。

冷清清的樹，冷清清的院子，晚風更冷得可以令人血液凝結。

風吹過來的時候，赫然有一陣笑聲隨風傳了過來。

縹縹緲緲的笑聲，聽來彷彿很近，又彷彿很遠。

江離跟隨笑聲追了過去，侍候他的六個白衣侍女也跟隨了去。

無邊的夜色中，突然亮起一盞閃爍如鬼火的孤燈。

燈下有個白衣如雪的人影，正背負着雙手，靜靜地站着。

懸在一根枯枝上的孤燈，忽然隨風搖晃。

那白衣人卻一動也不動，也沒有回頭，好像已知道來的一定是江離。

風吹起了白衣人及肩的黑髮。他轉身看着江離，琥珀色的雙眼冰冷如霜。及肩的黑髮瀟灑地披散肩上，即使默不作聲，旁人都看得出他胸懷智慧，手握權柄，絕對是最出類拔萃的頂尖人物。

江離仍斯文親切，彬彬有禮地站着。這時候，他竟還能看着巫言微笑。

巫言卻笑不出來了。

江離微笑着問：「主席大人，我們好像已有一些時間沒見了。好懷念一起弈棋的日子。」

巫言說：「我也好懷念那段日子。」

江離仍微笑地說：「那麼主席大人是來找我下棋嗎？」

巫言說：「不是。我來告訴你：回頭是岸。」

江離說：「我偏偏喜歡在海上漂浮。」

巫言大喝：「覺悟吧！你今晚就要葬身大海。」

「要覺悟的是你！我的占卜術舉世無雙。」江離的瞳眸內充滿了不屑，「我倆從小一起長大，一起學習，能力同樣優秀。如果你不是巫咸之子，那麼我應該才是主席。」

巫言突然說：「我們何不像小時候，痛痛快快地比武，勝了的就是主席，如何？」從小，十巫後人不是比試法力，就是比武，但每次只可選擇比試其一。其實，各人的法力跟武功通常是在同一個層次上的，所以贏其一，就會贏其二，比法力，還是比武功，結果都是一樣。但是，他們喜歡比武，因為好玩。

對於這突如其來的提議，江離愕然地說：「好。」

兩名白衣侍女隨即各拋出一把長劍給他們。

巫言手執長劍，端立着，江離已繞着他快速無倫地旋轉，手中長劍疾刺，每繞一個圈子，便刺出十餘劍。不過，巫言氣度閒雅，江離每一劍刺到，他總是用劍隨手一格，就將他格開。

江離轉到他身後，他並不跟着轉身，只揮劍護住後心。江離的劍越來越快，巫言卻只守不攻。只見江離越轉越快，似乎化作一圈青影，繞着巫言轉動。他們雙劍發出快速的相交聲，因為實在太快，上一聲和下一聲已連成一片，再不是叮叮噹噹，而是化成了連綿的長聲。

一輪對招後，江離的速度已慢了下來，巫言仍揮灑自如。江離心下焦躁，將內力運到了劍上，呼的一劍，當頭直劈。巫言斜身閃開。江離圈轉長劍，攔腰橫削，巫言縱身從劍上躍過。江離長劍反撩，疾刺他後心，這一劍變招快極，巫言身在半空，隱隱感到後心來劍，既已無處借勢再向上躍，回劍擋架也已不及，只得長劍挺出，拍在身前數尺外的木樹之上，這一借力，身子便已躍到了木樹之後。

只聽到噗的一聲響，江離的長劍刺入樹幹，劍刃柔韌，但他注入了內勁，所以長劍竟穿樹幹而過，只差數寸，劍尖就刺到巫言的身體。江離快速右手一提，從樹幹中拔出長劍，繞到樹幹後，挺劍向巫言刺去。巫言閃身避過。大家又再一場惡鬥。

其實巫言並不想傷害江離，他希望江離浪子回頭，所以一直只在閃避，但江離招招狠毒，都想置他於死地。

突然，江離長劍一橫，向巫言口邊掠過，跟着劍鋒便推將過來。巫言舉劍擋駕，輕靈一挑，只聽到錚的一聲響，一柄長劍落在地下，江離向後躍開，右腕上鮮血涔涔而下。江離的天賦在占卜和策劃，於法力及武功方面一直不及巫言。

巫言舉劍指向江離說：「大長老，你輸了。」

江離的臉上隱約帶着瘋狂，一股兇惡暴怒竟籠罩着他的容貌。

他突然手握巫言的長劍，用力向前一拉，巫言冷不防他有此一着，竟被他扯了過去，轉眼間，江離另一隻手已經勒住了巫言的喉嚨。

巫言忙以另一隻手運功吸起一些泥土，一股腦兒灑向江離的眼睛。

江離本能地手一鬆，閉上了眼睛。

就在這分秒之間，巫言抽回長劍刺進江離的胸膛，然後拉出來。這是生死關頭，情非得已的決定。

江離痛苦地呻吟了一聲，跳開了幾米，顫抖着垂着頭，跪在地上喘着氣。

六個白衣女子的寶劍隨即出鞘，六劍齊發，衝向巫言。那劍光矯健盤旋，有如天際之行龍，變化無方，叫人瞧不見持劍人的身影。

巫言被團團圍困，雖氣定神閒，卻藏不住那逼人的殺氣。

他移動得很慢，右手手掌一張，一股力量如劍鋒快速地衝向敵人，在霎眼之間，六個白衣女子都已經受傷倒地。

巫言走過來，說：「大長老，回頭是岸。」他的身體開始散發出潮濕的暖氣，暖氣向四周漫溢。

就在這股法力包圍住江離前，天空悄然而來一片烏雲，掩卻了半天星光，風勢突然轉強，滿地樹葉，沙沙作響，天地間充滿肅殺之意。

江離目光閃動，衣袖中紅光一閃，竟飛出一串紅色小水珠，直射向巫言心臟。

這其實不是水，而是日族的可怕暗器——「落霞滿天」。

「落霞滿天」，遇人殺人，見神殺神，是日族用來懲罰天神的武器之一。

巫言飄上半空閃避，下一瞬間，手中已發出一股強大力量。它如綿綿春雨，包裹住「落霞滿天」，它隨即變成青色，更長出了青苗。這繼承自春風女神的力量，是生命力，跟日族的殺傷力武器截然不同。

江離忽然間安靜地站着，血不停從傷口湧出來。

巫言也停止了攻擊。

然後，江離說：「我知道我贏不了你，可是你也不會快樂。巫珈晞已經被困在魔域，小公主也已經被收藏起來了。」他冷笑。

「要殺就殺了我。放了她們，她們是無辜的。」巫言的語氣溫和了，琥珀色的眼眸閃過一絲脆弱的情感。

「不！我永遠都不會答應……我要你永遠失去巫忘和對不起彩蝶……我要你痛苦，比死更痛苦！」

「月兒不會希望看見這麼殘酷的大長老。」巫言一直知道江離對自己的憎恨是因為妒忌。不是妒忌自己巫王的位置，是妒忌雲中月對自己的愛慕之情。

江離聽了，大受刺激，他想到雲中月竟願意為巫言而死，卻對自己不屑一顧。他的妒火燃起，冷冷地說：「月兒將永遠屬於我。哼！我要你抱憾終身。」

巫言了解江離的性格，他知道這刻越表現得在乎，巫珈晞和小公主的下場就會越悲慘。所以，他安靜地站着，表現得不聞不問。

也許，這樣能夠救她們一命！

於是，他說：「你真認為我會在意嗎？」

江離邪笑：「你何必偽裝？誰不知道你愛妹如命，誰不知道你傾心彩蝶……」

巫言忿怒了，於是大喝：「你受死吧！」一股暴風從巫言的掌心衝出，它變成刀刃狠狠地滑向江離，準備送他歸天。

江離不躲也不避，他喘着氣，吃力地站着，坦然面對生命最後的時刻。他只是還有一絲不捨。

他抬頭看着天上隱沒在雲裏的明月。

（月兒！）

他還是輸了。

突然，一道看似太陽的白光，燒灼過黑暗，擊碎黑暗。

它像一面盾牌，將巫言的力量反彈了出去。

白光發自一位女神。

她的氣息像白色火燄般熠熠生輝，雙眼像兩輪太陽一樣大放光芒。

「請饒吾兒一命。吾將綁子上天庭，懇求陛下恕罪。」她語氣溫和，卻令人敬畏。她就是日族領袖——晨曦女神。

巫言遲疑半刻，眼中雖有恨意，心裏卻明白自己根本沒有選擇。

「晨曦女神殿下，謹遵汝意。」巫言說。

霎時，白色的光芒照亮了無人島。

一切被破壞的事物都回復原貌。

「吾將祈求、祝福汝之一切平安繁榮。」

女神望向東方的天空，朝陽已由遠方的地平線冒出頭來。

黎明了！

女神消失在光裏。江離也消失在光裏。

無人島回復了寧靜，可是巫言往哪兒去找巫珈晞和小公主呢？

他落寞地低頭不語，琥珀色的眼眸不再清澈，一層霧氣模糊了他的視線。

他呆在原地，久久不能言語。

因為他犯了錯誤，錯信了孫織，導致巫珈晞被魔王捕捉了；因為他犯了錯誤，沒有及早防備江離，導致這個殘局。

如何彌補這些錯呢？他茫然地看着天空。

這時，牛宿和心宿走到他身後行禮，說：「主席大人，我們回來了。可是，我們去到芍藥院時，八長老已經不知所終。」

巫言閉目輕嘆，然後他轉身，雲淡風輕地說：「平安回來就好。回去整裝待發，一場苦戰等待着我們。」

牛宿和心宿說：「領命。屬下告退。」

深秋、清晨，蒼穹高闊，晨光滿天。

金風吹來，吹動了總部後園裏的紫竹林，秋蟲竹韻相和，彷彿天送清音。

時光留不住，人心裏的創傷卻送不走。

《前世今生》淪落天網

雖然感到噁心，頭痛欲裂，耳中仍充斥着如直升機上昇時發出的轟轟聲，巫珈晞臉色死白，動彈不得地躺在地上。

四周是一片灰色的薄霧，看不清也摸不着。

那薄霧不知不覺地向巫珈晞包圍過來。

霧氣越來越濕，越來越冷，四周變得朦朧不清，使人極度不安。她雖然覺得毛骨悚然，根本不想多停留一分一秒，可是厚重的灰霧已把她包圍起來，使人分辨不出方向。而且，她根本動彈不得。

「怎麼辦？」巫珈晞心裏問。

「別怕！我來救妳。」一把微弱的女聲穿過迷霧飄過來。

然後，她扶起虛弱的巫珈晞，拖拉着她走了一段路。

雖然這樣，巫珈睎仍然累得渾身冒汗，冰冷的霧令她打從心裏感到一陣惡寒。

那人突然停了下來。

巫珈睎靜心側耳傾聽，忽然聽到強風吹過鐵閘發出的呼嘯聲。

她睜大眼睛一看，前面竟然是一個上了鐵閘的正方形出口。

那人拖拉着巫珈睎走向它。

站在鐵閘前，大風颼颼地吹着，從那人嘴裏呼出的熱氣成了白濛濛的水蒸氣。

鐵閘外竟是藍天白雲！

鐵閘前，一個美如薔薇，可是臉色慘白的女孩，轉身關切地看着巫珈睎。

「我們終於從地牢裏走出來了！」她溫柔地笑着，聲音溫暖如人間四月天，「珈睎！」

「妳是誰？」巫珈睎問。

「珈睎，妳怎麼了？我是無雙。」花無雙的笑意消失了。

「無雙？我不是妳要找的人。我叫巫忘。」

「妳忘記了自己今生是誰嗎？」

「我只記得巫忘這個名字。希羅說我是他的未婚妻。」

「希羅！他竟然敢編出這樣的謊言。是他害了妳！他是妳的仇人。我也幾乎被他殺死。」花無雙憤恨地說。

「妳說的話，我全聽不懂。」

「聽我說，珈晞！不久前，我們到了魔域救妳的父母，可是失敗了，被魔王所捕。希羅就是魔王！相信我，我從魔域死裏逃生後，不顧死活來到這兒，就是為了要救妳！我們正在聖域的虛空空間，樓梯下就是囚禁重犯的地牢。我們必須儘快逃離這兒。」花無雙激動地說。

她使勁地想推開鐵閘，可是它上了鎖，根本不可能推得開：「剛才沒有上鎖的！」

這時，一團巨大的黑影猛然出現在她們身後。

四周靜得可怕，所有聲響像是都被某種遠古的力量吸走了。巫珈晞轉身，嚇得目瞪口呆，渾身發抖地看着一條捲曲的巨蛇。牠低頭看着她，那雙冰冷的眼睛中散發出無盡的憎厭。

「妳這個害人不淺的妖女，竟敢逃獄！」

接着，巫珈晞即感到有一雙比鋼鐵還堅硬、比冰霜更寒冷的手掐住了她的脖子。一股寒氣隨即直透骨髓，使她快要失去意識……

在她快氣絕時，花無雙向那條巨蛇投擲出薔薇飛鏢：「就憑你這個低級獄警，也想留住我們！」

巨蛇避開了飛鏢，憤怒地說：「區區一個花神，竟敢劫獄？小心陛下把妳打得魂飛魄散。」

巫珈晞臉如紙白，奄奄一息地躺在地上。花無雙留在她身旁不出三步的範圍，手拿飛鏢與巨蛇對峙。

巨蛇散發出一股陰寒之氣，使花無雙的身上凝結出一層薄霜。

突然，空氣中迴蕩起禮樂之聲。

巨蛇雙眼發出陰冷光芒，向她們進逼過來，對花無雙說：「陛下來了。妳最好快逃！」

巫珈晞仍軟弱地躺在地上，花無雙也找不到退路。

她看着巫珈晞，咬着唇憂慮地想着下一步行動。

禮樂之聲越逼越近。

花無雙明白自己已經不能再猶豫了：「珈晞，我們可能後會無期了，妳要保重！」

然後，她突然仰頭大叫，喉嚨吐出熾熱滾燙的黃光。黃光瞬間充斥她全身，也包圍了巫珈晞。

那燃燒的黃光看似太陽光，亮度卻比陽光更強。它射向鐵閘，在鐵閘中央部分射開了一個大大的缺口。

花無雙散發出的光輝，驅走了巫珈晞的寒氣。恍如日光已照在皮膚上，她冰冷的身體回復溫暖，更在花無雙的黃光裏，站了起來。

花無雙牽起巫珈晞的手，衝向缺口，奮力一躍，向鐵閘外跳了出去。

風從下方呼嘯往上吹，吹起巫珈晞深褐色的頭髮。她害怕地以為自己正在墜落，但感覺不像墜落，所以她好奇地看一看下方——她飄浮在空氣之海上，花無雙牽着她在飛翔。

一片光明。巫珈晞在一個光圈裏。

那光芒好溫暖！

她們劃過長空，宛如彗星。

不知道飄浮了多久……

花無雙突然說：「珈晞，前面的山巒中有一道時空門，妳可以通過它回去人間，我不能陪妳去了……」她哽咽起來。

巫珈晞一時間不知道如何回應。

（回去人間？去找誰？）

這時，花無雙正拼盡全力地飛，想飛向不遠處那團雲上起伏的山巒，可是她飛近一座山峰時，全身的光芒瞬間熄滅。

藍天白雲突然變得漆黑一片，上空射出一道白光，這道白光包圍了花無雙的黃光。白光裏傳來一把威嚴的女聲：「紫薔薇，別再胡鬧，汝怎能為救這妖女而耗盡太初正氣！汝要變回一朵花嗎？放下她，速回！」

「母親大人，我不能走！我走了，珈晞怎麼辦？」

「汝已觸怒陛下，這道光是汝之最後歸路。陛下快到了，速回！不得任性。」

「母親大人，我不回去！我不會拋下她。」

禮樂之聲已在耳畔。

天上隨即落下閃電，打在花無雙身上，她痛得鬆開了手。巫珈晞就無助地下墜，「噼啪」一聲落向山谷。

她很痛，但沒有昏迷，只是睜着眼躺在地上。

花無雙被一股力量吸往上空。

一片光，一片薄膜似的光，像一張溫暖、潔白的魚網，從上而下地包裹住花無雙。

如微小的魚兒，花無雙給百花女神網走了。

一瞬間，景物都消失了，只剩下白色。

巫珈晞睜眼看着那一片白。

現在，除了那一片白色，甚麼也沒有。

沒有一絲聲音，沒有一點影像，只有千萬里無盡的白光。

只有白色白色白色……

「有誰可以回答我嗎？」誰會聽見她在心裏問的問題呢？

只有白色白色白色白色……

「有人嗎？有人嗎！」她的唇在動，卻沒有聲音。

只有白色白色白色白色白色白色白色……

「有人嗎……」她心裏問。

沒有人，沒有人，甚至沒有回音。

只有白色白色白色白色白色白色白色白色……

巫珈晞想哭。

（有人嗎……）

（有人嗎……）

（有人嗎……）

（有人嗎……）

……

她拖着受傷的腿在地上爬行，一直爬一直爬一直爬，可是這片白光沒有盡頭，甚至沒有上下左右。

只有恐怖的白。了無生氣的白，像一塊裏屍布將她圍困住。

她在白色上爬呀爬呀爬呀爬。

不知道過了多久，也爬不出這片白。

她頭暈目眩，眼前天旋地轉。

然後，她累得倒在地上。

連爬也爬不動了！

她哭了起來，想喊媽媽，可是甚至連媽媽的樣貌也想不起來。

她想回家。

回家。

回家。

眼前的白光旋轉不停。它彷彿變成清晨的陽光，透過純白的薄紗曬進屋子裏，輕吻着她濃密的長睫毛，小巧的鼻子和玲瓏的櫻唇。

她像感到卷曲的褐色髮絲在暖暖的陽光下懶洋洋地躺在枕頭上。

柔軟的枕頭像媽媽的撫摸，溫柔而遙遠。

她閉上眼睛漫遊，希望永遠躺在媽媽溫柔的觸感裏。

霎時，她的鼻腔如聞到撲鼻而來的燒早餐香氣，誰在烤着多士？在煎着火腿？在焓着蛋？在榨着果汁？還是在開着熱巧克力？

一會兒後，媽媽就會推開門進來，喚醒她，聽她撒嬌，叫她去吃早餐！可是，她真的很累，所以要再睡一睡。

她脆弱的心如失去重心的皮球，墜落無邊無際的甜夢去了。

可是，一陣嘈雜的聲音驟然響起。

誰在吵吵鬧鬧的？

不要吵鬧。

不准吵鬧！

因為她要再睡一睡。

家，卻驟然消失了。

「起來！」有人高聲地呼喝她。

她吃力地再睜開眼睛時，已經看不見白光。

她看見一片金光閃閃，和一個個身穿金色長袍的人。他們頭上的金光輕輕地擺動着，如一隻隻金光閃閃的恐怖幽靈。也許，他們真的是幽靈。

他們的嘴唇單薄得近乎詭異：「判決死刑！送到最底層的地牢。」他們從唇間堅決、無關痛癢地說。

接着，那些人又繼續說了一些話，但巫珈睎都聽不清楚，那些話如夢似幻地嗡鳴着，那些嗡鳴聲令她聯想起機器的打樁聲，令她感到更暈眩、天旋地轉。然後，她便再也聽不到任何聲音了，只感到心臟正狂亂地跳動，更有股刺痛感襲遍全身。

「送走！」那些金衣人忽然不着痕跡，像變魔術般地消失了，金光也全熄滅了。

有些人用眼罩蒙住她雙眼。

四周變得一片黑暗。黑暗中，只感到有幾個高個子抬起了她，靜默無言地走着、走着，那種無方向、被擺佈的感覺，使她感到無助，被無邊無際的恐懼籠罩着。

恍如亡靈步入地獄，她的身體似乎沿着沒有欄杆的長梯，在無燈的陰黑裏，直接被送到無底的深淵。

不知道多久後，那些抬着她的人，放她在潮濕的地上，拿走她的眼罩，然後走了。

四周陷入死寂。

巫珈晞睜開雙眼，但是甚麼也看不見。她害怕地掙扎着，混亂地呼吸着。四周黑得好徹底，黑得好深沉，她好像在一個匣子或是一個籠子裏，被壓迫得漸漸喘不過氣來，感到快要窒息了。

恐懼。

從心底冒上來的寒氣，使她全身上下的細胞都停止活動似的，陷入了痙攣顫抖的狀態。汗水從她身上的每個毛孔滲出來，額頭上大滴大滴的冷汗直流。

她勉強地站了起來，安靜地站了一會兒，並盡力讓自己恢復理智。

（我……要被殺了！）

巫珈晞流着淚，不停地搖頭。

（不要！為甚麼要殺我？他們要怎樣對付我？）

然後，種種可怕的猜想，湧上了她的心頭……

她頭頂如傳來猛獸的怒吼聲和毒蛇的叫聲，抬頭像能看見毒蛇的尖牙和紅色的眼睛。

難道她要被牠們吃掉了？

一頭頭黏糊糊的怪物像已閃爍着一雙雙鮮紅色的巨眼，準備向她衝來。

她不敢再想像下去！

她好想趕緊了解自己身處的環境，於是她驚惶地上上下下胡亂揮動着手臂，探索四周，小心翼翼地往前踏了一步。她努力地睜着眼，希望能看到一點點光線，但她拖着跛腿，扶着牆走了好幾步，四周仍一片漆黑空曠。

沒有動物跑出來！

審判她的那群人，莫非要她留在這黑暗隱密的地方捱餓等死？他們究竟想怎樣對付她？

走着、走着，巫珈晞的雙手終於觸摸到某種材質堅硬的阻礙，那是……一堵牆，一堵石頭砌的牆，摸起來粗糙、黏膩而冰冷。

牢房的地很滑，而且處處黏着軟泥和小石塊，令人寸步難移。疲倦、虛弱的巫珈晞只能夠跌跌蕩蕩、蹣跚地勉強往前小步地走着，但她還是滑倒了，摔了一跤。她跌倒時，前方地上一大圈的石塊也向下陷，跌入地洞裏。她驚恐地發現自己跌在一個圓形洞的邊緣！

一陣慌亂使她想立即掙扎站起來，可是實在太疲乏無力，只好伏在地上。
這時，她的下巴雖然靠在地上，但嘴巴和大半張臉，卻都懸空了。同時，她的前額感覺到一陣刺熱，而鼻孔也聞到某種嗆人的煙味。她低頭看見那深不見底的坑洞內，不停地向上噴出紅色的火焰。
方才的一跤竟救了她一命。
巫珈晞搖晃顫抖着的四肢，小心地摸索着路，退回了牆邊。她忍不住開始想，說不定這個牢房挖了很多坑洞陷阱，等她掉進去，將她燒死。於是，她心念一轉，便決定縮在牆邊等死，因為這總比失足跌進坑洞好。
坑洞內的煙不斷地上升，烙鐵般的熱氣瀰漫了整個牢房，巫珈晞只要一呼吸，就會吸進令人窒息的熱氣。
突然，牢房牆壁的熱度急劇上升，巫珈晞嚇得不禁尖叫着逃開了一點兒。
她望望四周，渾身抖得更厲害。
因為牢房正在發生變化！

牆壁一直往內擠，他們要逼巫珈晞往火坑裏跳！

巫珈晞大叫：「救我！救命……」

牆壁更快地往內擠，眼看牢房快要僅剩中央的火坑可立足了，巫珈晞只好一直死命退縮，避免跌進坑裏，但牆壁卻不斷將她推向中央。到最後，房裏已幾乎沒有立足之地。

巫珈晞的身體開始滾燙，她大叫：「救命……我不要死……不要死……」不知道甚麼時候，她叫出來的聲音竟已變成了號哭，如動物死亡前的絕望嘶鳴。

她已經站在火坑的邊緣，搖搖欲墜了。

「不要！不要……」她恐懼地、聲音嘶啞地大喊，「救命……救我！」

燎紅的火牆迅速往後退去，在巫珈晞感到一陣暈眩，掉入火坑深淵之際，有隻手及時拉住了她，那是黃土厚實的手！

「鈴兒！」

拉住了，拉住了！恍如昨天。那天，他也是這樣地拉住了她的手。

驀然回首。

那天，零星的雷聲，斷斷續續地迴盪着。

他騎着馬，冒雨走入一個濛霧迷茫的森林。

沒多久，迷霧散去，豔陽高照，映入他眼簾的，是座寧靜的村子。

他策騎走近一棵大樹時，竟聽見一個女孩子的甜美聲音：「小蝴蝶，我看你往哪裏飛？」

「誰？」他拔劍警覺地四處張望，恐怕中了邪魔的埋伏。

一片寧靜，只聽到樹上沙沙地傳來撥動樹葉的聲音。然後，一個金鈴兒掉了下來，幾乎擲中他的頭。

「誰？」他瞪着星辰般清澈的大眼，抬頭大喝一聲。

嚇得樹上的紫衣人「哎喲」一聲，從天而降，撲到他身上，將他推了下馬，弄得他連劍都丟了，跌倒在地上，壓住了她的金鈴兒。

一起摔在地上的女孩子慌得身子忙往後退，狼狽地站了起來，拔腿就想跑，可是一想到金鈴兒，只好僵直地站着。

他坐了起來，看着她，清澈的眸子突然凝住了，彷彿看着天外來客般看着那女孩。

她亮麗卷曲的長髮垂瀉到瘦小的肩膀上，膚如凝雪，一雙盈盈秋水閃着含蓄而跳躍的色彩，精緻如玉雕的人兒。

美哉，佳人！

他看得呆了。

她卻笑了，笑得比太陽的光輝還要耀眼，美得如同光芒四射的女神。

樹上一隻彩蝶無端向她飛來，她張開雙臂想捕捉牠。

陽光穿透她薄如蟬翼的衣袖。它彷彿天衣，又如翅膀，正要帶她飛天而去。

他忙伸手過去，緊緊地拉着她的衣袖。

這一拉竟是一生一世的傾慕。

「執子之手，與子偕老。」這是他的承諾。

那個秋天的晚上，他倆曾經並肩走到銀河。在落葉滿地的路上，銀河在月光下彷彿水銀瀉地。

他們停下來，面對面站着。空氣中有一種秋盡冬來的神秘。

她就像一朵含苞待放的花。當他輕撫她玫瑰色的臉頰時，他知道自己已經把無可形容的遠景寄託在她身上，他的意志再也不會無拘無束地馳騁天地。因為巫忘嬌羞地望着他，在閃閃銀河前宣誓永恆的愛情。

她為了追隨他，放棄了尊貴的身分。

他多渴望能夠一生寵溺她，與她不離不棄。

但是魔王作亂，戰火無情。雖能「執子之手」，卻不能「與子偕老」。

厚重、漆黑的烏雲終於遮去了散落大地的微弱陽光。

那天，秋風颯颯，木樹蕭蕭。被風捲起的枯黃落葉，狂妄地在空中亂舞。空氣裏透着一股詭譎的肅殺之氣。

在荒野的戰場上，他清澈的眼眸裏充滿了狂亂，茫然地倒在地上的血泊中，脆弱的生命宛若一片空中亂舞的樹葉，上不連枝，下不歸根。

她為了救他，勇敢地以纖弱的身軀反抗魔王；她為了救他，耗盡自己的太初正氣。

他依稀記得，她力竭聲嘶地哭喊着，熱淚奔湧出眼眶，落在他僅有餘溫的身體上。

她那哀痛的聲音，撕裂了空氣，扯碎了他的心。

他顫抖着伸出手來，妄想可以觸碰到她花瓣般嬌柔的臉頰。他竭盡全力，想說一句安撫她的話，可是只能不停地吐着血，因為希羅用魔劍刺穿了他的身體。

她驚慌地感受着他的手逐漸失去原有的溫度：「不要，黃土哥哥，不要走！」她絕望地看着他眼中的生命之光漸漸消失。

天馬忽然在鐵閘外嘶叫一聲。

黃土猛地清醒，大口吸着氣，幾乎要被悲傷吞噬。那種臨近死亡的感覺仍如此真實，巫忘碰觸自己雙手的溫度彷彿依然存在。

但是，她離他而去了！離他而去了！

《前世今生》星隕銀河

黃土為巫珈晞圍上木精靈織造的淺綠色斗篷，餵她喝了木精靈所製的飲品。那飲品像果汁，卻比果汁甘甜清香，喝了會令人回復精神。然後，他抱起她往上跑了一段路。

快到頂層時，一條巨蛇目露兇光地沿着牆壁朝他們爬行過來，大喝：「黃土隊長，請停步，三思後行！」然後，就向黃土飛撲過來。黃土立即一躍而起，越過牠頭頂時，雙腳順勢一踢，牠就「啊」的一聲，咕嚕咕嚕地滾下了梯級。

「多多得罪了！」黃土頭也不回地抱着巫珈晞走到鐵閘前，一推，閘就開了。

一匹藍色的天馬彷彿流星，奔跑到他們跟前。黃土立刻抱住巫珈晞一躍上馬。

天馬以神速狂奔，如離弦的箭，向前急馳，離開了天牢。

巫珈晞喝了那飲品後，感覺好多了；圍上淺綠色斗篷後，身體也暖和多了。但是，她仍然很累，只能在睡與醒之間的裂縫流連，睜眼看着片片白雲不住地往後退。

強風呼呼地吹，颳在她的臉上，有陣陣刺痛的感覺。

她手上的金鈴兒「嚶嚀」作響，提醒了她：她曾經走過這條路。

她想起了，那天，她為了到人間見黃土而走到鵲橋。她走上鵲橋，看着閃閃銀河，滿心期待着和黃土重聚的一刻。可是，另一個人突然出現在她身後。

他彬彬有禮地笑着，左邊臉頰上的疤痕如鋒利的劍刃。

他友善地說：「巫女大人，您來探望我們一家嗎？」

巫忘想到自己竟在七夕牛郎織女相聚的珍貴日子來打擾他們，感到很不好意思：「對不起，因為這條路是去生命之池見母親的捷徑，我才會走這條路。我很快就離開。」

他帶點邪氣地說：「巫女大人，我們一家一年只有這一天可以團聚，我們不希望有外人來打擾。請走另一條路吧！」

巫忘給他說得滿臉通紅，焦急不安又尷尬地低下頭。

他看着巫忘漲紅了臉的可愛模樣兒，忍不住笑了起來，說：「巫女大人，請不必心焦，我不逗您玩了。」

巫忘不解地問：「你這話是甚麼意思？」

他說：「其實，我是有意在這裏等您的。」

巫忘更不明白了：「等我？為甚麼等我。」

他說：「因為，有人託我在這兒等您。」

「我不明白你的意思！」

「巫女大人，整個聖域都知道閣下和黃土大人的事。」

「那又怎樣？」

他說：「我這次是為魔王而來的。」

巫忘心頭一顫，困惑地看着他。

他說：「魔王為了祝賀閣下找到真愛，特地請我和弟弟送上這顆綠寶石吊墜。」他拿出一條寶石項鏈，它正中央那一顆櫻桃般的綠寶石吊墜簡直巧奪天工，「請閣下接受他的賀禮。」

巫忘猶豫半晌，說：「請轉告魔王，我感謝他的祝福。」

他說：「請讓我為您戴上吧。」

巫忘忙說：「不必了。」

他誠懇地說：「魔王希望我代他親手為您戴上項鏈。請接受他的心意。」

為了快點兒擺脫他，巫忘只好說：「好吧。」

他走到她身後，為她戴上項鏈，她即感到一陣眩暈，彷彿看見那顆綠寶石有了生命，鑽進了她的喉嚨。

然後，他一陣冷笑，說：「巫忘，魔王要妳永遠忘掉黃土。」然後，他口唸咒語，手掌出現白光，白如剛才那片白光，下一瞬間，她就失去了知覺。

巫珈晞恐慌地睜開雙眼。

她的身體終於可以動彈。她感到自己的體力正在回復。但是，她已經忘了自己今生的名字，又未能完全回復前生的記憶。現在的她只知道自己叫巫忘，只能夠任憑擺佈。

前方的白色光點越來越多，不，那不是白色光點，是由數百萬顆星星，匯合而成的閃亮河流。

「銀河，終於到了。我們的朋友就在銀河附近等着。」黃土鬆了一口氣。

巫珈晞終於可以說話了：「謝……謝……」

「鈴兒，我們安全了。」他緊緊地擁抱着虛弱的巫珈晞，恍如擁着稀世的珍寶。在她心裏，巫珈晞已經不是巫珈晞，而是巫忘了。

這時，四周突然傳來詭異的人聲，還有馬匹急馳的聲音。

天馬嚇得驚慌地停下來，說：「蚩尤的幽靈部隊！他們竟然入侵了聖域！」

「鈴兒，抓緊天馬！天馬，快，我的部隊和巫言的集團在前方等着。我們快去跟他們會合。」

天馬聽了黃土的話，即一躍而起，如同狂風般奔馳向銀河。

驀地，四周的空氣爆裂，衝出數名騎在黑馬上的幽靈騎士。它們發出淒厲的恐怖叫喊聲，策馬急馳過來。狂風吹起它們黑色的外袍，露出底下破爛的灰色盔甲。它們手握利劍，雙眼閃動着冰冷的光芒，口中發出讓人汗毛直豎的聲響。

巫珈晞覺得十分害怕，伏在天馬背上不停顫抖。

黃土策騎天馬不顧一切地奔向銀河，希望能夠突圍而出，可是幽靈戰隊的數量越來越多。它們舉劍重重圍困住天馬，天馬不安地想後退，可是退路已經封鎖。

黃土拔出聖域鑄造的寶劍準備迎戰：「來吧！你們這群不得安息的可憐蟲。」

巫珈晞的心臟劇烈地跳動，嘴巴也僵住了。

跟着，她聽見了一聲暴吼。

天河如洪水狂吼着，排山倒海般地暴漲。暴漲河水裏彷彿跑出了千軍萬馬，穿戴銀色盔甲的騎士舞動寶劍，咆吼着如滔滔洪水衝過來。

「巫言和我的保衛部隊！」黃土鬆了一口氣。

銀色盔甲冷如霜，巫言帶着兩個隊伍如暴風疾馳過來。

幽靈戰隊看見了，隨即發出恐怖而刺耳的尖叫聲。那聲音難聽得令人頭痛欲裂。

這時，在保衛部隊後面突然多了很多黑點，黑點越來越多，黑點上的兩顆眼睛透出怨毒之色。

「糟糕！巫言，小心，後面來了一群幽靈部隊！」黃土大叫，發出警告。

此起彼落的慘叫聲從銀河傳來，淒厲而可怕。

很多守在後方的保衛隊隊員都陸續倒下，被吞沒進天河閃亮的銀光中，也有很多怨靈在聖劍下灰飛煙滅。

情感衝擊着巫珈晞的內心，她想起了曾看到的戰場，想起了那個死去的女孩，不禁落淚地說着：

「不要戰爭，不要戰爭！」

巫言帶領隊伍繼續前進，砍殺圍攻黃土的怨靈。

兵戎相接，奔馳的戰馬揚起漫天煙塵，長矛與盾牌也發出相互撞擊的金屬鏗鏘聲。銀河一片刀光劍影，砍殺之聲不絕於耳。

黃土以聖劍奮勇殺敵。

可是，幽靈的數目太多，竟很快就把黃土身邊的保衛隊員殺得人仰馬翻。

「啊！」天馬的腿中了一劍，悲鳴一聲，跪了下去，隨即化作粉塵，連黃土和巫珈晞也摔到白雲上。

黃土在倒下前及時抱住了巫珈晞，自己先倒下去。他迅速地翻身站起來，對懷裏的巫珈晞說：

「別害怕，我永遠在妳身邊。」

在敵人面前，他從未退怯，越身陷絕境，反而越能激發他更強烈的鬥志。

可是這次……這次他的心裏滿是牽掛。

他放心不下她。

但是，也是為了她，他要戰鬥，戰鬥至最後一刻。

他右手舉劍，星辰般的眸子充滿殺氣，高大的身軀宛若不可接近的戰神：「來吧！你們這群可憐蟲。」

然後，聖劍以優美的姿態向怨靈不停地刺去，在他劍下灰飛煙滅的怨靈不計其數，有些保衛隊成員攻破了怨靈的陣勢，來到黃土身邊保護他和巫珈晞。

一名副隊長策騎過來，邊作戰邊跟黃土說：「隊長，收到古木女神殿下的訊息：這次魔王親征，估計另一隊兵馬很快會進攻人界。我已命令精銳部隊加強各地魔域出入口的防衛工作。」

「做得好。」黃土躍上一匹馬後，就向身邊的隊員發出命令，「現在，我們先擺出『滿月陣』殺敵，保護巫女。」

那些隊員連忙配合他的命令擺出圓形陣勢，圍住巫珈晞，按照策略純熟地殺敵。由於黃土瘋狂似地猛力攻擊，所以有些怨靈開始被嚇得心膽俱喪、猶豫不前，有些則小心翼翼地作戰。

雖然耳畔不停地聽到古老的劍鏗然落地的聲音，可是黃土的部隊始終不能突圍而出，而且即使強如戰神，也有筋疲力竭的時候，時間不斷流逝，黃土眼中閃亮的光芒開始黯淡，揮舞聖劍的速度也慢了下來。怨靈雖然懼怕他，卻仍然如同海水般，一浪接着一浪湧過來。圍繞在他四周拔劍戰鬥的保衛隊戰士，也漸漸被怨靈高昂的氣勢吞噬。經過連番戰鬥後，他們一個接一個地倒下了。

怨靈越戰越勇，很快殲滅了黃土的一半兵力。

黃土仍然被重重包圍住。

巫言那邊也陷入了苦戰。

這時，突然有一個穿着黃金盔甲的女戰士，騎着馬帶領部隊勇猛地向巫言所在的地方衝去。她的部隊飄揚着金黃色的旗幟。

她就是天帝最引以為傲的三公主——日觥。

一片金色的海洋隨即包圍了黑點，將它們如污垢般掃除。

她策馬奔到巫言身旁，甜笑着說：「巫師哥哥！本宮來救你了。」

「殿下！您來了，真好。」巫言溫柔地說。

「回去後，你要陪本宮騎馬來報答本宮啊！」太陽照在三公主身上，為這耀眼天神增添光芒，那兩條盤繞在她頭盔上的金龍顯示出她嬌矜的地位：日஠出生前，二公主攜帶照妖鏡下凡，遭至尊天魔伏擊失蹤。後來，天后昏迷，希羅入魔，她就成了天帝的掌上明珠，無論文治武功都獲父皇的悉心栽培。她也不負所望，成為十方讚頌、仁德兼備的聖域女戰士。

「恐怕他不能達成妳的心願了。」一把詭異的男聲從銀河傳來。

銀河剎那間冒出一隊身穿黑色盔甲的妖獸部隊。策馬在最前頭的竟是希羅。

「皇兄！」日஠親切地叫喚。

「日஠！退去一邊。」希羅揮劍示意日஠退開。

「皇兄，父皇常記掛着您。回來聖域吧！向父皇認句錯，他一定會原諒您。」日஠勸告他。

「廢話！我沒錯。」希羅生氣地一劍刺向日஠。

日஠沒想到往日最疼愛自己的皇兄竟變得如此狠心，嚇得狼狽閃避。

巫言忙衝過來揮劍架住希羅的劍，護住日஠：「殿下，這兒交給臣下，您小心戰鬥。」

日觥會意地策馬去砍殺其他妖獸，她實在不想跟敬愛的皇兄動手。

炎魔和其他魔眾衝向巫言，希羅趁機策馬帶領一支隊伍奔向黃土和巫珈晞。

保衛隊的成員舉劍跟他交戰，但希羅輕易地殺出一條血路，來到黃土跟前：「把鈴兒還給我！」

「你這惡魔，不要再糾纏着我們！」黃土歇力地跟他戰鬥。

這時，大家突然聽到一聲動物的吼叫。一頭大狗從天而降，張牙舞爪地撲向巫珈晞。牠張開了血盆大口，咬住了巫珈晞的肩膊，然後迅速地跑上天上的一朵白雲。

白雲上站着一個高大的戰士。他身穿金色盔甲，無情地看着熱烘烘的戰場。

「楊戩！」黃土和希羅同時大呼。兩人不約而同地飛上天空，要從哮天犬口中救出巫珈晞。

「放了鈴兒！」黃土一劍擲出，卻被楊戩以神鞭擊落。

希羅衝向哮天犬，要奪回巫珈晞，但楊戩擋住了他的去路，跟他來一場廝殺。

黃土趁楊戩和希羅對戰時，跟哮天犬來一場惡鬥。可是，哮天犬身手異常敏捷，多番閃避過黃土的劍，牠身體的每一個動作，都加劇了巫珈晞的痛苦，叫黃土不知道如何是好。

血不停地從肩膊噴湧出來，巫珈晞痛不欲生，淚眼朦朧地說：「救命……救命……」

她痛得眼花繚亂，耳朵嗡嗡作響。

朦朧間，她看見黃土和希羅在她身旁持劍戰鬥，他們神色凝重，嘴巴在動，好像都在跟她說些很重要的話。她努力去聽，但是只聽到嗡嗡聲。

當她的眼皮沉重得快撐不起時，她突然聽到「轟隆轟隆」的火車聲。

如夢似幻，一輛火車正拉響着汽笛，凌空向她駛過來。

這時，她的身子忽然擺脫了哮天犬的大嘴巴，輕盈地走在天空中。雖然火車上沒有人向她招手，可是她主動地回頭望一望戰場上的眾人，就孑然一身地上了火車。

楊戩自知不是希羅的對手，所以他用了閃避的方式來保護自己。他不屑地看着那些為了這個在他眼中一文不值的凡間女孩而戰鬥的尊貴領袖們。

殺了這個女孩，本來微不足道，可是現在看來，這會令自己惹上很大的麻煩。所以，他猶豫了半刻。

但是，這是陛下的命令！無奈，也要做。

於是，他在躲開希羅寶劍之際，抓緊時機，跑到巫珈晞身後，順手拔出她腰間的匕首，向她的傷口直刺下去。

「鈴兒！」黃土和希羅同時驚呼。

劇毒立刻走遍巫珈晞全身，她的血管都在收縮，血變成了黑色。

匕首上抹了至尊天魔所製的毒藥，它無人能解，必須定時服食解藥來壓抑它的毒性，以推遲劇毒攻心的日子。希羅本想讓巫珈晞以此劍自衛，想不到卻害了她。

「楊戩，把鈴兒交給我，我要餵她服解藥！」希羅大呼。

楊戩冷冷地說：「服了，又有何用？一切已經結束。」

「楊戩，我殺了你！」希羅大吼一聲，黑翅膀呼應黑曜石般的眸子，長髮在風裏一揚，已經砍了楊戩後心一劍。

楊戩受了希羅一劍，痛得大叫一聲，哮天犬張開口放了巫珈晞，就跑去保護主人。

黃土接住了巫珈晞，可是她已經沒有反應。他顫抖着用手按住巫珈晞不斷地湧出黑血的傷口：

「鈴兒！鈴兒！」

可是巫珈晞瞳孔擴張，癱倒在他的臂彎裏。從深深的傷口噴湧出來的黑血，染黑了她的衣服。

「鈴兒，鈴兒！」黃土緊緊地擁抱着她，「不要死，不要死，我等了妳千百年，我等了妳千百年了！妳不能夠說走就走……」他星辰般的雙眸充滿淚水。

希羅的黑翅膀一拍，揚起一股狂風，直飛巫珈晞那兒。

（等我，鈴兒，藥來了！）

「休想！」一抹金光從天上射下來，希羅身上的藥也變成一團火，燒了起來，化為灰燼。

「父皇！」

「逆子，汝偷偷接觸太初邪氣，謀反失敗還在魔域自立為王，汝還不迷途知返？」從金光裏傳出了一把威嚴如雷響的聲音。

「父皇，我恨你！你明知道我深愛鈴兒，為甚麼你要殺害她？」希羅憤恨地說。

「哼！這個妖女已被邪血所污，最好死掉。人來，用陰火燒她的三魂七魄，叫她魂飛魄散，不得超生。」

一群天兵天將隨即手持火把從光裏出來。

「不要！」三把聲音異口同聲地說。黃土緊緊地擁抱着巫珈晞，巫言策馬狂奔向巫珈晞，希羅持劍阻擋住天兵天將的去路。

「這是唯一的解決辦法。這個妖女必須死去。只要摧毀她的靈魂，就會三界和平，吾等重回昔日時光。汝不想念母后嗎？汝不想回歸聖域嗎？」那聲音不帶感情地說。

「我說，不可以傷害她。」希羅在笑着，失控地笑着。他的笑帶着殺人犯的瘋狂，他雙眼變成暗綠色，肉體變透明，黑暗線條和寒氣從他的體內擴張出去。他笑着，可是嘴裏看不見牙齒。他已經是可怕的邪魔。

即使身經百戰的天兵天將也仍不禁打了哆嗦。

接着，希羅化身為嘶吼的黑暗風暴，衝向金光，而金光則化成霹靂作響的白色火燄迎戰。他們撞擊時產生了強烈的震盪，嚇得馬群嘶叫亂跑。熾熱滾燙的白光，瞬間充斥天空，它和黑暗風暴產生出的黑線條交纏一起，形成一個漩渦，兩股力量看似不分高下。其實，白光不着痕跡地相讓。但是，盛怒中的希羅，又怎能看得出父皇的苦心呢？

在他們打鬥時，巫珈晞的生命已經不由自主地走向終點。脈搏停了，血也差不多流盡了。

她坐在那輛火車上，火車軌道拐了一個又一個彎。它正背着太陽走，滿天光輝似乎正在給她最後的祝福。她像一個快沒頂的人，力竭聲嘶地伸手去抓，希望能抓住一點過去，一點情感，一點可以紀念的東西。

可是，一幕一幕的景色此刻走動得太快，連眼睛也來不及看清，更別說能抓住一點一滴。她心裏知道，她最懷念的，最美好的，已經失去了，永遠失去了。

她眺望着一無遮攔的荒野，眺望太陽。太陽雖然仍在空中，卻像夕陽一樣，變成橘紅色。夕陽的餘暉，無限美好，只是時間不多了。

風輕拂着她的頭髮，颯颯地吹送着溫柔的呢喃：「我說，你是人間的四月天，笑響點亮了四面風；……百花的冠冕你戴着……你是夜夜的月圓……你是一樹一樹的花開……你是愛，是暖，是希望，你是人間的四月天！」

「媽媽……」

大氣輕微搖動起來，風，嘆息着。然後，永恆的寂靜覆蓋了巫珈晞的世界。

黃土依然抱住她，小心翼翼地捧着她下垂的頭。他心神迷亂，悲傷地注視着她，「鈴兒，鈴兒……」無助地喊個不停。

可是，她的身體開始冰冷，血液已經停止不流，嘴唇裏沒有了生命的氣息。未秋先降的寒霜，已摧殘了她年輕的生命，年邁的冬神已壓倒了芬芳的蓓蕾。

命運之輪轉動了。

它在重複他倆前生的悲劇。

巫言的預言成真了。

黃土傷心地悲泣着。

因為，她是他滾滾紅塵裏的唯一牽掛。

她是他天邊的那一抹彩霞！

巫言沉默地站在黃土身旁，悲哀傷痛着他的心靈，憂鬱縈繞胸懷，眼前只看見一片虛無。

悲歡離合，總有聚時。但是，她這一去，可能再回不來了，回不來了。

巫言望向金光之處。

這解不開的世仇宿怨，能向誰申訴？

突然，另一股溫暖稀薄的空氣呼嘯湧入這個充滿破碎情感的空間。天空灑下微雨，雨滴落處，地衣和蘚苔在白雲上蔓延，它們的身上綴滿輕露。大家都很詫異，不確定發生了甚麼事。打鬥的人們都停了下來。希羅和天帝交纏的力量也分開了。

有一顆種子從巫珈晞張開的手掌綻放了。它顫動地展開，一層層剝落，露出奇異的金色光芒。在四周那些強大力量面前，它更像是一顆閃爍的小星星。

它的光形成了一個大圓圈，包圍了巫珈晞。

像一個孩子吹出來的肥皂泡，它隨即帶着巫珈晞飄上天空。

光泡的後面出現了一抹白色的身影。熠熠生輝的力量像巨大的花瓣般包圍住她。她美得讓人驚嘆不已。潔白無瑕的臉上沒有一絲歲月的痕跡，雙目如同無雲夜晚的月亮般澄澈，但她卻散發着一股王者的尊貴氣質，她的美目在流轉之間也充滿了睿智。

她就是風族的領袖——春風女神。

她輕柔地環視四周，淡淡地笑了。

「春風女神，當初就是汝救了巫忘的靈魂？」

「陛下別誤會，此實非臣下所為。」

「哼！想不到汝竟偷偷寄宿生命之蓮於她體內。」金光中傳來憤怒的聲音。

「生命之蓮一直自己尋找宿主。而且，誰也不知道它何時盛開。」

無言。

「孤勸汝最好不要再插手這事。」

她氣定神閒：「陛下，臣插手，只是想緩和局面，免至危害天人兩界。」

眾神仙大惑不解，面面相覷。

「陛下還記得自古流傳下來的傳說嗎？」

眾神竊竊私語，但不敢明言。

日航突然說：「傳說，女媧娘娘撒下了三顆生命之蓮的種子在三個凡人的心裏。一旦那種子於宿主體內盛開，宿主吸取了娘娘封印在裏面的太初正氣，就會進化成為天神。這三個新神結合後，會為三界帶來驚天動地的改變力量。巫珈晞，她，難道她將會聯同另外兩個宿主做出影響三界和平之事？」

無言。眾神仙都誠惶誠恐地望向金光處。

「不會的！此事永不會發生。」金光裏突然射出一道強光，直射巫珈晞的氣泡。

可是，那氣泡反彈了天帝的力量。

「陛下，請別白費心神。現在，她不是吾之女兒，也不是巫珈晞，她是吾等之妹妹。大家的力量都來自母親大人。」

死一般的寧靜，但充滿殺氣。

「吾將帶其回去生命之池。請陛下息怒。放其一條生路，試問有何不可呢？吾保證巫珈晞甦醒後必行正道，傾力促進三界和平。」

四周驟然吹起冷風，天帝禁不住的怒火，僵持了氣氛。

春風女神面不改容，纖手一揚，暖風立刻驅走了寒意。

正在對峙的軍隊都不敢輕舉妄動。大家都在等待，等待一個指令。偏偏沒有領袖肯說一句話。

終於，「陛下，臣告退了。言兒，隨吾歸去。」春風女神說。

巫言立即駕着雲朵，飛向母親，巫師集團的成員也隨他而去。

「春風女神殿下……」黃土欲語還休。

「尊貴的人王之子，」她溫柔地看着黃土，又溫柔地望向希羅，「希羅侄兒，吾之女兒有自由意志選擇自己的人生。從前如此，現在如此，將來也如此。她重生後，兩生的記憶都會歸於無。她將擁有強大力量，展開新的人生。屆時，汝等之因緣也會有個了斷。」

他倆都低頭不語。

他們明白，一個生命之輪結束了，另一個生命之輪即將開始。過去，已變成一個永遠不能彌補的遺憾。

「但是，『多情自古空餘恨』，兩位何不各自尋覓各自路？」說罷，春風女神、巫言就帶着巫珈晞飄然而去。

戰爭，似乎就這樣結束了。

金光裏那無情的聲音突然說：「日鯱，帶領部隊駐守生命之池。巫女一旦甦醒，就地處決！」

「領命！」日鯱的金色部隊策馬而去。

「逆子，汝要回去魔域，還是回歸聖域？」雖然無情，但語氣溫和。

希羅沒有回答，一躍上馬，就率兵跑向銀河，回去魔域。

「黃土隊長，願閣下銘記亡父遺言，別再與聖域起紛爭。」冷酷，半帶命令的口吻。

黃土沉默。

金光仍照耀天空，天眾都屏息靜氣地等待着一個承諾。

「陛下，」黃土的聲音打破了寂靜，「臣必為和平竭盡所能，亦斗膽懇求管束希羅殿下，確保人間安全，兌現當年天人兩界的約定。」

金光處沒有回應。

天上很快回復清朗，天兵天將也不見了蹤影。

緣聚緣散本屬平常，有情無情都一樣。

歸來

我手上的《文藝青年雜誌》突然化成破碎的黃葉，片片飄散。

（怎麼回事？怎麼回事？）

咖啡杯開始融化，咖啡往上飄。

窗前的小貓，通體變得透明。

我眨一眨眼睛，牠已經不見了。一個美如薔薇的女孩站在窗前。

「花無雙！」我驚訝地說。

「陳子君小姐。我有求於妳，所以請妳來此。」

「求我？」又來了！現在，神仙都愛求人類的嗎？

花無雙說：「陛下發現我救了珈晞時，落下雷電要將我打得灰飛煙滅，幸好，百花之母救了我。陛下雖饒我不死，但貶我下凡間，待歷千世之苦後，陛下才考慮是否讓我再度回歸天庭。明天，我就要轉生為人，從此，不會再記得珈晞了！但是，我有一物要給她傍身。」

我問：「是甚麼？」

她說：「殺神的毒藥。」

「殺神的毒藥！」

「雖然孫織已經被囚天牢，生命之蓮也開了花，但是還有很多投靠魔域的叛徒會來傷害珈晞，所以請妳幫忙收起這藥，在適當的時候幫助她。」

收起這藥，我豈不是同時與魔域和聖域為敵！

「魔域的妖魔都想要這藥，所以妳要小心，不要張揚。」

會不會有妖魔來搶？

「會有妖魔來搶的，所以我要將它藏在一個連妳也不知道的地方。」

連我也不知道的地方？

突然，一陣風吹向了我的右眼，我感到好像有一滴水跑進了眼裏。

我閉上眼揉搓，流了幾滴眼水，我的眼睛真的很不舒服。

我再張開眼睛時說：「我不想要那個藥啊！」

花無雙微微一笑，說：「已經交了給妳。」

「甚麼？我何時收了？不要開玩笑！」我迷茫地說。

我眼前的景物更加朦朧，四周的光搖晃不停。

像某種災難警告的訊號，我心驚怕起來，覺得應該要逃生。

花無雙突然說：「快想起妳在甚麼地方，否則就要永遠迷失在金鎖的結界裏。」

「金鎖的結界？」

「快想起來！」

「我在哪裏？我在哪兒？」

「在妳看見小貓前，妳究竟在哪兒？」

「我在哪兒？我……我想去買一隻小黑貓。那兒是……」

「是哪兒？」

「是……是……是擺花街！」

我突然覺得很疲倦，於是一頭倒向地上，就睡了。

不知道睡了多久多久。

「好痛，好痛！」我突然痛得醒了過來。

「謝天謝地，妳終於醒了！」

「爸爸？」我動一動手，「哎呀！好痛。」

「子君，不要亂動！」爸爸忙阻止我，「妳的手有骨折。」

「骨折？怎會這樣？」我滿腦子問號。

「妳過馬路時給汽車撞倒了。那輛可惡的私家車竟不顧而去。」爸爸氣憤地說。

「我給汽車撞倒了？我怎麼完全想不起來。」

「妳做了手術後，已經在醫院裏昏睡了一整天。幸好沒事。」

我定神想一想。

金鎖和花無雙呢？我離開那個結界了！

如果當時想不起所在地的話，我豈不是已經……

我突然為自己命大，逃過一死而想哭。

「子君，妳哪兒不舒服嗎？醫生正趕過來看妳。」

「爸爸，不必擔心。我沒事，只是因為突然看到您，所以覺得太開心了。」

爸爸笑着說：「真是孩子氣。」

我也笑一笑，說：「可是，爸爸，您怎會在這兒。您不是在法國嗎？」

「我向大學請了假，本來打算給妳一個生日驚喜，想不到反而給妳嚇倒了。」

我聽了，又忍不住笑了起來：「爸爸，對不起。謝謝您。」

「真是個教人放心不下的孩子，快點兒好起來吧！」爸爸慈愛地說。

《時間精靈》人物簡介

・天帝的家庭成員（全是虛構人物，但小說中「女媧娘娘」這個名字出自中國神話故事。）

天帝：由女媧娘娘的太初正氣所生。天族領袖。

天后：因女媧娘娘留在生命之池的太初正氣跑進常羲女神（月族領袖，由女媧娘娘的太初正氣所生）體內而生，是天族帶兵對抗魔軍的猛將。

希羅：天帝天后生育兩個公主前收養的兒子。父母都是日族大將軍，與魔軍大戰時死於沙場。

拱月：二公主，天帝天后的長女。幼年攜帶照妖鏡下凡伏魔時，中了魔軍的埋伏，一直失蹤。

日觥：三公主，天帝天后的幼女，跟隨天帝學習文韜武略，是天族帶兵對抗魔軍的猛將。

・巫咸的家庭成員（除了靈山十巫的姓名出自《山海經》外，其他全是虛構內容。）

巫　咸：遠古的靈山十巫集團的首領，女兒死後，就傳位長子，逍遙遊去了。

春風女神：由女媧娘娘的太初正氣所生，是風族領袖，並負責守護生命之池。

巫　言：現任巫師集團的主席，能駕馭太初力量。曾經做過中國古代巴國的國師，並於無人島設立凡間的巫師總部。

巫　忘：巫師集團的聖女，能駕馭太初力量。與黃土相戀，後因希羅而死於三界大戰的戰場。

・巫憂的家庭成員（全是虛構人物）

巫　憂：靈王店的老闆，與巫師集團有着密切的關係。

龍若英：植物學家，在大學做教授。父親是中國人，母親是希臘人，同父異母姐姐是張傑（白茉莉的男朋友）的母親。

巫珈晞：巫忘的神魂所轉生的人間女孩，就讀於貝勒西國際學校。

・其他人物（除了孋姬的故事是參考了袁珂的《中國神話傳說》才創作，其他全是虛構人物。）

陳子君：小說中那本《時間精靈》的作者，是一個失意的追夢人。

黃　土：人王（由女媧娘娘的太初正氣所生）和凡間女子所生的兒子，他將王位禪讓賢德之士，自己退居為人間保衛隊隊長，繼續守護人界。

彩　蝶：中國古代巴國的末代王朝公主，亡國當日死於父王——巴曼子箭下。

高　陵：彩蝶公主的丈夫。亡國當日中箭瀕死時，被巫言餵食了長生不死藥。

孋　姬：鹽海女神，情傾中國古代巴國部落首領——務相，卻因阻止船隊出發而被對方用箭射至重傷。

江　離：巫即和晨曦女神（日族領袖）之子，現任巫師集團的大長老，是出色的占卜師。

白茉莉：歐洲國際超自然力量研究會主席，與孋姬有着密切的關係。

花無雙：巫珈晞的鄰居、同學，古琴家花自芳的養女，真實身分是天上的花神。

作　　者｜子君
封面作品｜子君
內頁插圖｜子君
書　　名｜時間精靈（上）
校　　對｜李嘉瑜
版面設計｜黎素嫻
出　　版｜超媒體出版有限公司
地　　址｜新界荃灣柴灣角街 34-36 號萬達來工業中心 21 樓 2 室
出版計劃查詢｜（852）3596 4296
電　　郵｜info@easy-publish.org
網　　址｜http://www.easy-publish.org
香港總經銷｜聯合新零售（香港）有限公司
出版日期｜2022 年 5 月
圖書分類｜流行讀物
國際書號｜978-988-8778-73-7
定　　價｜HK$100

Printed and Published in Hong Kong